中國語言文字研究輯刊

十 三 編

許 錟 輝 主編

第 2 冊

近出西周青銅器集釋
——以作冊般銅黿、楲公盨、逑盤、獄器為研究對象（下）

廖 佳 瑜 著

花木蘭文化事業有限公司

國家圖書館出版品預行編目資料

近出西周青銅器集釋——以作冊般銅黿、𠫑公盨、逨盤、獄
器為研究對象（下）／廖佳瑜 著 -- 初版 -- 新北市：花木蘭
文化事業有限公司，2017〔民106〕
目 2+160 面；21×29.7 公分
（中國語言文字研究輯刊 十三編；第 2 冊）
ISBN 978-986-485-227-7（精裝）
1. 青銅器 2. 西周
802.08   106014694

中國語言文字研究輯刊
十三編　　第二冊　　　　　　ISBN：978-986-485-227-7

近出西周青銅器集釋
——以作冊般銅黿、𠫑公盨、逨盤、獄器爲研究對象（下）

作　　者　廖佳瑜
主　　編　許錟輝
總 編 輯　杜潔祥
副總編輯　楊嘉樂
編　　輯　許郁翎、王　筑　美術編輯　陳逸婷
出　　版　花木蘭文化事業有限公司
社　　長　高小娟
聯絡地址　235 新北市中和區中安街七二號十三樓
　　　　　電話：02-2923-1455／傳眞：02-2923-1452
網　　址　http://www.huamulan.tw 信箱 hml810518@gmail.com
印　　刷　普羅文化出版廣告事業
初　　版　2017 年 9 月
全書字數　354229 字
定　　價　十三編 11 冊（精裝）　台幣 28,000 元

近出西周青銅器集釋
——以作冊般銅黿、圏公盨、逨盤、獄器爲研究對象（下）

廖佳瑜　著

目次

第四章　述盤銘文集釋

第一節　前　言

2003 年陝西眉縣楊家村出土一批窖藏青銅器，經過清理，眉縣楊家村窖藏銅器共有 27 件，計炊器鼎 12 件（四十二年鼎 2 件、四十三年鼎 10 件）、鬲 9 件，水器盤 1 件、匜 1 件、盉 1 件、盂 1 件，酒器壺 2 件。均有銘文，這是自有銅器出土以來從未有過的現象，應當說是空前的。〔註1〕的確，出土的這批有銘青銅器對於我們瞭解西周歷史和銅器斷代的研究非常具有重要的意義，「這種器群顯示的斷代資訊，比單件的標準器更加全面，上世紀 70 年代發現的扶風莊白 1 號窖藏等器群，曾爲西周中期銅器斷代提供可靠的標尺。這次眉縣發現的西周銅器窖藏，則爲西周晚期銅器斷代提供可靠的標尺。」〔註2〕此外出土的這批青銅器所代表的意義，根據分析主要表現幾個方面：一、對研究單氏家族以及中國家譜發展史、西周的世族制度具有重要意義；二、對西周年代及其夏商周斷代的意義，述盤提出了一個昭王、穆王在位年數的問題，從述盤世系中可以看出，述的先祖惠仲盠父所處的時代相當于昭王、穆王時期，如果說昭王、穆王在位年數各爲 55 年，那麼述的先祖惠仲盠父至少要 100 年以上，這顯然不

〔註 1〕　陝西省考古研究院、寶雞市考古研究所、眉縣文化館編著：《吉金鑄華章》（北京：文物出版社，2008 年），頁 223。

〔註 2〕　王世民：〈陝西眉縣出土窖藏青銅器筆談〉，《文物》2003 年第 6 期，頁 44。

合理，解決這一問題的似乎是承認穆王的位年數並不像《史記》所說的 55 年，而是像《紀年》所說的 37 年，如是，對西周總積年的推算都是重要的參考價值；三、從考古學角度講，爲研究西周中晚期青銅器的譜系，特別是爲西周晚期銅器斷代提供了標準器；將李家村、馬家村、楊家村以往出土的銅器串聯起來，對於研究楊家村遺址乃至周原的性質有一定意義。〔註3〕 這批窖藏銅器當中的逨盤，其銘文清楚記載歷任單氏先祖與周王之間的相關事蹟共歷時八代，「這證明古人傳說的單爲成王幼子臻所封是不正確的。單氏在周王朝有很高的地位。」〔註4〕 據此本文擬將當前學界有關研究逨盤資料作一集釋整理、試圖釐清疑難處以及分別進行文意釋讀。

第二節　釋文、拓片

（一）拓　片

〔註3〕 劉軍社：〈陝西眉縣出土窖藏青銅器筆談〉，《文物》2003 年第 6 期，頁 48。

〔註4〕 李學勤：：〈陝西眉縣出土窖藏青銅器筆談〉，《文物》2003 年第 6 期，頁 47。

（二）釋　文〔註5〕

逨曰：丕顯朕皇高且（祖）單公，趄趄克明悊（哲）厥德，夾翌（詔）文王、武王，達殷，膺受天魯令（命），匍有四方，並宅，厥蕫（勤）疆土，用配上帝。雩朕皇高且（祖）公叔，克逨匹成王，成受大命，方狄不亯，用奠四或（域）萬邦。雩朕皇高且（祖）新室仲，克幽明厥心，馘（柔）遠能埶（邇），會翌康王。方襄（鬼）不廷。雩朕皇高且（祖）惠仲盠父，盭鰥于政，又成於猷，用會邵（昭）王、穆王，盗政四方，斸（撲）伐楚荊。雩朕皇高且（祖）零伯，燊（粦）明厥心，不豕（墜）□服，用辟龔王、懿王。雩朕皇亞且（祖）懿仲牧，諫諫克匍，保厥辟考（孝）王、㣤（夷）王，又成于周邦。雩朕皇龏叔，穆穆趩趩，鰥龢（詢）於政，明陵於德，亯佐剌（歷）王。逨肇 ![字] （纘）朕皇且（祖）考服，虔夙夕敬朕死（屍）事，肄天子多易逨休，天子其萬年無疆耆黃耈保奠周邦，諫辟四方。王若曰：逨，丕顯文武，膺受大令（命），匍有四方，則繇唯乃先聖且（祖）考，夾翌先王，爵蕫大令（命）。今餘唯巠厥乃先聖且（祖）考，黷橐乃令，令汝疋（胥）榮兌䩉司四方吳（虞）、朁（廩），用宮䴴。易汝赤芾幽黃、攸勒。逨敢對天子丕顯魯休揚，用作朕皇且（祖）考寶尊盤，用追亯孝于前文人，前文人嚴在上，廙（翼）在【下】，豐豐橐橐降逨魯多福眉壽辭繛，受余康虘屯又（佑）通彔（祿）永令（命），霝（靈）冬（終）。逨畯臣天子子孫孫永寶用亯。

第三節　集　釋

（一）逨曰：丕顯朕皇高且（祖）單公，趄趄克明悊（哲）厥德，夾翌（詔）文王、武王，達殷，膺受天魯令（命），匍有四方，並宅，厥蕫（勤）疆土，用配上帝。

◎劉懷君、辛怡華、劉棟〔註6〕：

〔註5〕依照劉懷君、辛怡華、劉棟：〈逨盤銘文試釋〉收錄于《吉金鑄華章》（北京：文物出版社，2008年），頁351。

〔註6〕劉懷君、辛怡華、劉棟：〈逨盤銘文試釋〉收錄于《吉金鑄華章》（北京：文物出版

單公爲逨家族第 1 代，用事于文王、武王。

「趄趄」，虢季子白盤有：「趄趄子白，獻馘于王。」秦公簋有：「剌剌趄趄，萬民是敕。」文獻作「桓桓」，《詩經·魯頌·泮水》：「桓桓于征，狄彼東南。」毛傳：「桓桓，威武貌。」

「悊」同「哲」，明智，智慧。《尚書·皋陶謨》：「知人則哲，能官人。」

「夾盥」爲固定用語。四十二年鼎、四十三年鼎均有「夾盥先王，爵董大令。」「盥」，即召。召，金文構形繁多，但主要是繁簡兩大類型，簡式作「召」，如克鐘，繁式則多以召爲聲符。師詢簋：「用夾召厥辟，奠大命。」《左傳》昭公二十年：「夾輔周室。」《左傳》僖公四年：「五侯九伯，汝實征之，以夾輔周室。」或作「召夾」，盂鼎：「酒召夾死司戎。」可見，此用語大意即輔佐、輔助。

「達」，通「撻」，討伐。「膺」，受，當，任。「匍有四方」即「敷佑四方」，也有訓「匍」爲「撫」。意思也通。「四方」，即四方的諸侯國。《詩·大雅·民勞》：「惠此中國，以綏四方。」「董」，通「勤」，操勞，盡力。猷鐘曰：「王肇遹省文武董（勤）疆土。」「疆土」，國土，國家。

「並宅」，「宅」，宮室宗廟的築地，這裡借指國家。何尊：「惟王初遷宅于成周。」《尚書·洛誥》：「公不敢不敬天之休，來相宅，其作周匹休。」「配」，合乎。

◎湯餘惠 [註7]：

西周金文有 𣔀 字（下文用△代替），凡十餘件，舊有釋「逨」、釋「速（跡）」、釋「述」等說，近年學者多隸寫爲「達」，於銘讀爲「輔弼」之「弼」。此說字形上的根據是，西周銅器乖伯簋銘文中「捧」字寫作 𣲩，因推該器銘文中的「克 𣲩 先王」爲「克奉先王」，進而將我們所討論的△字隸定爲「達」。

今按，乖伯簋 𣲩 字釋爲「奉」，讀爲「弼」是正確的，問題在於其形與△字所從的 𣳌 相去甚遠，遽定爲一，終覺有些不妥。早些時候筆者曾將有關字形材料仔細排比，覺得△字所從跟來、束、術、奉諸字之形，均有不同程度的差

社，2008 年），頁 351。

〔註7〕湯餘惠：〈讀金文瑣記八篇〉收錄于胡厚宣等編著《出土文獻研究（第三輯）》（北京：中華書局，1998 年），頁 60。

異，而與〔華〕（華）、〔差〕（差）等字中的〔垂〕旁實爲一字。這樣看來，△應即「逓」或「遳」（垂從〔垂〕聲，後世從〔垂〕的字多作垂），字當從辵，〔垂〕（垂）聲，字書未見，有可能是《說文》二篇下「遳」字的古體。

下面再看△字在銘文中的用法。古〔垂〕、差、佐音近互通。《說文》五篇上：「差，貣也。差不相值也。從左，從〔垂〕。」差字從〔垂〕爲聲旁，朱氏《說文通訓定聲》謂差字「從〔垂〕聲」，劉釗先生謂「從〔垂〕從左，〔垂〕、左皆聲，很可能是一個雙聲字。」其說甚是。《爾雅·釋山》：「崒者厜㕒」，《釋文》：「厜又作嵳」爲垂（〔垂〕）、差聲通之佳證。古音崒、差同屬歌部字，崒在舌音禪紐，差在齒音清紐，二紐之字每有通轉之例。「差」又與「佐」相通，《左傳·昭公十六年》：「子蟜賦《野有蔓草》」，《說文》引作「子簉」。轄字從差得聲，春秋銅器蔡侯尊銘「肇轄天子」，用爲「佐」。春秋齊器差䲉，作器者國差即古書之國佐，尤爲顯證。如此看來，西周金文裡的△字除用作人名的以外，似可讀爲「輔佐」的「佐」。單伯鍾「△匹先生」即「佐匹先王」，何尊「△匹玟王」即「佐匹文王」，墙盤「△匹厥辟」即「佐匹厥辟」。「佐匹」猶言左右、佐助，上舉金文中的「佐匹」與《詩·長發》「實維阿衡，實左右商王」之「左右」用法相近。長由盉「△即井伯」，意謂就井伯而佐助之。前文說到的乖伯簋銘「克奉先王」，奉讀爲弻，含義雖相近，但用字不同，自當分別論之。

◎李學勤〔註8〕：

窖藏幾件主要器物銘文中器主之名，常被隸定爲「逨」，參考其他有該字的銘文，其實是不正確的。我主張字從「巫」作，當讀作「佐」。

第一行「趄趄克明恖乎德」，即「桓桓克明慎厥德」，「恖」當讀爲「慎」，最近已有學者論及。第二行「達殷」見《書·顧命》。「達」義爲通，《正義》云：「用能通殷爲周，成其大命，代殷爲主。」史墙盤也有「達殷」，或以爲應連下讀，據逨盤可知不確。

第三行「並宅厥堇疆土」，「並」與第四、六兩行「方」字都讀爲「旁」，義爲廣大。「堇」讀爲「勤」，參見厲王所作宗周鐘「王肇遹省文武勤疆土」，意謂所勤勞撫有的疆土。

〔註8〕李學勤：〈眉縣楊家村新出青銅器研究〉，《文物》2003年第6期，頁66～67。

◎裘錫圭〔註9〕：

　　這批銅器的器主之名一般釋爲「逨」，其實此字很可能從「夆」的變體而不從「來」。

◎周曉陸〔註10〕：

　　「徠」，貴族單氏之後，作器人，字從辵從來，金文從辵彳可通。李學勤先生「讀爲『佐』。」從本文（2）節討論可知讀「徠」爲宜。「徠器」又有四十二年鼎、四十三年鼎、鐘、盉、單父五壺、叔五父匜、單叔鬲，等等。「不顯」即丕顯，大明之意，金文習見。《尚書·君牙》：「丕顯哉，文王謨；丕承哉，武王烈。」《左傳·僖公二十八年》：「晉侯三辭從命，曰：重耳敢再拜稽首，奉揚天子之丕顯休命。」「皇高祖單公」也見於《徠盉》，爲徠所追述的第一代祖，與文王、武王同時。關于單氏，李學勤先生指出：「徠這一家源出文王、武王時的單公，這證明古人傳說單成爲成王幼子臻所封的不確。」單是古老的氏，單早年爲一種軍事組織，先周時期成爲一種農戰組織，《詩經·大雅·公劉》：「其軍三單，廢其隰原，徹田爲糧。」單當爲這種組織轉化作一個氏，《集韻·寒韻》記：「單，闕。姓也，鄭有櫟邑大夫單伯，同作檀。」按此處的「姓」實際指「氏」。鄭、櫟邑皆在陝西關中地區，單氏是這裡的舊族，甚或要早到先周時期。陳槃曰：「按單氏姬姓，無可疑義，金文中之單子、單伯，由左氏經傳之單子、單伯證之其爲姬姓之國，益甚顯然。」應該提及，用《徠盤》銘文並不能否定山東之單氏，《通志·氏族略》：「成王封蔑於單邑，故爲單氏。」是故西周成王之時，已有了西、東兩單，猶如商周之際有兩微，春秋戰國之際有兩曾，況且兩單之讀聲並不一樣。

　　「趄趄」，威武貌，《尚書·牧誓》：「尚桓桓，如虎、如貔，如熊、如羆。」《詩經·魯頌·泮水》：「桓桓於征。」《虢季子白盤》：「趄趄子白，獻馘于王。」《秦公簋》：「剌剌趄趄，萬民是敕。」「克」，能夠、勝任，《尚書·堯典》：「克明俊德，以親九族。」《爾雅·釋言》：「克，能也。」《癲鐘》：「文考克明厥心。」「明恕」即「明哲」，《尚書·說命》：「知之曰明哲，明哲實作則。」《漢書·韋

〔註9〕裘錫圭：〈讀逨器銘文箚記三則〉，《文物》2003年第6期，頁74。

〔註10〕周曉陸：〈徠盤讀箋〉，《北京師範大學學報（社會科學版）》2003年第5期，頁82～83。

賢傳》：「赫赫天子，明悊且仁。」《師望鼎》：「不顯皇考宄公穆穆克盟（明）厥心，悊厥德。」「夾召」，夾爲輔佐，《左傳・僖公四年》：「五侯九伯，女實征之，以夾輔周室。」召又作詔、昭、紹，亦輔佐之意，《尚書・文侯之命》：「亦惟先正克左右昭事厥辟。」《師詢簋》：「用夾召厥辟奠大命。」《史記・周本紀》：「公季卒，子昌立，是爲西伯，西伯曰文王。」《逸周書・謚法解》：「經緯天地」、「道德博厚」、「學勤好問」、「慈惠愛民」、「潛民惠禮」、「錫民爵位曰文」。《周本紀》：「西伯（文王）崩，太子發立，是爲武王。」《逸周書・謚法解》：「剛強直理」、「威強叡德」、「克定禍亂」、「刑民克服」、「大志多窮曰武」。「達殷」即撻殷，《尚書・顧命》：「用克達殷，集大命」。《詩經・商頌・殷武》「撻彼殷武，奮伐荊楚」。釋引《韓詩》：「撻，達也。」《墻盤》：「達殷畯民」。「雁」通膺，《尚書・武成》：「誕膺天命」。《史記・周本紀》：「於是武王再拜稽首，曰：膺更大命，革殷，受天明命。」「魯令」，魯，大也，嘉也，《史記・周本紀》：「魯天子之命」，《魯周公世家》作：「嘉天子之命」。令、命二字西周金文通用。《毛公鼎》：「不顯文武，皇天引厭厥德，配我有周，雁受大命。」

「匍有四方」即《尚書・金縢》：「敷佑四方」。大盂鼎：「匍有四方，畯正厥民。」《克盨》：「膺受大命，匍有四方。」《秦公簋》：「高弘有慶，匍又四方」。「宅」，居、憑據，《詩經・大雅・文王有聲》：「考卜維王，宅是鎬京。」箋：「宅，居也。」《何尊》：「餘其宅茲中國。」「堇」通勤，操勞管理，《宗周鐘》：「肇遹省文武堇疆土。」「配」，協合也，《㝬簋》：「㲀擁先王，用配皇天。」

本節記述逨的高祖單公，輔佐文王、武王伐紂滅商建周的故事，受天命有四方，宅疆域配天帝。

◎王輝〔註11〕：

「逨曰」，逨爲器主銘，又見 1985 年同村出土編鐘乙組Ⅰ～Ⅲ。此字前人如吳大澂等釋逑，舊版《金文編》從之。後來張政烺先生把何尊此字隸作逨，讀爲弼，四版《金文編》從之。已故湯餘惠先生隸作逨，讀爲佐。保利博物館㸬公盨銘：「天令（命）禹專（敷）土，隓（墮）山濬（濬）川，迺（乃）葬方圭（設）征（正）。」葬字從奉從攴，李學勤先生釋差，讀佐，並有很多論證，裘錫圭先生則讀作疇。陳劍先生《據郭店簡釋讀西周金文一例》以爲此字應

〔註11〕王輝：〈逨盤銘文箋釋〉，《考古與文物》2003 年第 3 期，頁 81～83。

分析為從辵，宋或釆聲，其聲旁是從來中分化出來的。此字在金文中讀為仇匹之仇。郭店簡《緇衣》引《詩・小雅・正月》「執我仇仇」，引《周南・關雎》「君子好逑」，仇、逑皆作戠；又金文中邾國曹姓的本字作妻。由此看來，此字應隸作遧，讀為仇。金文「遧匹」見下銘，亦見牆盤，皆應讀為仇匹。《詩・秦風・無衣》：「與子同仇。」毛傳：「仇，匹也。」張政烺先生《奭字說》：「國之重臣與王為匹偶」、「君臣遭際自有匹合之義也。」李先生說這個字又見與射禮有關的銘文，如長甶盉銘「穆王蔑長甶以遧即（次）井伯」、義盉蓋銘「王在□，卿（合）即（次）邦君、諸侯、正、有司大射。義蔑歷，眔于王遧」，在射禮中讀為仇不可通。陳劍則認為射禮同在一方的人員為仇，讀仇可通。此字與器主有關，故極重要。我以為陳劍說此字讀為仇是可取的，但他將此字隸作逑，仍有待進一步研究。

「丕」，大。「顯」，明。丕顯乃周人頌揚先祖之常用語。「皇」，大也。高祖有兩種含義，一指開國之祖。《尚書・盤庚下》：「肆上帝將復我高祖之德。」孔氏傳：「以徙，故天將復湯德。」高祖指殷始祖湯。《康王之誥》：「惟周文、武，誕受羑若……今王敬之哉！張皇六師，無壞我高祖寡命。」高祖指周開國君文王、武王。二指遠祖，上起始祖，下迄祖父以上。《左傳・昭公十五年》周景王對晉卿荀躒之介（副手）籍談說：「且昔而（爾）高祖孫伯黶司晉之典籍……」杜預注：「孫伯黶，晉正卿，司晉之典籍。」孔穎達疏：「（孫伯黶乃籍談）九世之祖。稱高祖者，是高遠之祖也。」單公是始封之祖；此下公叔、新室仲、惠仲盠父、零伯都稱高祖，指遠祖。到了逨的祖父，則稱「亞祖懿仲」，明顯有別。

單為逨家族的封地。單氏家族在兩周是很顯赫的家族，其封君及族人屢見于金文及典籍。單氏家族最先封于何處，前人多不清楚，東周的單或說在孟津，應是後世遷徙。陳槃《不見於春秋大事表之春秋方國稿》只說東周的單，對西周的單沒幾句話，只是引程發軔曰：「（單在）今陝西寶雞縣東南，見散氏盤，後隨王室東遷，邑於今河南孟津縣東南。」但陳氏並不同意程說。今按程說雖屬推測，但眉縣楊家村正在寶雞東南，方位是相合的。散氏盤地名有「單道」，應即單地之道；又有「履（眉）道」，應即眉地之道，二者相距不遠，足見單在眉縣。這批青銅器集中出土於楊家村，應該說，單就在楊家村及其附近。

單之始封，《姓纂》云：「周成王封少子於單邑，為甸內侯，因氏焉。襄公、

穆公、靖公，二十餘代爲周卿士。」羅泌《路史》以爲成王封幼子臻于單，鄭樵《通志》、馬驌《繹史》皆信從。但從逨盤銘看，單公在周文王時已封於單，前人之說不可信。

趄趄典籍作桓桓。《尙書・牧誓》：「勖哉天子！尙桓桓，如虎如貔，如熊如羆。」《爾雅・釋訓》：「桓桓，威也。」《說文》引《尙書》桓桓作「狟狟」。桓桓多用於贊揚武將，如虢季子白盤銘：「趄趄子白，獻戎于王。」單公可能也以武功著稱。

《說文》：「哲，知也。從口，折聲。悊，哲或從心。」又云：「悊，敬也。」《金文編》云：「王引之以伯虔字子析證之，則心部乃惁字，非悊字，蓋傳寫之訛。」「克明哲厥德」，能明知其德，這反映了周人的重德思想，番生簋「克譬（哲）厥德」，文例同。

「夾謟」又作謟夾，大盂鼎：「盂！迺謟夾死嗣我。」《說文》：「夾，持也。」徐灝《注箋》：「夾，二人夾持，夾輔之義也。」謟讀爲詔，《爾雅・釋詁》：「詔、亮，左、右、相，導也。」夾詔同義連用，意爲輔佐。達讀爲撻，擊打，征伐。墻盤：「（武王）遹征四方，達殷畯民。」指武王滅殷。雁讀爲膺，承當。《尙書・武成》：「誕膺天命，以撫方夏。」魯，嘉美。《史記・周本紀》：「周公受禾東土，魯天子之命。」《魯周公世家》作「嘉天子命。」匍讀爲溥，廣大，溥有四方，廣有天下，又見大盂鼎及秦武公鑄鐘。宅，《爾雅・釋言》：「居也。」何尊：「餘其宅茲中或（國）。」董讀爲勤，勞也。周人以爲，文王、武王滅殷，廣有天下，其疆土乃勤勞所得。㝬鐘：「王肇遹省文武董（勤）疆土。」《詩・周頌・賚》：「文王既勤止（之），我膺受之。」配，配合。《詩・大雅・文王》：「殷之未喪師，克配上帝。」《尙書・召誥》：「其作大邑，其自時（是）配皇天，毖祀於上下。」《孝經・聖治章》：「昔者周公郊祀後稷以配天，宗祀文王於明堂，以配上帝。」

此節言我英明、偉大之始祖單公，威武壯健，能明智其德，輔佐文王、武王滅殷，承受天之嘉命，廣有天下，統治其勤勞所得之疆土，以配合上帝。

◎何琳儀〔註12〕：

「竝宅」，見《南史・陸慧曉傳》「吾聞張融與慧曉竝宅，其間有水，其必

〔註12〕何琳儀：〈逨盤古辭探微〉，《安徽大學學報》2003年7月第4期，頁10～11。

有異味。」盤銘「旬有四方併宅」，意謂「撫有天下，共處其間。」《南史・陸慧曉傳》雖屬較晩的典籍，但其中「竝宅」之辭似遠有所本。

「旁」，訓「溥」（《說文》），訓「廣」（《廣雅・釋詁》）。「狄」，應讀「剔」。《詩・魯頌・泮水》「桓桓于征，狄彼東南。」箋「狄，當作剔。剔，治也。」釋文「韓詩云，鬀，除也。」疏，治毛髮，故爲治也。王先謙曰「陳喬樅云，《士喪禮》四鬀去蹄。注，今文鬀作剔。是狄、剔、鬀古皆通用。箋訓剔爲治，治與陳同義，其說即本之韓詩也。」今按，「剔」之本義，當據《說文》「剔，解骨也。」求之。董同龢曰「鄭氏的治分明就是治罪懲處，擊破的意思。」「不享」，見《書・洛誥》「汝其敬識百辟享，亦識其有不享。」楊筠如曰「享，《釋詁》獻也。因此諸侯來助祭，而行享禮也。」

盤銘「旁狄不享」，應讀「旁剔不享」，有「普遍懲處不來祭獻者」之義，也即「普遍擊破不歸順者」。以上解釋，完全可以講通。值得注意的是，「旁剔」一詞又見於後世典籍。檢《文選・潘安仁射雉賦》「亦有目不步體，邪眺旁剔。」注「爰曰，目不步體，視與體違也。邪眺旁剔，視瞻不正，常驚惕也。善曰，《國語》單襄公曰，晉侯目不在體，而足不步目。《說文》曰，惕，驚也。剔與惕古字通。濟曰，視與體相違，目邪望，足旁剔也。」上文已指出「剔」本有「擊破」之義，然則呂延濟所謂「足旁剔」也即「足旁擊」，堪稱確詁。《文選・潘安仁射雉賦》「旁剔」描寫鳥足這一動作，很有可能是由盤銘「旁狄」一詞引申而來。地下文獻和地上文獻的同一詞匯，由於時間跨度遙遠，儘管其含義的外延有時會擴大，然而有其共同的來源，則完全合乎詞匯逐漸演變的規律。

順便討論金文「斁狄」。斁狄鐘「斁狄不恭。」（《集成》9.4631）高田忠周曰「按，《說文》斁，盡也。從攴，睪聲。凡經傳訓畢爲終也、盡也，斁爲本字，畢爲假借字。」按，斁狄鐘「斁狄不恭」與盤銘「旁狄不享」互相比較，不但句式相同，而且「斁」與「旁」均屬唇音。因此「斁狄」可能是「旁狄」的一音之轉。志此備參。

「幽明」，見《書・舜典》「三載考績，三考，黜陟幽明。」傳「幽明有別，黜退其幽者，升進其明者。」其中「幽」與「明」對文見義。「幽明」在《書》中本爲名詞，在盤銘中則爲動詞。「幽明厥心」，意謂「進退其心」，即「根據不同的情況，變化其心。」「召，原篆筆畫繁縟，學界公認其從「召」得聲，乃「召」之繁文。在以往金文中也屢見不鮮。「會召」應讀「會紹」。《書・文侯之命》「用

會紹乃辟」，傳「當用是道合會繼汝君以善。」盤銘「會召康王」，與《書》「用會紹乃辟」辭例相同，意謂「會合繼續康王的事業」。

　　「旁」訓「溥」（《說文》），訓「廣」（《廣雅·釋詁》）。「懷」，原篆不從「心」。《爾雅·釋言》「懷，來也。」「不廷」，又見胡鐘、毛公鼎、秦公鐘等。「不廷」即典籍「弗庭」（「不」與「弗」音義均近），指不肯歸順朝庭者。《書·周官》「四征弗庭，綏厥兆民。」傳「四面征討諸侯之不直者，所以安其兆民。」

　　盤銘「旁懷不廷」，與《禮記·中庸》「懷諸侯」辭例甚近。而後世典籍有「包懷」一詞，可能與盤銘「旁懷」有關。「勹」、「甫」與「方」聲系相通。「匍」從「甫」，「勹」為疊加聲符。這與古文字「匍」、「匊」、「匎」、「複」、「雹」、「墨」等均以「勹」為疊加聲符，可以類比。而「甫」與「方」聲系陰陽對轉。《周禮·考工記》「搏埴之工陶瓬。」注「鄭司農云，瓬讀為甫始之甫。」至於上引《說文》「旁，溥也。」亦屬聲訓。凡此均可證「包」與「旁」音近。檢《晉書·武帝紀》「廓清梁岷，包懷楊越。」其中「廓清」與「楊越」對文見義，皆指征服敵國。這與盤銘「旁懷不廷」的句意也相近。

◎彭曦〔註13〕：

　　逨：作器者，從其自述中知其先祖單公為西周初文、武二王時臣，此器可與《單伯鐘》互證。

　　不顯：不，丕也。《爾雅·釋詁》：「丕，大也。」顯，光也。邢昺疏：「顯者，光明也。」丕顯即今語偉大光明，此詞古籍、金文習見，如《尚書·君書》：「丕顯哉，文王謨！丕顯哉，武王烈。」

　　朕：《說文》：「朕，我也。」

　　皇：輝煌。《詩·大雅·皇矣》：「皇矣上帝。」《詩·小雅·采芑》：「朱芾斯皇。」《毛傳》：「皇，猶煌煌也。」

　　高祖：遠祖。《左傳·昭公十五年》：「且昔而高祖孫伯黶，司晉之典籍。」《注》：「孫伯黶……籍談九世祖。」

　　單公：逨之遠祖，文、武時臣。

　　趄趄：即桓桓。《尚書·牧誓》：「尚桓桓。」《虢季子白盤》：「趄趄子白。」

〔註13〕彭曦：〈逨盤銘文的注釋及解析〉，《寶雞文理學院學報》2003 年 10 月第 5 期，頁11。

《詩・魯頌・泮水》:「桓桓于征,狄彼東南。」《爾雅》:「桓,威也。」趄趄,威武,威嚴,威儀。

克明悊(哲)厥德:克,勝任,能夠。《尚書・堯典》:「克明俊德。」《詩・大雅・蕩》:「靡不有初,鮮克有終。」鄭玄箋:「克,能也。」明,明智。悊,《說文》:「悊,敬也。」

夾盨(詔):夾,《說文》:「持也。」《傳僖公二十六年》:「夾輔成王。」《盂鼎》:「夙夕召我一人。」召,通詔。《周禮・天官・太宰》:「以八炳詔王,馭群臣。」鄭玄注:「詔,助也。」夾詔即輔佐、輔弼之意。

達殷:同《墻盤》之「達殷畯民」意。達,通撻,討伐。

膺受天魯令(命):膺,受也,當也。如《尚書・武成》:「誕膺天命。」魯,嘉美。《史記・周本紀》:「周公受禾東土,魯天子之命。」《史記・魯周公世家》作「嘉天子之命」可證。天魯命,上天(帝)之嘉美受命。

匍有四方:此語已見金文多例,如《大盂鼎》、《師克盨》、《秦公簋》等。與《尚書・金縢》之「勢佑四方」同。匍通撫,有通佑,意撫佑四方。

並宅:並,甲文作🏃,金文作🏃,象二人並立。《說文》:「竝,併也,從二立。」《集韻》:「竝,隸作並。」《廣韻》:「併,兼也。」又《廣韻・靜韻》:「併,合和也。」宅,住處,居住之地域。《尚書・洛誥》:「召公既相宅,周公往成周,使來告匍,作《洛誥》。」又《尚書・康誥》:「亦惟助王宅天命,作新民。」疏:「弘王道安殷民,亦所以惟助王者居,順天命,爲民日新之教。」並宅,意爲天下安居。

厥堇疆土:堇訓爲勤,如《鈇鐘》:「王肇遹省文武堇疆土。」《爾雅》:「勤,勞也。」堇疆土,勤勉治理國家。

用配上帝:配,配合。《玉篇》:「配,合也。」《易・繫辭上》:「廣大配天地,交通配四時。」孔穎達疏:「以易道廣大配合天地,大以配天,廣以配地。」用配上帝,能配合,順從上帝(天)之意。

◎李零〔註14〕:

作器者的名字:舊釋「逨」,可商。這個字,寫法同於逨盤「逨匹成王」的「逨」,以及墻盤「逨匹厷辟」的「逨」。兩者必須統一。西周金文中的這個字,

---

〔註14〕李零:〈讀楊家村出土的虞逨諸器〉,《中國歷史文物》2003 年第 3 期,頁 20〜24。

現在從郭店楚簡的線索看，是相當「君子好逑」的「逑」，在銘文中是匹配之義。此字所從的「求」，不但和「來」字不同，也與今「求」字有別。後世的「裘」字，都是「裘皮」之「裘」的本字，字形是另一來源。這種寫法的「求」，後世已失傳，其實就是學者釋爲「羍」的那個字。後者在甲骨文中的辭例是「～雨」、「～年」、「～禾」，在金文中的辭例是「～福」、「～壽」、「祈～」，並與「匄」字互文，今或讀爲「禱」，但早期甲骨學家是釋爲「求」，我看還是早期甲骨學家的讀法更順理成章。

　　作器者名「逨」，他的字，全稱是「叔五父」。「叔」是加在字前表示行輩，「五」是與名相應（互訓或反義）的字本身，「父」是加在字後表示性別，說明他是男性。古人以「五父」爲字有陳公子佗（見《左傳》隱公七年、莊公二十二年），其名、字關係，學者或以《詩‧召南‧羔羊》的「素絲五紽」爲解。又魯故城有「五父之衢」，可能也與人名有關。這裡的「五父」，可能是另一種名、字互訓，「五」疑讀爲「伍」，如伍子胥，《漢書‧古今人表》作「五子胥」。而「伍」有匹配之義，如古書常說的「與某某爲伍」（如《史記‧淮陽侯列傳》、《漢書‧司馬遷傳》等等，例子很多），又一方講究「配伍禁忌」，都是這種意思。

　　作器者的身份：銘文中的「逨」，身份是周王室的虞官。「虞」，銘文作「吳」。《書‧堯典》「舜命益作朕虞」，馬融注：「虞，掌山澤之官名。」《周禮‧地官》有「山虞」、「林衡」、「川衡」、「澤虞」四官，管山林川澤。這是我們的一般印象。但西周職官中的「虞」，除掌山林川澤，也掌苑囿和動物的畜養。如同簋和免瑚（《集成》8：4270～4271、9：4626），銘文所見虞，是掌「場」、「林」、「虞」、「牧」。「場」爲場人（「場」，古書亦作「暘」），是管休耕地的官員，「林」，爲林衡，是管山林的官員；「虞」，爲騶虞，是管理苑囿和馴養鳥獸的官員（《周禮‧春官‧鐘師》）；「牧」爲牧人，是管理畜牧的官員。逨任虞官，應是世官。

　　明㥁（慎）氒德，讀「明慎氒德」。辭例同《易‧旅》「明慎用刑」。

　　夾譶，讀「夾詔」。類似《左傳》常說的「夾輔」（僖公四年、二十七年，宣公十二年。）「詔」有輔相之義。

　　並宅氒堇疆土，讀「並宅氒勤疆土。」「宅」是定居之義，意思是說定居於單公輔佐文王、武王苦心經營的疆土之內。類似用法在銅器銘文中很多如何尊（《集成》11：6014）、秦公簋（《集成》8：4315）。

◎董珊〔註15〕：

逑：楊家村窖藏盤、盉、鼎的器主爲「逑」，一般據舊說爲「逨」。此字及下文「逑匹」之「逑」字的考釋，可以參看陳劍先生文《據郭店簡釋讀西周金文一例》。「逑」跟窖藏同出壺、匜器主「單五父」或「叔五父」是一個人，「逑」是其名，「叔」是他的行輩，「五」是他的字，當讀爲「伍」。「伍」有匹配（至今猶有「配伍」一詞）和隊伍的意思，「逑」字也有這兩方面的意思。金文講到君臣匹配合同、分工合作常用「逑匹」一詞，古書也常用「仇」、「匹」、「妃（配）耦（偶）」等語表示相同的意思；義盉蓋銘文（《殷周金文集成》9454，以下簡稱《集成》）說器主人在大射禮中「眔于王逑」，就是參加王所在的那一隊伍，金文所見「逑匹」、「逑次」（讀「佽」，訓爲「助」，參看陳文3896頁）某人，也有與某人爲伍的含義。因此「逑」與「五（伍）」詞義相近，這符合古人取字與名相應的慣例。

悤（慎）：此字釋讀請看陳劍《說慎》，收入《簡帛研究（2001）》第207～214頁，廣西師範大學出版社，2001年。

夾召：逑盤銘在敘述先祖考跟周王的君臣關係時，用到「夾召」、「逑匹」、「會召」、「會」、「辟」、「匍保」、「享辟」這樣一些詞，在此做一個匯釋。「夾」訓爲「輔」，見《左傳·僖公四年》「夾輔周室」杜注，「夾召」一詞常見于金文，如大盂鼎（作「召夾」）、師詢簋、禹鼎；「召」、「夾」爲義近連用，「召（詔）」訓爲「相」，「夾召」即「輔相」。「逑匹」的結構也是同義連用，見前引陳劍先生文。「會召」，《書·文侯之命》「汝肇刑文武，用會紹乃辟，追孝于前文人」作「會紹」，「會」當訓「匹」、「合」（見《爾雅·釋詁》），與「逑匹」義近，「紹（召）」可讀「詔」亦訓「相」。「會召」是融合了「輔相」和「逑匹」兩類意思而來。「匍保」，金文「匍有四方」之「匍」字常讀爲「撫」，訓爲「有」（或讀爲「勇」訓爲「徧」），在這裡都不合適。此處「匍」與「保」聯用，當讀爲「輔」或「傅」，看起來，被傅保的對象「孝王、夷王」可能是「亞祖懿仲」的晚輩。按孝王爲龔王之弟，繼懿王立，孝王死，懿王太子立爲夷王，亞祖懿仲所傅保的很可能只是夷王。「享辟」，克罍、克盉銘「餘大對乃享」，《洛誥》「汝其敬識

〔註15〕董珊：〈略論西周單氏家族窖藏青銅器銘文〉，《中國歷史文物》2003年第4期，頁42～43。

百辟享，亦識其有不享」，僞孔傳「奉上謂之享」；「辟」，常訓爲「君」，或用爲動詞，就是「以……爲君」、「臣事」的意思，《逸周書・商誓》「成湯克辟上帝」。

「達（撻）殷」，撻伐殷商。語又見於墻盤銘「達殷畯民」、《尚書・顧命》「用克達殷集大命」。

「堇疆土」又見于宗周鐘（《集成》260）「王逷省文武堇彊（疆）土」，唐蘭先生以爲「堇」讀爲「勤」。我以爲當讀爲「圻」或其通用字「畿」，《逸周書・職方》「方千里曰王圻」。「堇（圻、畿）」、「彊」似相對而言，「堇」指宗周或成周附近的王畿，「彊」指王畿之外。荒服之內。「竝（普）宅厥堇（圻、畿）疆土」指文、武克商以後擴大並確定了周王畿內、外的疆域。

◎連劭名〔註16〕：

「克明哲厥德」，明哲屬儒家思想中的修身之道，《韓詩外傳》卷八：「人之所以好富貴安榮，爲人所稱譽者，爲身也。惡貧賤危辱，爲人所謗毀者，亦爲身也。然身何貴也？莫貴於氣。人得氣則生，失氣則死。其氣非金帛珠玉也，不可求於人也。非繒布五穀也，不可糴買而得也。在吾身耳，不可不慎也。《詩》曰：既明且哲，以保其身。」能保其身則有德，《禮記・鄉飲酒義》云：「德也者，得於身也，故曰：古之學術道者將以得身也，是故聖人務焉。」

「達殷，膺受天魯命。」《史墻盤》銘文云：「達殷畯民。」達，通同義，《廣雅・釋詁》一云：「達，通也。」殷人先于周人得天命，周人接續于殷人之後，故曰「達」。《尚書・顧命》云：「用克達殷集大命。」《逸周書・世俘》云：「維四月乙未日，武王成辟四方，通殷命有國。」

「溥有四方，普宅厥堇疆土，用配上帝。」《宗周鐘》銘文云：「王逷省文武堇疆土。」或讀「堇」爲「勤」，不確。「堇」讀爲「根」，《周易》中有「艮」卦，馬王堆帛書作「堇」。《淮南子・原道》云：「萬物有所生而獨知守其根。」高注：「根，本也。」《禮記・中庸》云：「唯天下至誠爲能經綸天下之大經，利天下之大本，知天地之化育。」《逸周書・本典》云：「智能親智，仁能親仁，義能親義，德能親德，武能親武，五者昌於國曰明，明能見物，高能致物，物備賢至曰帝。帝鄉在帝曰本。」

「堇」與「疆土」同義，土地是文王、武王盛德大業的根本，《管子・乘

〔註16〕連劭名：〈眉縣楊家村窖藏青銅器銘文考述〉，《中原文物》2004年第6期，頁45。

馬》云：「地者，政之本也。」《管子・水地》云：「地者，萬物之本原，諸生之根菀也。」《漢書・食貨志》上云：「地著爲本。」顏注：「地著謂安土。」《周易・繫辭》上云：「樂天知命故不憂，安土敦乎仁故能愛。」

受天命，故有疆土，《左傳・宣公三年》云：「天命明德，有所底止。成王定鼎於郟鄏，卜世三十，卜年七百，天所命也。」《釋名・釋地》云：「地，底也，其體底下載萬物也。」馬王堆帛書《黃帝・立門》云：「吾受命於天，定位于地，成名於人。」天地又稱上下，《尚書・堯典》云：「光披四表，格於上下。」《荀子・理論》云：「地者，下之極也也。」受天命，有四方，成天地之道，故曰「用配上地」配、合同義，《白虎通・號》云：「德合天地者稱帝。」

◎李朝遠〔註17〕：

關於「慎乎德」。《大克鼎》「淑慎乎德，肆克恭保乎恭王」；《逨盤》「桓桓克明，慎乎德，夾召文王、武王」，都是作爲服務時王的一個準則、條件和美德。「慎德」是一專有名詞，春秋早期的《叔父家簋》有「用祈眉壽無疆慎德不亡」句（《集成》9・4615）。《周禮・地官・大司徒》：「以賢制爵，則民慎德」，意爲注意道德修養。慎德，德爲慎的對象，從上引諸銘看，「慎乎德」應是整個句子的基本詞語。「乎德」，那個德，有強調所慎之對象的作用，克（能；勝任）、淑（美好、善、清澈）都是對「慎乎德」的進一步修飾。古有「克明」一詞，其中一義爲能盡君道，《書・伊訓》：「居上克明，爲下克忠」，蔡沉集傳「居上克明，言能盡臨下之道。」故《逨盤》「桓桓克明慎乎德」，似應在「克明」後句讀，不宜與「慎乎德」連讀。「慎乎德」還見于其他青銅器，如《師望鼎》作「慎乎德」（《集成》5・2812）；《番生簋》蓋作「克慎乎德」；《梁其鐘》作「克慎乎德」（《集成》1・189）；《井人佞鐘》作「克慎乎德」（《集成》1・111）等。上述6件器中，逨盤、梁其鐘和井人佞鐘基本公認爲西周晚期器。……與《大克鼎》「淑慎乎德」句最爲接近的文獻是《儀禮・士冠禮》「敬爾威儀，淑慎爾德」。《儀禮》的成書年代，眾儒紛紜解題，梁任公「大抵應爲西周末春秋初之作」之論，當與歷史事實更爲接近。換言之，其與《尚

〔註17〕 李朝遠：《青銅器學步集・眉縣新出逨盤與大克鼎的時代》（北京：文物出版社，2007年），頁308。

書・文侯之命》的時代相近。總之,「愼氒德」一詞應是厲王前後的詞匯,一直沿用至春秋初期。

◎佳瑜按:

銘文「」於字形上之隸定,隸爲逨之說法首先由張天恩先生提出〔註18〕,大部份學者如劉懷君、辛怡華、劉棟及周曉陸、彭曦等先生同意字爲逨,劉懷君先生且說「我們以爲『逨』作人名釋,可以說只是一個名稱而已。」〔註19〕裘錫圭先生則認爲此字很可能從「奉」的變體而不從「來」,王輝先生指出此字應隸作逑,讀爲仇。金文「逑匹」,亦見墻盤,皆應讀爲仇匹。李零先生認爲西周金文中的這個字,現在從郭店楚簡的線索看,是相當「君子好述」的「述」,在銘文中是匹配之義。董珊先生亦說「述」字也有匹配方面的意思。然而李學勤及湯餘惠先生分別主張字從「巫」作,當讀作「佐」。

此字適切的隸定釋讀在於釐清「」部件,檢視字形與「來」字形形似,故絕大部份認爲此字應隸爲「逨」,然而陳劍先生指出「文字間橫向比較的結果,往往也很難作爲釋字的根據。」甚是,並說「應該是由『奉』分化出來的一個字。古文字中奉字的不同寫法很多,最常見的一類作(看《甲骨文編》第 426~427 頁)、(看《金文編》第 706~707 頁、774~776 頁、356 頁),與的主要區別在於字形下部位於中豎左右的兩筆總要多一層,分用同一字的繁簡形體表示音同或音近的詞而造成的字形分化,這種現象在古文字發展中是屢見不鮮的。」此外「從讀音上看,在金文中表示『仇』這個詞,奉在甲骨金文中大多表示『禱』這個詞。『仇』和『禱』都是幽部字,就聲母而論,仇是見系群母字,禱是端系端母字。壽本身是照＝系。在諧聲系統中,照＝系和端系字大量跟見系字發生關係。也就是說與『奉』最初應該聲韻很相近,後來讀音發生變化,聲母分入見系和端系。這種語音的分化體現在字形上,就是它們最初可能共用一個字形,讀音的分化促使文字分工明確。西周金文中的和從辵從得聲的那些字應該釋讀爲『仇』。」〔註20〕

〔註18〕考古與文物編輯部:〈寶雞眉縣楊家村窖藏單氏家族青銅器群座談紀要〉,《考古與文物》2003 年第 3 期,頁 16。

〔註19〕劉懷君:〈逨鐘銘文試釋〉收錄于《吉金鑄華章》(北京:文物出版社,2008 年),頁 357。

〔註20〕陳劍:《甲骨金文考釋論集・據郭店簡釋讀西周金文一例》(北京:線裝書局,2007

此說極是，所以按照陳劍先生的看法就是說：▓及從▓之字在篆隸中應已遭淘汰，可能是被「求」聲字兼併了的結果，孟蓬生先生亦認爲陳劍先生以郭店楚簡《緇衣》「執我戟戟（仇仇）」和「君子好戟（逑）」的「戟」字爲線索，讀金文「遂匹」之「遂」爲「仇匹」之「仇」，其說確不可易。〔註21〕胡長春先生則認爲「早期甲骨學家是釋爲『求』，我看還是早期甲骨學家的讀法更順理成章。」〔註22〕陳英傑先生也指出「此字不傳於後世，隨著字形和音讀的分化，其意義保留在後世的『求』和『賣』中。銘文中作祭祀名的可以讀爲『禱』，與祈、勾同義的可以讀爲『求』，車馬服飾中讀爲『賣』，▓讀爲『仇匹』之『仇』。」〔註23〕權衡看來「▓」或從「來」或從「巫」作顯然存在問題，故不從此說。銘文「▓」即作器者之稱名應隸爲「遂」音讀爲「逑（仇）」。

趄趄，典籍作「桓桓」，《爾雅·釋訓》：「威也。」又《尚書·牧誓》云「尚桓桓。」「桓桓」有威武之義。「克明▓厥（厥）德」句之「▓」釋讀，歸結上述相關說法分別認爲「▓」爲「悊（哲）」與「慎」二說，從字形部件來看，此字從「心」、右旁從「斤」，左旁所從應即陳劍先生所分析「可能是由▓一類形體斷開成爲▓，再由▓形線條化演變來的。」〔註24〕依此分析則「▓」應從「所」從「心」，隸爲「愿」讀爲「慎」。「慎」，《說文》：「謹也。」又「排比文獻，可以發現古書中只有『慎厥德』、『慎德』的說法能與金文「～厥德」、『～德』相當。從古書看『哲』及其異體『悊』並無『敬』意，而且『悊（哲）德』、『悊（哲）厥德』、『淑悊（哲）』一類的說法從不見於古書。可見，釋讀爲『哲』或『悊』，都是難以成立的。」〔註25〕對此，周寶宏先生則有不同的看法，認爲哲字在《尚書》中訓爲敬，如《酒誥》：「經德秉哲」，孫星衍《尚

年），頁20～34。

〔註21〕中國古文字研究會編：《古文字研究（第二十五輯）》（北京：中華書局，2004年），頁269。

〔註22〕胡長春：《新出殷周金文隸定與考釋（上篇）》（北京：線裝書局，2008年），頁152。

〔註23〕陳英傑：《西周金文作器用途銘辭研究（上）》（北京：線裝書局，2008年），頁476。

〔註24〕陳劍：《甲骨金文考釋論集·說慎》（北京：線裝書局，2007年），頁46。

〔註25〕陳劍：《甲骨金文考釋論集·說慎》（北京：線裝書局，2007年），頁42。

書今古文注疏》：「哲者，《說文》作悊，云：敬也。」悊德就是敬德之義。古典文獻中未見有用愼爲敬意的明確辭例。並且認爲西周金文中的「悊厥德」就是敬厥德之義，且說《文侯之命》之「愼明德」之愼應爲悊字的借字，而不是西周金文的悊爲後代傳世文獻中的愼，愼字本無敬義。〔註26〕按照周先生所舉《酒誥》：「經德秉哲」之例來看其對應關係，此處的「德」爲名詞應指「德行」而言，與之對應的「哲」亦如是，「以釋『智』或『明』爲是。」〔註27〕依此看來，「愼厥德」或言「愼德」是相當適切的，銘文「克明悊（愼）乒（厥）德」即是說明能夠明確謹愼的保持德行，也因此故能與下文所言「膺受天魯令（命）」呼應。

「𧶠」（召），即輔相、佐助之義〔註28〕。「夾召文王、武王」即言輔佐文王與武王。「達殷」，「達」用爲「撻」，擊也。〔註29〕「達殷」一詞亦見墻盤銘文「達殷畯民」以及《尚書・顧命》：「用克達殷，集大命」。李學勤先生或指出「達義爲通，達殷即通殷」，茲就讀音上來看，「達」與「通」字同是上古定母月部字，〔註30〕段玉裁《撰異》有云：「古文『達』字今文皆作通，《禹貢》『達于河』、『達于濟』、『達于淮泗』，《史記》皆作通，是也。」〔註31〕故按照李先生的「達義爲通」此項說法應是可備爲一說，然而，權衡銘文上下文義內涵，此處的「達」用爲「撻」確實較爲適切，其義也應近同《商頌・殷武》：「撻彼殷武，奮伐荊楚。」

「膺受天魯令（命）」，即言「承受天命」。有關「受命」觀點晁福林先生指出，以「帝」爲中心的「天國」建構是周人的創造。在周人的天國觀念中，「帝」的位置超出祖先神靈而至高無上，這既是政治鬥爭的需要，也是思想觀念的一個發展。周文王通過祭典的方式，宣示自己「受命」，實際上是將「天」置於祖先神靈之上，這就在氣勢上壓倒了殷人。「天」由此而成爲有普遍意義

〔註26〕中國古文字研究會編：《古文字研究（第二十五輯）》（北京：中華書局，2004 年），頁 113。

〔註27〕顧頡剛、劉起釪：《尚書校釋譯論（第三冊）》（北京：中華書局，2005 年）頁 1405。

〔註28〕張世超等著：《金文形義通解》（京都：中文出版社，1996 年 3 月），頁 152。

〔註29〕張世超等著：《金文形義通解》（京都：中文出版社，1996 年 3 月），頁 257。

〔註30〕郭錫良：《漢字古音手冊（增訂本）》（北京：商務印書館，2010 年），頁 5。

〔註31〕顧頡剛、劉起釪：《尚書校釋譯論（第四冊）》（北京：中華書局，2005 年），頁 1727。

的至上神，其地位遠遠超過某一氏族部落或方國的祖先神靈。〔註32〕據此看來
銘文所言「達（撻）殷，膺受天魯令（命）」另一層面正也說明政權正統建立
的合法性，《尙書・多士》云「爾殷遺多士！弗弔旻天大降喪于殷；我有周佑
命，將天明威致王罰勅，殷命終於帝。肆爾多士，非我小國敢弋（翼）殷命，
惟天不畀，允罔，固亂弼我；我其敢求位！惟帝不畀，惟我下民秉爲，惟天
明畏。」〔註33〕藉由《尙書・多士》這段話清楚說明上天降喪于殷，文王武王
能夠成功克服殷商，也是由於受到天的協助方能完成，周王朝的得以建立也
在於天命的賦予，促使取代殷人而建立新的王朝。

　　「匍有四方」一詞又見四十二年、四十三年逨鼎，爲金文常見習語，亦見
盂鼎銘「匍有四方」王云《書・金縢》「敷佑四方」〔註34〕，由「敷」與「溥」
通，而古「溥」與「匍」爲一字，《盂鼎》言「匍有四方」即「撫有四方」，典
籍中寫爲「撫有」如《左傳》之《襄公十三年》「撫有蠻夷」、《昭西元年》「撫
有爾室」、《昭公三年》「撫有晉國」。「敷佑」是「匍有」、「撫有」的同音假借。
〔註35〕所謂的「四方」即指境內各諸侯國，「匍有四方」說明能安定統率四方諸
侯。「並宅」之義承上文「匍有四方」而來，此處即言安定、居住，如《尙書
・盤庚》「既爰宅於滋，重我民。」堇（勤），《說文》：「勤，勞也。」據臧克和先
生分析：金文中的「堇」共有這樣幾種用法：通作「謹」、通作「瑾」、通作「懂」、
通作「勤」。《逨盤》銘文出現的兩處「堇」字，都作爲「勤」的用法還是能夠
統一的。〔註36〕「厥堇（勤）疆土」即言國家領土的保有與擴及在於勤奮致力
之上，義同「克勤於邦」。「用配上帝」說明周人的天命思想，周人認爲天命是
可以轉移的，感於天命無常，仍須隨時保持戒愼之心勤勉於政務，以祈求匹配
於天。

〔註32〕晁福林：〈從上博簡《詩論》看文王「受命」及孔子的天道觀〉，《北京師範大學學報》2006 年第 2 期，頁 89。
〔註33〕顧頡剛、劉起釪：《尚書校釋譯論（第三冊）》（北京：中華書局，2005 年）頁 1512。
〔註34〕于省吾：《雙劍誃吉金文選》（北京：中華書局，2009 年），頁 117。
〔註35〕顧頡剛、劉起釪著：《尚書校釋譯論（第三冊）》（北京：中華書局，2005 年），頁 1230。
〔註36〕中國古文字研究會編：《古文字研究（第二十五輯）》（北京：中華書局，2004 年），頁 121。

此段銘文「逨（述）曰：丕顯朕皇高祖單公，趄趄（桓桓）克明慹（慎）氒（厥）德，夾邵（召）文王、武王，達（撻）殷，膺受天魯令（命），匍有四方，並宅，厥堇（勤）疆土，用配上帝。」說明逨（述）的偉大高祖單公，威武而且時常明確謹慎的保持自己的德行，任官職期間輔佐文王、武王，克服殷商，承受天命，統率四方諸侯，使之安居樂業天下安定，即使擁有廣大河山時刻不減鬆懈勤勉於國家政務上，冀求匹配上天。

（二）雫朕皇高且（祖）公叔，克逨匹成王，成受大命，方狄不亯，用奠四或（域）萬邦。雫朕皇高且（祖）新室仲，克幽明厥心，䰟（柔）遠能执（邇），會邵康王。方裹（鬼）不廷。

◎劉懷君、辛怡華、劉棟〔註37〕：

公叔為逨家族第 2 代，用事于成王。

「雫」，句首語氣詞。

「逨」，通「來」，《爾雅·釋詁》：「來，勤也。」為王所使。何尊：「昔在爾考公氏，克逨文王，肆文王受茲大命。」「匹」，配也，輔助。《詩·大雅·文王有聲》：「作豐伊匹。」毛傳：「匹，配也。」

「方狄（翟）不亯」與下句「方裹不廷」相對應。「不亯」，應是「不來亯」的省略。《詩·商頌·殷武》：「昔有成湯，自彼氐羌，莫敢不來亯。」《考公記·玉人》：「諸侯以亯天子。」「不廷」諸侯部族來王廷朝見曰廷，背叛不來王廷朝見叫不廷。毛公鼎：「丕顯文武，……配我有周，膺受大命，率裹（懷）不廷方。」文獻作庭，《左傳》隱公十年：「以王命討不庭。」

「方」金文作「𤰔」或「𤰔」。不其簋：「駁方玁狁，廣伐西俞。」番生簋蓋：「用諫四𤰔」。泉伯戎簋「四方」作「四𤰔」。「𤰔狄」即「狄𤰔」也就是「狄方」，牆盤稱「蠻方」為「方蠻」。「𤰔」或「𤰔」在這篇銘文裡可能稍有區別，「𤰔」大概帶有貶義。

「𤰔裹」即「裹方」，「裹」通「鬼」，「裹方」即「鬼方」。伯戎簋：「伯戎肇其作西宮寶，惟用妥（綏）神裹（鬼）。」于省吾先生認為：「裹方鬼之借字。《說

文》裹從衣眔聲，褱從衣鬼聲，二字聲韻並同。……《漢書·外戚傳》：『褱誠秉忠。』注：『褱，故懷字。』」【陳初生《金文常用字典》釋褱，陝西人民出版社，1987年。】鬼方是戎狄的一種，在殷商就是一個大方國，高宗武丁伐它用了3年的時間，小屯所出卜辭中也多次見到鬼方。王季伐它時，就曾俘獲了20個翟王。

「奠」，定。《尚書·禹貢》：「奠高山大川。」《史記·夏本紀》作：「定高山大川。」「或」通「域」，疆界，邊界。「邦」，國。《周禮·天官·大宰》：「掌建邦之六典，以佐王治邦國。」注：「大曰邦，小曰國。」

新室仲爲逨家族第3代，用事于康王。

「幽」，沉靜，安閑。「齦遠能執」大概義同與《詩·大雅·民勞》：「柔遠能邇，以定我王」句。「執」可訓爲「邇」。番生簋蓋：「用諫三方，齦（柔）遠能執（邇）」。「能」，親善，和睦。

「會盨」，大抵同於「會同」。諸侯朝見天子稱「會同」。「方褱不廷」之「方褱」即「鬼方」。《史記·周本紀》云：「康王即位，遍告諸侯，宣告以文武之業以申之，作〈康誥〉。故成、康之際，天下安寧，刑錯四十年不用。」然而清道光年間出土於陝西岐山禮村（又說是眉縣李村）的二十五年盂鼎（小盂鼎）記載了康王時盂奉王命兩次征伐鬼方，俘獲告廟，受到周王賞賜的經過。戰爭規模很大，一次就捉住鬼方首領3人，割馘（古代戰爭中割掉敵人的左耳記數獻功）4800多個，抓獲俘虜13000多人，獲戰車30輛，獲牛355頭、羊28只。

◎李學勤〔註38〕：

三至四行「克遘匹成王」，「遘」讀爲「佐」。單伯昊生鐘「遘匹先王」，與此最近，史墻盤也有「遘匹厥辟」。

第四行「方狄不享」，「狄」讀爲「逖」。《詩·殷武》「莫敢不來享」，「享」訓爲獻。盤銘是說將不臣服享獻的國族驅而遠之。

第六行「會」訓爲合，意思是遇合。下一行「用會昭王、穆王」，義同。

同行「方褱（懷）不廷」，可參看毛公鼎「率懷不廷方」。

〔註38〕李學勤：〈眉縣楊家村新出青銅器研究〉，《文物》2003年第6期，頁66～67。

◎周曉陸〔註39〕：

「雩」爲發語詞，相當于曰，金文習見。「逨」讀作「來」，《爾雅・釋詁》：「來，勤也。」「逨匹」謂勉力相助。《何尊》：「克逨文王。」《單伯鐘》：「逨匹先王。」《墻盤》：「逨匹厥辟。」對於第（1）節單逨之名，可知「逨」有勤勉輔佐之意，所以不必差強讀作「佐」。《周本紀》：武王崩，「太子誦代立，是爲成王。」《逸周書・溢法解》：「安民立政曰成。」「狄」通逖，《說文》：「遠也。」《說文通訓定聲・解部》：「狄，假借爲逖。」《荀子・賦》：「修潔之爲親，而雜汙之爲狄者邪？」「方狄」蓋遠方之意。

「不享」即丕享，大享安善之意。「奠」，定也，《尚書・禹貢》：「奠高山大川」。《史記・夏本紀》作：「定高山大川。」或西周金文讀作國，《國語・天官・太宰》：「以佐王治邦國。」注：「大曰邦，小約國。」《毛公鼎》：「康能四或（國）。」《蔡侯鐘》：「建我邦國。」《墻盤》：「迨受萬邦。」

據《周本紀》，成王年少，周公攝政之，平武庚亂，誅管叔，放蔡叔；以微子開代殷後國于宋，封建衛晉。成王長成，周公返政，營洛邑，遷殷遺民；伐淮夷，遷奄君，伐東夷。本節銘文正濃縮介紹了這些史實。

「幽明」幽處明哲之謂，《易・繫辭上》：「仰以觀于天文，俯以察於地理，是故知幽明之故。」《尚書・舜典》：「三載考績，三考黜陟幽明。」《墻盤》：「青幽高且」、「舜明臧且」。「遰遠能狱」爲西周金文習見，《大克鼎》、《番生簋》等所記與此全同，《晉薑鼎》：「用康遰妥襄遠狱君子。」一般認爲，此即《尚書・堯典》、《尚書・立政》、《詩經・大雅・民勞》之「柔遠能邇」，是西周成語，然「狱」字右形左聲，筆者以爲讀「往」字爲宜，「柔遠能往」，即中央王朝的懷柔政策能夠推播遠方。《周本紀》：成王崩，「太子釗遂立，是爲康王。」《溢法解》：「溫年好樂」、「安樂撫民曰康」，「康，順也」。「方襄不廷」，「襄」即懷，《爾雅・釋言》：「懷，來也」。《詩經・周頌・時邁》：「懷柔百神」。「不廷」謂王政不至、不朝于王廷之地，《詩經・大雅・常武》：「徐方來庭」，毛傳：「來王廷也。」《左傳・隱公十年》：「鄭莊公以王命討不庭，不貪其土，以勞王爵，正之體也。」《詩經・大雅・韓奕》：「榦不庭方，以佐戎辭。」《毛公鼎》：「率襄不廷方。」

〔註39〕周曉陸：〈逨盤讀箋〉，《北京師範大學學報（社會科學版）》2003 年第 5 期，頁 83～84。

《麩鐘》：「用蠚不廷方。」《秦公簋》：「鎭靜不廷。」

　　本節記錄的皇高祖新室中輔佐康王故事。《周本紀》記成王遺命召公、華公等「相太子」，二公在先王廟，申告太子釗（後立爲康王），以爲文武「王業之不易，務在節儉，毋多欲，以篤信臨之」。「康王即位，遍告諸侯，宣告以文武之業以申之。」「故成康之際，天下安寧，刑錯四十餘年不用。」本節與上一節，與《周本紀》甚合。

◎王輝〔註40〕：

　　雩與粵通，語首助詞，無義。大盂鼎：「雩我其遹省先王受民受疆土。」《漢書‧律曆志》引《書‧武成》：「粵若來二月。」公叔即「叔作單公」方鼎之「叔」，單公之三子，其爵仍爲公。他既爲成王輔佐重臣，則方鼎爲成王時器。大命，天命，大盂鼎：「不（丕）顯文王受天有大命。」成疑當讀爲誠。

　　方，時間副詞，《廣雅‧釋詁》：「方，始也。」狄見墻盤：「永不鞏（恐）狄虘。」又曾伯簋臣：「克狄淮夷。」《金文編》狄讀同《說文》逖，古文作逷。《詩‧大雅‧抑》：「修爾車馬，弓矢戎兵。用戒戎作，用逷蠻方。」鄭玄箋：「逷當作剔，治也。蠻方，蠻，畿之外也。此時中國微弱，故復戎將率之臣，以治軍實，女當用此備兵事之起，用起治九州之外不服者。」又《魯頌‧泮水》：「濟濟多士，克廣德心。桓桓于征，狄彼東南。」鄭玄箋：「狄當作剔。剔，治也。東南，斥淮夷。」按剔之本義爲「解骨」，引申爲翦削。《莊子‧馬蹄》：「燒之剔之。」《釋文》引司馬云：「剔，謂翦其毛。」再引申爲治理。享爲祭祀，《尚書‧泰誓下》：「郊社不修，宗廟不享。」孔穎達疏：「不享，謂不祭祀也。」此句意謂成王能治服不知祭祀禮儀的荒遠之邦。《史記‧周本紀》祭公謀父云：「先王之順祀也，有不祭則修意，有不祀則修言，有不享則修文……序成而有不至，則修刑。於是有刑不祭，伐不祀，征不享。」奠，定也。四或，讀爲四國或四域，指四方。《周易‧明夷》象傳：「初登於天，照四國也。」《詩‧大雅‧崧高》：「揉此萬邦，聞於四國。」毛傳：「揉，順也。四國，猶言四方也。」

　　此節言我偉大的遠祖公叔，能爲成王輔佐重臣，繼承文、武之業，受天命，服荒蠻，安定四方眾國。墻盤說：「憲聖成王，用肇徹（徹）周邦。」意

〔註40〕王輝：〈逑盤銘文箋釋〉，《考古與文物》2003年第3期，頁83～84。

謂成王開拓疆土，奠定了國家的版圖，與此節大意相近。

李家村出土盠駒尊銘：「餘用乍（作）朕文考大仲寶障彝。」盠即下文的「惠仲盠父」，新室仲即其父大仲。大仲稱新室，乃新的家室。室既是住宅，也包括屬於王室的財產、土地、奴隸等。《左傳・成公七年》：「子重、子反殺巫臣之族子閻、子蕩及清尹弗忌及襄老之子黑要而分其室。」《國語・楚語上》：「鬥及儀父施二帥而分其室。」韋昭注：「室，家資也。」侯馬盟書屢見「內（納）室」，即進納家財（包括奴隸）。引申之，王朝及諸侯封地稱室。《尙書・康王之誥》：「雖爾身在外，乃心罔不在王。」《三國志・蜀志・諸葛亮傳》：「……漢室可興矣。」《漢書・律曆志下》：「王莽居攝，盜襲帝位，竊號曰新室。」大仲可能是姬周族的一個分支。《姓纂》說單始祖爲周成王少子，雖不準確，但單、周確系同宗。盠駒尊銘：「王弗望（忘）乓（厥）舊宗小子。」《國語・周語中》單子謂周定王曰：「今雖朝也不才，有分族于周。」韋昭注：「朝，單子之名也。有分族，王之族親也。」

《易・繫辭上》：「仰以觀于天文，俯以察於地理，是故知幽明之故。」韓康伯注：「幽明者，有形無形之象。」幽與明是反義詞，但在銘文中強調的是明的一面。

頤字字書所無，《金文編》附於九卷頁部。克鼎、番生簋皆有「頤遠能犾」之語。惟本盤及番生簋頁作𤔲，即夒字，夒上古音幽部泥紐，柔幽部日紐，2字疊韻，泥日準雙聲，故夒與柔聲字通用。夒字徐鍇《繫傳》作猱。墻盤：「上帝司夒」。李學勤先生讀爲柔。秦公鐘：「頤夒百邦。」讀爲柔夒百邦。《爾雅・釋詁》：「柔，安也。」犾異體或作𡞞。即樹藝字，通行作埶。……晉姜鼎：「用康頤妥襄（懷）遠犾君子。」遠犾即遠邇。柔遠能邇是先秦恒語，謂能安撫遠近。《尙書・顧命》：「柔遠能邇，安勸小大庶邦。」《詩・大雅・民勞》：「柔遠能邇，以定我王。」襄讀爲懷。《禮記・中庸》：「懷諸侯，則天下畏之。」孔穎達疏：「懷，安撫也。」《三國志・吳志・陸遜傳》：「外禦疆對，內懷百蠻。」不廷又作不庭。《左傳・隱公十年》：「以王命討不庭。」杜預注：「下之事上皆成禮於庭中。」楊伯峻注：「庭，動詞，朝於朝庭也。九年《傳》云『宋公不王』，故此云以討不庭。此不庭爲名詞，義爲不庭之國。」毛公鼎：「率懷不廷方。」……不廷爲上古恒語，指遠方夷狄與王朝關係疏遠或背叛

而不臣服者。《廣雅・釋詁》：「方，始也。」「方懷不廷」與上文「方狄不享」大意相近，而用字不同，可能是爲了避免重複。西周中晚期金文講求修辭，文學色彩很濃。

此節言偉大的遠祖新室仲，能明其心，安撫遠近方國，輔佐康王，臣服蠻夷戎狄之不知禮儀者。

◎彭曦〔註41〕：

克逑匹成王：克，商承祚《說文中之古文考》：「克，訓爲勝，引爲能。」匹，配合。《爾雅》：「匹，合也。」《廣雅》：「匹，配，攣也。」匹，此處爲輔弼。逑能輔弼成王。

成受大命：大命，天命，上天賦予的權力使命。《尚書・康誥》：「天乃大命文武。」成受大命，即成就了天賦予成王的使命。

方狄不亯：方，方國，方狄即狄方。亦應是《詩》中多次提到的玁狁。亯，享。《說文》：「亯，獻也。」《詩・商頌・殷武》：「昔有成湯，自彼氐羌，莫敢不來享。」鄭玄箋：「享，獻也。」方狄不享，方國狄不來進獻。

用奠四或萬邦：奠，《玉篇》：「奠，定也。」《文選》：「有辟叡蕃，爰履奠牧。」李善注：「爰履奠牧，謂於所履之地，能鎮定其郊牧也。」或，即邦、國，如《明公簋》：「伐東或（國）」等例。此句意爲平定（平服）了眾多的方國。被平定之方國，當是文中「不廷」者。

克幽明厥心：厥心（聰明才智）能夠明察一切。

🙰遠能致：🙰，即古文憂。《說文》：「憂，和之行也。」《詩・商頌・長發》：「敷正憂憂。」朱駿聲《通訓定聲》：「經傳皆以優爲之。」憂通優，和順，通暢。致，即数。《字彙補》：「数，剋也。」《爾雅》：「剋，勝也。」唐・玄應：《一切經音義》卷二十五引《字林》：「劾，能也。」数，讀 zhi。（亦有訓爲執者）。憂遠能致，意爲能和順暢通布政（於四或萬邦）。

會召康王：（四國萬邦）朝惠于康王。

方襄不廷：《毛公鼎》有「率襄不廷方」句。率，《小爾雅》：「率，勸也。」「襄通懷。」《爾雅》：「懷，來也。」《詩・周頌・時邁》：「懷柔百神。」《毛

〔註41〕彭曦：〈逑盤銘文的注釋及解析〉，《寶鷄文理學院學報》2003 年 10 月第 5 期，頁
 11～12。

傳》：「懷，來也；柔，安。」不廷，不來朝周，意爲叛周。方襄不廷，意爲懷不廷方，懷柔不廷之方國。這種解釋符合康王時期的政治形勢。《史記·周本紀》：「康王即位，徧告諸侯，宣告以文武之業以申之，作《康誥》。故成康之際，天下安寧。」或釋襄爲鬼，方襄即鬼方，欠妥。

◎李零〔註42〕：

雩，讀「粵」。逨盤的六個「雩」字和四十三年逨鼎的兩個「雩」字，都是相當于古書中的「粵」或「越」，毛公鼎有「雩之」對「厲自今」的例子（《集成》2：2841），可見此字含有表示過去發生之事的含義。

成受大令，讀「成受大命」。意思是成就其所受大命。下文「有成於猷」、「有成于周邦」的「成」也是這個意思，但是名詞。

方狄不亯，讀「方狄不享」。這裡的「方」與下文「四方」的「方」寫法不同，用法有別。此句與下「方懷不廷」是類似表達，兩處的「方」寫法相同，含義也一樣，都是表示方始之義，而不是廣大之義；「狄」與「懷」相當，也是動詞，疑應讀爲《詩·魯頌·泮水》「桓桓東征，狄彼東南」的「狄」，即相當於「剔」（剔除之義），而不是「逖」（遙遠之義）。「不享」，是不來進貢的意思，古書常與「不廷」並說，如《大戴禮·五帝德》「舉皋陶與益，以贊其身，舉干戈以征不享不庭無道之民。」

方襄不廷，讀「方懷不廷」。「方」，含義同上「方狄不享」的「方」。「懷」，是懷歸之義。「不廷」是不來朝見的意思，毛公鼎有「率懷不廷」，爲類似表達，但「方」和「懷」意思並不一樣。案古書也把「不享」和「不廷」稱爲「不享觀」（《穀梁傳》僖公五年、昭公三十二年）。《詩·商頌·殷武》有「莫敢不來享，莫敢不來王」，也是這類意思。

◎董珊〔註43〕：

「方狄（逖）不享」和下文「方懷不廷」兩個「方」都訓爲「徧」，這兩個「方」字寫法跟上文「匍有四方」之「方」不同，表示的詞也不一樣。「不享」、

〔註42〕李零：〈讀楊家村出土的虞逨諸器〉，《中國歷史文物》2003年第3期，頁24。

〔註43〕董珊：〈略論西周單氏家族窖藏青銅器銘文〉，《中國歷史文物》2003年第4期，頁43。

「不廷」就是「不來朝見的（方國）」和「不臣事周邦的（方國）」。

◎連劭名〔註44〕：

「克達匹成王，成受大命。」關於「成王」的名號，漢儒有數說，如《尚書·酒誥》云：「成王若曰。」鄭玄注：「成王，所言成道之王。」馬融注：「俗儒以爲成王骨節始成，故曰成王。或以爲成王爲少成二聖之功，生號曰成王，沒因爲謚。衛賈以戒成康叔以慎酒，成就人之道也，故曰成。」

今按：據銘文，知「成王」之號當與「成受大命」有關，《國語·周語》云：「成，德之終也。」營洛邑定天下之中，是成王在周人歷史上的重大功績，至此而最後完成了周人受天命的全部過程，《尚書·洛誥》云：「曰其自時中乂，萬邦咸休，惟王有成績。」

「克幽明厥心」，《周易·繫辭》上云：「仰以觀于天文，俯以察於地理，是故知幽明之故，原始之終，故知死生之說。」韓康伯注：「幽明者，有形、無形之象。」簡而言之，「幽明」如「有無」，《莊子·庚桑楚》云：「有乎生，有乎死，有乎出，有乎入，入出而無見其形，是謂天門。天門者，無有也。萬物出乎無有，有不能以有爲有，必出乎無有，而無有一無有，聖人藏乎是。」

「天門」即萬物之始，如同《老子·道經》第一章所說的「眾妙之門」。又可稱爲「一」，《說文》云：「惟初太始，道立於一，造分天地，化成萬物。」故「幽明其心」如言「得一」，《老子·道經》第二十二章云：「聖人抱一以爲天下式。」

「柔遠能邇」，郭店楚簡《君子之道》云：「唯君子道可近求而可遠錯也。」古人認爲修身正心而天下服，如《論語·季氏》云：「夫如是，故遠人不服則修文德以來之。」又如《周易·繫辭》上云：「鳴鶴在陽，其於和之，我有好厥，吾與爾靡之。子曰：君子居其室，出其言善，則千里之外應之，況其邇者乎。居其室，出其言不善，則千里之外違之，況其邇者乎。言出其身而加諸民，行發乎邇而見乎遠。言行，君子之極機也，極機之發，榮辱之主也。」

◎佳瑜按：

銘文首言「雩」字，於此當爲發語詞，無義，下文所見「雩」皆可同等視

〔註44〕連劭名：〈眉縣楊家村窖藏青銅器銘文考述〉，《中原文物》2004 年第 6 期，頁 45。

之。「克逨（述）匹成王」，「述」，《詩・關雎》：「窈窕淑女，君子好述。」「述」，匹也。匹，箋云「怨耦曰仇，言後妃之德和諧。」「述匹」或可作「仇匹」，指匹配之義，前文已云「西周金文中的██和從辵從██得聲的字應該釋讀爲『仇』，從現有材料看，██及從██之字在篆隸中應已遭到淘汰。」陳劍先生並已指出「這可能是被『求』聲字兼併了結果，這個猜想的根據是：在戰國文字中，戠〔註45〕、△戈〔註46〕並存，兩字讀音極近，又可以表示同一個詞。很可能是因使用不同聲符而形成的異體字或部分異體字。西周金文的遷字，古書或作『述』，也很像是以『求』替換『遷』字的聲符『██』而形成的異體字或古今字。」〔註47〕根據陳劍先生的分析，可以得知「遷」與「述」二者可能存在異體字或古今字的關係，是故銘文「遷」釋爲「述」是適切的，「述匹」讀爲「仇匹」亦有文獻可茲證，銘文即言述的高祖公叔能夠匹配成王。「成受大命」義近似「膺受天魯命」，此處的「大命」所指應是高祖公叔承擔王命完成大事。

　　「方狄不亯」與下文「方裹不廷」可對文參看，首先關於「方」釋義，學者分別有所不同看法，劉懷君等與彭曦先生認爲「方狄」即「狄方」、「方裹」即「鬼方」；王輝先生則認爲「方」指時間副詞，何琳儀先生釋爲「旁」，胡長春先生補充說「單氏二代祖公叔正當成王時，周王朝的統治尚不穩固，管蔡叛亂，東夷、南夷不臣，此時公叔輔助成王，普遍擊破不歸順者，安定四方眾國。從銘文文義和當時的天下局面來看，『旁』訓『薄』、訓『廣』、訓『徧』，既符合銘文文義，又和周王朝當時的局面相符。何文從古辭的角度來釋讀銅器銘文，遠較一個一個解釋單字爲勝，金文中的古辭如能在古書中找到相同或相近的詞匯，其釋讀的可信度無疑是較高的。」〔註48〕李學勤先生亦讀爲「旁」，義爲廣大；李零先生則持不同看法，認爲非「廣大」義，應是「方始」之義；周曉陸先生則認爲「方狄」即遠方之意，董珊先生則訓爲「徧」。謝明文先生分析指出「方狄」不得認爲是「狄方」之倒，「狄」應讀爲「逖」或「剔」，並認爲兩「方」字訓爲「徧」的說法較優。〔註49〕根據謝明文先生

〔註45〕戠字作██。

〔註46〕佳瑜按：包山楚簡 138 字作██，此字左旁部件「██」即陳劍先生所指「△」部件。

〔註47〕陳劍：《甲骨金文考釋論集》（北京：線裝書局，2007 年），頁 34。

〔註48〕胡長春：《新出殷周金文隸定與考釋（上篇）》（北京：線裝書局，2008 年），頁 247。

〔註49〕謝明文：《《大雅》《頌》之毛傳鄭箋與金文》（北京：首都師範大學碩士學位論文，

的訓解則是將「方」理解爲「範圍副詞」，訓「徧」，其說可從，依此「狄」與「褱」之確切釋義之關鍵在於其下所言「不亯」與「不廷」所言爲何，「亯」，《說文》訓「獻也。」《詩・殷武》：「昔有成湯，自彼氐羌，莫敢不來享，莫敢不來王。」「享」，鄭箋「獻也」。據此「不亯」應是說明不來享獻的諸國。又「廷」，堂前之地，典籍作「庭」，古者「廷」爲天子、諸侯接受朝拜，發號施政之所，引申爲朝廷。〔註 50〕故「廷」即是君王問政及受各方諸侯國前往朝拜之所，「不廷」說明那些不來朝拜之國。

釐清「不亯（享）」與「不廷」釋義之後，銘文所言「狄」其屬性應視爲動詞使用，當從李學勤先生讀爲「逖」，即「將不臣服享獻的國族趨而遠之」，也就是說「使之遠離」，另外從語法來看「褱」與「狄」語法位置相同，所以「褱」之義與「狄」相當，此處的「褱」之義擬應近同《禮記・中庸》所云「柔遠人則四方歸之，懷諸侯則天下畏之。」又李家浩先生於〈說「貖不廷方」〉討論過「狄」之用法，其說：「像逨盤銘文用法的『狄』字，除見於曾伯霥簠銘外，還見於《詩・魯頌・泮水》：『桓桓於征，狄彼東南。』字或作『逖』、『逷』：《詩・大雅・抑》：『用戒戎作，用逷蠻方。』《潛夫論・勸將》引此詩句，『逷』作『逖』。據《說文》，『逖』、『逷』是同一個字的異體。『狄』、『易』古音相近，可以通用，故從『狄』聲的『逖』可以寫作從『易』聲的『逷』。鄭玄箋說《泮水》的『狄』和《抑》的『逷』都當作剔。……逨盤銘文『方狄不享』猶《史記・五帝本紀》『以征不享』。『狄』應該跟『襲』、『征』義近。」〔註 51〕歸結上述可知「方狄（逖）不亯（享）」與「方褱不廷」分別說明征討打擊這些不來享獻之國以及那些不朝服於周王朝的國家。「用奠四域萬邦」則可視爲階段性的過程，當中的「奠」含有定、建立之義，其義與《尚書・堯典》：「協和萬邦」近似，聯繫上文「方狄（逖）不亯（享）」，由於高祖公叔協助周王征討這些不願臣服享獻之國的成功，依此鞏固王朝的權威性，使得萬邦歸順諸國團結一致以周王朝爲核心。

「克幽明厥心」於此應視爲讚美稱詞，形容高祖新室仲的美善賢能，藉

2008 年），頁 25。

〔註 50〕張世超等箸：《金文形義通解》（京都：中文出版社，1996 年 3 月），頁 315。

〔註 51〕李家浩：〈說「貖不廷方」〉收錄於張光裕、黃德寬主編：《古文字學論稿》（合肥：安徽大學出版社，2008 年），頁 15～16。

由「柔遠能邇」、「會𤔲（召）康王」、「方懷不廷」等具體作爲體現出新室仲出眾的才能。「⬛」（顜）劉懷君等先生以指出此字「可訓爲柔，懷柔，安撫。」，其說可從。「⬛」（㰦），根據裘錫圭先生分析「㰦字屢見於西周金文，是一個從『犬』從『𡧚』的本來寫法，後來繁化爲『藙』，古書多寫作『藝』。『埶』、『爾』古音相近，所以克鼎、番生簋都假借『㰦』字爲『柔遠能邇』的『邇』。」〔註52〕銘文「柔遠能邇」爲常見習語，又見典籍文獻如《尚書‧顧命》：「柔遠能邇，安勸小大庶邦。」、《尚書‧文侯之命》：「柔遠能邇，惠康小民，無荒寧，簡恤爾都，用成爾顯德。」、《詩經‧大雅‧民勞》：「柔遠能邇，以定我王。」等。銘文「柔遠能邇」即是說明能夠安撫親近這些的遠方部族使之歸附。「會𤔲（召）康王」義同上文「夾𤔲（召）文王」，此句是說輔佐、協助康王。

此段銘文「雩朕皇高且（祖）公叔，克逨（逨）匹成王，成受大命，方狄（逖）不亯（享），用奠四或（域）萬邦。雩朕皇高且（祖）新室仲，克幽明厥心，顜（柔）遠能㰦（邇），會𤔲（召）康王。方襄不廷。」說明逨（逨）的偉大皇高祖公叔，能夠匹配成王，並且接受王的命令，輔佐征伐打擊那些不來享獻的國家，奠定了王朝的大一統性，他的皇高祖新室仲，憑藉賢明才德，親近安撫遠近各國，同樣的輔佐康王，攘除整治那些不臣服王朝的國家。

（三）雩朕皇高且（祖）惠仲盠父，龏鰥於政，又成於獻，用會邵（昭）王、穆王，盜政四方，斦（撲）伐楚荊。雩朕皇高且（祖）零伯，舞（瞵）明厥心，不冡（墜）囗服，用辟龔王、懿王。

◎劉懷君、辛怡華、劉棟〔註53〕：

惠仲盠父爲逨家第 4 代，用事于昭王、穆王。

「龏鰥於政」，「龏鰥」即「戾和」，安定和諧。「獻」，謀劃，謀略。「邵王」，即昭王。「盜政四方」，從句義上分析，大概爲經營四方之意。「斦」即

〔註52〕裘錫圭：《古文字論集》（北京：中華書局，1992 年），頁 6。

〔註53〕劉懷君、辛怡華、劉棟：〈逨盤銘文試釋〉收錄于《吉金鑄華章》（北京：文物出版社，2008 年），頁 353。

「撲」，討伐。在金文中，「撲」作「戭」形，斤、戈都屬兵器。「楚荊」，楚國的別稱。

零伯爲逨家第 5 代，用事于龔王、懿王。

「粦」，通「瞵」，耳目聰明。「不墜」，墜，喪失。秦公鐘：「不墜在下，嚴龔寅命。」《國語・晉語二》：「知禮可使，敬不墜命。」「不墜」後缺一字似爲「厥」。「服」，職事，職務。「用辟」，辟，辟治，辟事，即侍奉。

◎李學勤〔註54〕：

第七行「盜」字從「次」，與《說文》「次」字籀文形同。「次」即「涎」字，在此讀爲「延」，「延正四方」意思是將其德政普及到四方諸侯。寶雞太公廟所出秦公鐘、鎛有「以康奠協朕國，盜百蠻，具即其服」，也如此解釋。

同行末一行，以往多次在銘文中出現，從「戈」或「刀」，這裡則從「斤」。這個字已有學者根據楚簡論證應讀爲「踐」或「翦」。史墻盤記昭王「廣敝楚荊」，在解釋上有種種意見，此處「翦伐楚荊」則十分明確。

第八行「炎明」，即史墻盤的「咨明」。「炎」讀爲「廉」。

同行末，「不豕□服」，「豕」讀爲「墜」所少一字原缺，疑是「幹」字。

◎周曉陸〔註55〕：

「鰲龢于政」爲西周金文成語，《墻盤》、《師詢簋》、《瘌鐘》等多件器上均如此。《說文・弦部》：「鰲，弼戾也。從弦省，從鰲，讀若戾。」《廣雅・釋詁一》：「戾，善也。」王念孫疏證：「戾者，《小雅・采菽》篇：『優哉遊哉，亦是戾矣。』毛傳云：『戾，至也。』正義云：『明王德之能如此，亦是至美矣。』鄭注《柴誓》云：『至，猶善也。』是戾與善同義。」《爾雅・釋詁上》：「戾，至也。」《詩經・小雅・小宛》：「宛彼鳴鳩，翰飛戾天。」毛傳：「翰，高；戾，至也。」《廣雅・釋詁四》：「戾，定也。」《左傳・襄公二十九年》：「其必使子產息之，乃猶可以戾，不然將亡矣。」杜預注：「戾，定也。」「龢」即和，「戾和於政」，蓋謂安定和美的至善政治。

〔註54〕李學勤：〈眉縣楊家村新出青銅器研究〉，《文物》2003 年第 6 期，頁 66～67。

〔註55〕周曉陸：〈徕盤讀箋〉，《北京師範大學學報（社會科學版）》2003 年第 5 期，頁 84～85。

「猷」，《爾雅・釋詁上》：「猷，謀也。」《尚書・盤庚》：「各長于厥居，勉出乃力，聽予一人之作猷。」「又」作有、佑解，這句言惠中盠父獻計謀劃，以助周王成功，《訣鐘》：「朕猷又成。」「用會」，合於之意，《易・乾・文言》：「亨者，嘉之會也。」《尚書・禹貢》：「會於渭汭。」《尚書・康誥》：「四方民大和會。」《周本紀》：「康王卒，子昭王瑕立。」本銘作「邵王」與《墻盤》合。《謚法解》無「邵」「昭德有勞」、「聖文周達曰昭」。昭王南巡不返，卒于江上。「立昭王子滿，是為穆王。」《謚法解》：「布德執義」、「中情見貌曰穆。」

「笩」字初見，約作「气」字，《廣雅・釋詁三》：「气，與也。」用、給之意，《墻盤》：「遹征四方。」《虢季子白盤》：「用政四方。」與「气政四方」意近。「廯伐」即撲伐、搏伐，《詩經・小雅・六月》：「薄伐玁狁。」《訣鐘》：「撲伐厥都。」《虢季子白盤》：「搏伐玁狁。」「荊」即荊，楚國之稱，昭王伐楚荊為重大史事，文獻金文多有記述，《墻盤》：「廣敵楚荊。」《過伯簋》：「從王伐反荊。」

本節言徠高祖惠中盠父，活動謀畫于昭王穆王之時，這兩王歷年較長，惠中盠父亦當為高壽者。《周本紀》正義引《帝王世紀》：「昭王德衰，南征，濟於漢，船人悉之，以膠船進王，王禦船至中流，膠液船解王及祭公俱沒于水中而崩。」古本《竹書紀年》：「昭王十六年，伐楚荊，涉漢，遇大兕。」十九年，「喪六師於漢。」昭王末年，「王南巡不反。」穆王征楚荊事，《周本紀》未載，古本《竹書紀年》：「三十七年，伐越，大起九師，東至於九江。」「南征僅有七百三裏。」又載穆王「東征」、「西征」、「北征」之事，《徠盤》所記，可補史乘之未足。

「㲎明」即鼖明，金文習見，《尹姞鼎》、《墻盤》、《虎簋》、《師𩛥鼎》等均見此詞，為贊美已故先人之語，筆者以為「鼖」即磷火，故人骨殖的一種自然現象，俗稱「鬼火」，「鼖」字有下從兩足，表示生人見鬼火疾走貌，古人敬畏鬼神，認作聖明之火，褒贊詞。「彖」即墜，舍失之意。「服」謂身份、職事。《墻盤》：「夙夜不彖。」《師寰簋》：「虔不彖。」《錄伯簋》：「女肇不彖。」《毛公鼎》：「女毋敢彖在乃服。」「辟」為侍奉之意，《戜方鼎》：「辟事天子。」《周本紀》：穆王崩，「子共王繄扈立。」本銘作：「龔王」，《太平禦覽》引《史記》作：「恭王」，《謚法解》無共、龔，「敬事供上」、「尊賢貴義」、「尊賢敬讓」、「既過能改」、「執事堅固」、「安民長悌」、「執禮敬賓」、「笰親之門」、「尊

長讓善」、「淵源流通曰恭」。

《周本紀》：「共王崩，子懿王囏立。」《諡法解》：「溫柔聖善曰懿」，「柔克爲懿」。此節言及逨之高祖零伯，特表他心跡光明，並不喪失自己的身份與職守。這實針對于《周本紀》所記「王猶不堪」的共王世，「王室遂衰」的懿王世，從銘文中可察覺諷隱之義。

◎王輝〔註56〕：

惠爲諡號，仲爲排行，父爲有才德男子之美稱。《詩・大雅・大明》：「維師尚父，時維鷹揚。」尚父即姜尚。惠仲盠父以上各代僅僅稱單公、公叔、新室仲，皆無諡號與美稱，其下各代雖有諡號，但無美稱。足見盠在單氏家族先祖中地位比較突出。

「䚻龢於政」見癲鐘、墙盤及師詢簋。《說文》：「䚻，弼戾也。從弦省，從龻。讀若戾。」《爾雅・釋詁》：「戾，至也。」龢，和。唐蘭先生說：「至與致同，戾和即致和。《書・君奭》：『唯文王上克修和我有夏』，致和、修和，意義相近。」又《爾雅・釋詁》：「戾，定也。」《廣雅・釋詁》：「戾，善也。」或說戾和即善和、定和，亦通。猷，《爾雅・釋詁》：「謀也。」此指治國之謀略。看來盠不僅是武將，還參與文治，地位殆與執政大臣相當。

盜不見於字書。《說文》盜字作 𥁓，又次字籀文作 𣲵，秦公及王姬鎛鐘有「盜百𧽙（蠻），具其服」之語，疑盜爲盜字異體。《說文》「盜，厶（私）利物也。從次、皿。次，欲也，欲皿者。」……或說盜從皿，𣲵（次）聲，次俗作涎，可見盜與延聲字通，亦乏有力證據。……盜政讀爲剿政。剿有討伐滅絕義。《尚書・甘誓》：「天用剿絕其命。」《宋書・孟龍符傳》：「及西剿桓歆，北殄索虜，朝議爵賞。」剿征即討伐。秦公及王姬鎛鐘「盜百蠻」解爲剿征百蠻，也是可以的。

厰又作戔，前人多讀撲，劉釗《利用郭店楚簡字形考釋金文一例》說字從戈或刀，戔聲，羍即辛字，讀劃、踐或翦厰伐又見㝬鐘、禹鼎，讀爲踐伐。又散盤銘：「用矢戔散邑。」亦讀爲踐或翦，滅也。《尚書・蔡仲之命》：「成王東伐淮夷，遂踐奄。」孔氏傳：「遂滅奄而徙之。」

昭王、穆王兩代，周王室多次征伐四方，其中最著名者爲伐楚荊。《史記・

〔註56〕王輝：〈逨盤銘文箋釋〉，《考古與文物》2003 年第 3 期，頁 84～86。

周本紀》云：「昭王之時，王道微缺，昭王南巡狩不返，卒于江上。」……此節言偉大的遠祖惠仲盠父致和政事，謀略有成，輔佐昭王、穆王，剿征四方，伐滅楚荊。剿征、踐伐義同而用字不同，也是爲了避復。

零與靈通。《隸釋‧故民吳仲山碑》：「神零有知。」洪適注：「碑以零爲靈。」靈爲單伯溢號。咨明又見墻盤「咨明亞祖祖辛。」又師朢鼎：「用井（型）乃聖祖考陸明。」於豪亮說鼎銘讀爲靈明，即精明。《詩‧大雅‧靈台》：「經始靈台。」毛傳：「神之精明者稱靈。」

服，《爾雅‧釋詁》：「事也。」不墜厥服，不失其職事。辟本指君，此用爲動詞，事君。用辟共王、懿王，即侍奉、擁戴共王、懿王。此節言我偉大的遠祖靈伯，其心精明，不失其職，侍奉共王、懿王。

◎何琳儀〔註57〕：

「鼗龢」，金文習見，如師詢簋、墻盤、興（原篆從「广」）鐘等。舊解多據《說文》「鼗」音「讀若戾」，進而讀「鼗龢」爲「戾和」，訓「致和」，或訓「定和」。或讀「利和」，乃「和利」之倒文，「利」與「和」義近。以音韻、訓詁而論，這些解釋不無道理。然而典籍中並無「利和」這一詞匯，故其結論實有可商。墻盤「鼗龢」在同墓興（原篆從「广」）鐘則作「鼗龢」，故《金文編》鼗（1688）下云「孳乳爲鼗」，無疑是正確的。《說文》「鼗，引擊也。從幸、攴，見血也。扶風有鼗屋縣。（張流切）」「鼗，弼戾也。從弦省，從鼗。讀若戾。（郎計切）」「鼗」，端紐幽部；「鼗」，來紐脂部。端、來均屬舌音；幽、脂旁轉。從音韻上分析，「鼗」與「鼗」也屬同源。又《集韻》「撻」字古作「敕（曷韻十二）音「他達切」。按字形分析，「鼗」本是從「皿」，「敕」聲的形聲字，許慎解說未必可信。「他達切」不過是「張流切」的變音而已，二字均屬舌音。這似乎說明「幺」旁（即「糸」旁）可有可無。又檢《集韻》「鼗」，或省作「敕」（霽韻十二）。這似乎說明「皿」旁也可有可無。凡次可證，「敕」、「鼗」、「鼗」均爲一字之變，其本音當讀若「張流切」。《呂氏春秋‧節喪》「蹈白刃涉血鼗肝。」注「鼗，古抽字。」可資旁證。

眾所周知，金文習見之「卣」，即「卤」。《說文》「卤，讀若調。」而「卣」與「由」聲系可以通假。《史記‧趙世家》「烈侯逌然」，正義「逌音由」。《字匯

〔註57〕何琳儀：〈逑盤古辭探微〉，《安徽大學學報》2003 年 7 月第 4 期，頁 11～12。

補》「逌爲古由字。」《新序·雜事》「國非事無逌安強。」裴學海讀「逌」爲「由」。凡此可證「抽」之古字「㩜」可讀「調」。然則金文習見之「㩜龢」、「㩜龢」均可讀「調和」。

「調和」本指烹調五味而言，如《呂氏春秋·去私》「庖人調和而弗敢食，故可以爲庖。」《淮南子·泰化訓》「伊尹憂天下之不治，調和五味，負鼎俎而行。」或指諧合音律而言，如《新書·六術》「五聲宮商角徵羽，倡和相應而調和。」引申爲調理政事，如《墨子·節葬》「上下調和」、《韓詩外傳》二「務之以調和」、《漢書·丙吉傳》「三公典調和陰陽」等。以「調和」之引申義詮釋金文「㩜龢」、「㩜龢」，可謂怡然理順。

上引《呂氏春秋》之「㩜」，今本訛作「㩜」。《正字通》「㩜，㩜字訛。」這一重要線索，使我們有理由推測金文「㩜龢」很可能就是典籍之「執和」。《逸周書·祭公》「我亦維有若祭公之執和周國，保乂王家。」孔注「執，執持；和，和愛。」其實孔注根據訛變的形體「執」解釋「執和」，當然不足爲訓。總之，《逸周書》「執和」乃金文「㩜龢」之訛誤，也即典籍習見之「調和」。

「盜」應讀「濯」。「盜」、「兆」、「翟」聲系可通。《史記·秦本紀》「得驥溫驪」，集解「溫一作盜」，索隱「盜，鄒誕本作駣。」《列子·周穆王》「左驂盜驪」，《廣雅·釋畜》「盜驪」作「駣駹」。而《周禮·春官·守祧》「掌守先公之廟祧」。注「故書祧作濯，鄭司農濯讀爲祧。」《書·顧命》「王乃洮頮水。」《三國志·吳志·虞翻傳》裴注引鄭玄注「洮讀爲濯。」均其旁證。然則「盜政」可讀「濯征」。檢《詩·大雅·常武》「不測不克，濯征徐國。」傳「濯，大也。」林義光曰「濯，讀爲逴。《說文》逴，遠也。」按，毛傳與林解均可通。「翟」與「卓」聲系亦可通。若以周穆王伐楚之事驗之，似林說較勝。盤銘「盜政四方」，應讀「大伐四方」。

「舞明」，金文習見，如墻盤「舞明亞祖祖辛」、師載鼎「用型乃聖祖考舞明」、尹姞鼎「弗忘穆公聖舞明」等。以上「舞明」筆者曾以典籍「文明」當之。《書·舜典》「濬哲文明」，孔疏「經緯天地曰文，照臨四方曰明。」蔡傳「文理而光明」。因爲上引諸銘文「舞明」均無賓語，筆者也曾從諸家之說以「瞵」（《說文》「瞵，目精也。」）爲「舞」之本字，《書·舜典》又以假借字「文」當之而已。

逨盤「㸚銘厥心」，說明「㸚明」可以有賓語。「文明其心」可能比「瞵明其心」更爲通順。

◎彭曦〔註58〕：

惠中（仲）盠父：1953 年出土與楊家同一地區的李家村之盠器，其駒尊銘文中周王賜盠駒兩匹。此惠仲盠父應與《盠駒尊》中之盠爲同一人。若此，盠器應爲昭、穆時器，而非孝夷之說。

蟄斂於政：此語金文多見，如《墙盤》：「文王初蟄斂於政。」蟄，讀若戾，亦通戾。《爾雅》：「戾，至也。」至通致。蟄斂（和）於政，即政治安定和諧。

又成於猶：成，《說文》：「成，就也。」猶，謀略，《爾雅》：「猶，謀也。」《尚書・盤庚上》：「各長于厥居，勉出乃力，聽予一人之作猶。」《孔傳》：「盤庚勅臣下，各思長于其居，勉盡心出力，聽從遷徙之謀。」猶，訓法則亦通。《詩・小雅・巧言》：「秩秩大猶，聖人莫之。」鄭玄箋：「猶，道也，大道，治國之禮法。」又成於猶，意爲更善於籌謀，或更善於以禮治國。

用會昭王、穆王：被昭王、穆王所重用。

盠政四方：盠，於省吾《甲骨文字釋林・釋次、盜》說，盜，甲骨文作𤇃，古文字從舟從皿從凡每無別，爲從次從皿之形聲字。作祭名讀如延，訓爲連讀或施行。盠政四方，即連續施政治理四方。

𢼸（撲）伐楚荊：與《墙盤》中「廣嚴楚荊」同。撲伐，打擊討伐。惠仲盠父不但「用會」昭王、穆王，且參加了昭王討伐楚的戰爭。

㸚明厥心：㸚，瞵也。《說文》：「瞵，目精也。」㸚明亦見《穆公鼎》等銘，意爲耳聰目明。

不彖□服： 彖假爲墜，如《毛公鼎》、《井侯鼎》、《克鐘》、《錄伯簋》等。不墜，不要墜落，要努力勤勉。□，應爲其，如《尚書・旅獒》：「無替其服。」服，事職也。

用辟：辟，法、治、理。《爾雅・釋詁》：「辟，法也。」《玉篇》：「辟，理也。」《尚書・金滕》：「我之弗辟，我無以告我先王。」陸德明釋文：「辟，治也。」用辟龔（共）王、懿王，即服事共王、懿王治理國家。

〔註58〕彭曦：〈逨盤銘文的注釋及解析〉，《寶雞文理學院學報》2003 年 10 月第 5 期，頁12～13。

◎李零〔註59〕：

盜政四方，讀「調正四方」。秦公鐘、鏄有「諧朕國，盜百蠻」，「盜」與「諧」互文。「諧」，原從兩耒三犬，學者多釋爲「協」，但甲骨、金文另有「劦」字，才是眞正的「協」字，而此字多用於鐘銘，表示樂聲之和，這裡讀爲「諧」。而「盜」，則以音近讀爲「諧調」之「調」（「盜」是定母宵部字，「調」是定母幽部字，古音相近）。案今語「調整」，古書是作「調正」，多指樂音的調整（如《魏書·廣平王傳》等）。但古人既用這樣的詞講音樂，也用這樣的詞講政治。如下文「和均於政」，「和均」也是既用於講音樂，也用於講政治。

斁伐楚刑，讀「斁伐楚荊」。第一字，舊讀「撲」，但古書沒有這種辭例，近有學者提出，此字是與「戔」字的古文寫法有關，當改釋爲「翦伐」。案金文「僕」字有兩種不同寫法，一種聲旁上部作齒形，一種與此字聲旁相同（《金文編》158頁：0379），所釋尚有疑問。

不象□服，讀「不弛□服」。第三字，原器漏鑄，疑是「屖」字，原文似是不懈怠其職責的意思。

◎董珊〔註60〕：

猛：此字原來常被隸定作「毚」（字實不從「象」）。裘錫圭先生認爲，這個字上面所從的形體像一種兇猛的野豬，頗疑此字即「猛」字初文。以下爲了行文方便，暫用裘錫圭先生的說法，就寫作「猛」。

「盭（戾）龢（和）於政」見於墙盤和師詢簋銘，「盭（戾）龢（和）」就是安定和協的意思。「猷」訓「謀」。這兩句的意思是說惠仲猛父能夠安定和協政治，謀略遠大。

「盜」字原形從「次」、「火」、「皿」，「次」（「涎」字初文，籀文作「㳄」）爲聲符。此字又見于秦公鐘「以康奠協朕國，盜百蠻。具即其服」（《集成》00262、5、7、8、9）。我認爲這兩個「盜」字似乎都可以讀爲「延」或「施」，「施」常常通「延」，例如《大雅·旱麓》「施於條枚」，《韓詩外傳》卷二、《呂覽·知分》等引作「延於條枚」（詳《古字通假會典》177頁）。「施政」見于《文

〔註59〕李零：〈讀楊家村出土的虞逨諸器〉，《中國歷史文物》2003年第3期，頁24。

〔註60〕董珊：〈略論西周單氏家族窖藏青銅器銘文〉，《中國歷史文物》2003年第4期，頁43。

子‧微明》、《管子‧大匡》、《呂覽‧愼大》等，爲古書常語。《君陳》「惟孝友于兄弟，克施有政」，秦公鐘銘謂安定秦國本土以後，又外施政令至於百蠻，都來入秦執事，跟逨盤銘「盜（施）政四方」意思有相近之處。

斦（翦）伐，此詞金文常見，舊釋「撲伐」讀爲「搏伐」。劉釗先生最近根據郭店簡改釋，讀爲「翦伐」，其說可信，請參看。逨盤此處第一字從「斤」，相同的形體也見於兮甲盤銘（《集成》10174）。

彖（惰），此字釋爲「彖」讀爲「惰」，是陳劍先生的意見，見其未刊稿《金文「彖」字考釋》。「彖」字下有一空位，當據郑公華鐘（《集成》245）、秦公鐘（270）、秦公鐘、鎛（262～269）、毛公鼎（2841）等銘文例補「厥」或「在」字、「於」字。

◎連劭名〔註61〕：

「戾和於政」，《爾雅‧釋詁》云：「戾，至也。」至與致同，《禮記‧中庸》云：「致中和，天地位焉，萬物育焉。」戾亦通利，《禮記‧大學》云：「一人貪戾。」鄭玄注：「戾之言利也。」《周易‧乾‧文言》云：「利者，義之和也。」《左傳‧宣公十五年》云：「信載義而行之爲利。」是知「利」主要是指「義」，《大戴禮記‧四代》云：「義，利之本也。」《墨子‧經》上云：「義，利也。」義與和皆指禮，《賈子‧道德說》云：「有義，德之美也。」《論語‧學而》云：「有子曰：禮之用，和爲貴，先生之道斯爲美，小大由之。」

「有成於猷」，《太玄‧元錯》云：「成者，功就不可易也。」《逸周書‧太子晉》云：「侯能成群謂之君。」孔晁注：「成謂成物。」成源於誠，忠誠於國家事業的人始能建功立業，《禮記‧中庸》云：「誠者自成也，而道自道也。誠者物之終始，不誠無物。是故君子誠之爲貴。誠者非自成己而己也，所以成物也。成己，仁也，成物，智也，性之德也，合外內之道也，故時措之宜也。」

「盜政四方」，盜讀爲衍，從次聲有羨，《詩經‧板》云：「及爾遊羨。」《釋文》云：「羨本作衍。」《漢書‧溝恤志》云：「然河災之羨溢。」顏注：「羨，讀於衍同。」《周易‧繫辭》上云：「大衍之數五十。」《釋文》引王蜀注：「衍，

〔註61〕連劭名：〈眉縣楊家村窖藏青銅器銘文考述〉，《中原文物》2004 年第 6 期，頁 45～46。

廣也。」政讀爲征，故「盜政」如言「廣政」，《史墻盤》銘文云：「宏魯邵王，廣能楚荊。」

又，春秋《秦公鐘》銘文云：「以康奠協朕國。」盜百蠻，具即其服。盜亦讀爲羕，《廣雅·釋室》云：「羕，道也。」故「盜百蠻」如言領導百蠻，少數民族的臣服，正象徵國家的安定和平，《論語·學而》云：「道千乘之國，敬事而信，節用而愛人，使民以時。」《論語·爲政》云：「道之以政，齊之以刑，民免而無恥。道之以德，齊之以禮，有恥且格。」

「𤐫明厥心」，「𤐫明」又見《史墻盤》及《師𩰬鼎》銘文，于豪亮先生說讀爲「靈明」，《詩經·靈台》云：「經始靈台。」毛傳：「神之精明者稱靈。」靈，明義近，《楚辭·湘君》云：「橫大江兮揚靈。」王注：「靈，精誠也。」《白虎通·說叢》云：「心如天地者明。」無私則明，馬王堆帛書《經法·道法》云：「公者明，至明者有功。」因此，「明」仍屬儒家修身正心之論，《周易·晉·象》云：「君子以自昭明德。」昭，明同義，《禮記·大學》云：「大學之道在明明德。」《春秋繁露·仁義法》云：「自責以備謂之明。」

◎佳瑜按：

「󰃁（鬶）鰥於政」句，首先來看「󰃃」字，劉懷君、辛怡華、劉棟等先生訓爲「鰥」，恐有商榷之處，銘文此字拓片左旁部件略模糊不易辨識，然字亦見下文作「󰃅」，通過對比之下，按照字形部件結構看來，應改釋爲「龢」。《說文》：「龢，調也。從龠禾聲，讀與和同。」又「󰃃」字「定也，典籍作戾。」[註62]對於此句銘文學者多半釋爲「戾」，「戾和」即安定和諧。然而何琳儀先生持不同見解，何先生的看法認爲鬶孳乳爲鬶，且舉出墻盤銘文「鬶龢」在㝬鐘作「鬶龢」，又根據典籍未見「利和」詞例，認爲「鬶龢」應讀爲「調和」，依照何先生的看法雖然未見典籍，若是純以文義考量，或許並無改讀的需要，基於此陳英傑先生經復查原發掘簡報及《集成》，「鬶龢」見於251（按：原拓片作「󰃇」），故認爲何先生不知據何而言，又說「鬶」和「鬶」在金文中是意義有別的兩個字，但我們無法否認其形體上的聯繫，「鬶」之本義大概如徐鉉在「鬶」下注所說「鬶者，擊罪人見血也。」「鬶」，《說文》訓「弻戾也」，乖違

〔註62〕張世超等著：《金文形義通解》（京都：中文出版社，1996年3月），頁1866。

之義。在文獻及字書記載中，二字在意義上確實有相通之處，比如同有「曲」義，這可能是引申義的相同，跟本義無關。〔註63〕依此看來陳先生所言甚是，未能具有足夠的證據釐清二者孳乳關係之前，尚且不從此說有待進一步研究。「又成於猷」，《尚書・盤庚》：「聽予一人之作猷。」「猷」謀，計畫，打算。〔註64〕聯繫兩句銘文對照參看，可知「盩（戾）龢（和）於政」的關鍵在於擁有成功的策略謀畫，所以政治上才能安定祥和。

「■政四方」，連劭名先生認爲「盗政四方」，盗讀爲衍，政讀爲征，故「盗政」如言「廣政」，《史墙盤》銘文云：「宏魯邵王，廣能楚荊。」董珊先生指出「盩」字似乎都可以讀爲「延」或「施」，「施」常常通「延」，「施政」見于《文子・微明》、《管子・大匡》、《呂覽・愼大》等，爲古書常語。而李零先生則讀「調正四方」並舉秦公鐘、鎛有「諧朕國，盗百蠻」，「盗」與「諧」互文爲例。彭曦先生根據于省吾《甲骨文字釋林・釋次、盗》分析說，盗作祭名讀如延，訓爲連讀或施行。盩政四方，即連續施政治理四方。何琳儀先生認爲「盗」應讀「濯」。「盗」、「兆」、「翟」聲系可通，然則「盗政」可讀「濯征」。何先生又舉《詩・大雅・常武》「不測不克，濯征徐國。」傳「濯，大也。」爲例認爲「盗政四方」，應讀「大伐四方」。王輝先生對於盩與延聲字通說法認爲乏有力證據，提出盗政讀爲劋政，劋有討伐滅絕義。周曉陸先生訓爲「气攵政四方」，且說「盩」字初見，約作「气攵」字，《廣雅・釋詁三》：「气攵，與也。」用、給之意，認爲《墻盤》：「遹征四方。」《虢季子白盤》：「用政四方。」與「气攵政四方」意近。李學勤先生則說「盗」字從「次」，與《說文》「次」字籀文形同。「次」即「涎」字，在此讀爲「延」，「延正四方」意思是將其德政普及到四方諸侯。劉懷君、辛怡華、劉動等先生認爲從句義上分析，大概爲經營四方之意。

根據上述諸家說法，首先於字形構造隸定方面周曉陸先生釋爲「盩」不妥，此「■」字左旁部件細看與金文「氣」寫法甚遠，「氣」或作 ☰（天亡簋）或 ⧨、⧨（洹子孟薑壺）等形，按照「■」字形看來，應爲「次」部件，檢視

〔註63〕陳英傑：《西周金文作器用途銘辭研究》（北京：線裝書局，2008年），頁850。

〔註64〕顧頡剛、劉起釪：《尚書校釋譯論（第二冊）》（北京：中華書局，2005年）頁947。

《說文》次籀文作「🦌」與「🔲」形部件近似，銘文當爲從「次」從「皿」的「盜」字，據此排除「盨」之說法，于省吾訓爲「連續或施行之意」〔註65〕可從，王輝及何琳儀二位先生均列舉旁證改讀爲「剿政」與「大伐」，恐怕無法信服，茲就上下文義可知皇高祖惠仲𤾉成功的策略謀劃輔佐周王有方，得以使得政治安定，依此推論「盜政四方」之「政」在此理解爲「征伐」是可以符合文意，所謂的「四方」是指「除周邦以外的東南西北各方之邦，也就是天下庶邦。」〔註66〕在周人認爲王朝的建立是由於天命代殷而起，由此著眼「盜政（征）」勢必也是如此，也就是說欲使國家主權性的確立及政治安定「征伐」是一種必要的政治方針。

此「🔲」字訓讀，劉懷君、彭曦等先生認爲「斸」即「撲」，討伐。在金文中，「撲」作「𢾭」形，斤、戈都屬兵器。又，周曉陸先生亦說「斸伐」即撲伐、搏伐。董珊、李零、王輝、李學勤等先生則認爲應從劉釗先生釋讀爲「踐」或「翦」，謝明文先生也指出金文中舊釋爲「撲」的幾個字，應從劉釗釋爲「踐」，〔註67〕然而林澐先生對於「🔲伐楚荊」的「🔲」字亦是傾向按傳統的讀法，讀爲「撲」，認爲劉釗先生把西周金文中含有「癸」的🔲、🔲諸字，都改釋爲從「癸」得聲的「翦」字，認爲不夠周密之處，其說「覺得構成該字的『厰』旁，很有可能是從甲骨文『璞』字的『火』旁演化而來的。……『撲』原有擊義，故『撲伐』一詞雖然典籍無證，還是能講得通的。不必說它等於『搏伐』。」〔註68〕根據劉釗先生分析：「癸」字在郭店楚簡中只是一個借音字，分別用作「察」、「淺」、「竊」三個字的聲旁，在郭店楚簡中的「淺」字，癸就相當於「戔」，從這個角度出發，金文中的「△伐」的「△」字就應該讀爲「踐」，古「踐」通「翦」。「翦伐」不是一般的擊伐，而帶有斬盡殺絕的意味。〔註69〕對於林澐先生指出「構成該字的『厂』旁，很有可能是從甲骨

〔註65〕于省吾：《甲骨文字釋林》（北京：中華書局，1979年），頁387。

〔註66〕趙伯雄：《周代國家形態研究》（長沙：湖南教育出版，1990年），頁76。

〔註67〕謝明文：《《大雅》《頌》之毛傳鄭箋與金文》（北京：首都師範大學碩士學位論文，2008年），頁39。

〔註68〕中國古文字研究會編：《古文字研究（第二十五輯）》（北京：中華書局，2004年），頁117。

〔註69〕劉釗：《古文字考釋叢考》（長沙：嶽麓書社，2004年）頁145。

文『璞』字的『』旁演化而來的」之分析，筆者認爲頗有疑處，「從古文字觀之，厰蓋自石分化而出者。」〔註70〕銘文「」字應從劉釗先生之釋，即「翦伐楚荊」。

「燹明」，耳目聰明，賢能精幹之意。〔註71〕又「燹明」語即稱先人之光明如夜晚之燐火，〔註72〕「燹明厥心」一語爲讚美皇高祖零伯的稱美辭。「」字，歸納學者說法諸多釋爲「彖」讀爲「墜」，對於釋彖（墜）之說法陳劍先生認爲不可信，分別從幾點面向提出說明：從字形來講，眞正上部從「八」的「彖」字在所見古文字資料中最早見於戰國文字；古書中當「失墜」講的「隊（墜）」字，往往要帶賓語；從古文字資料的用字情況得到印證，西周早期的大盂鼎說「我聞殷設述（墜）令（命）」，用來表示失墜的「墜」是「述」字，以「彖」作聲符的字行用是相當晚的事，在西周春秋金文中，是不大可能有用「彖」字表示「隊（墜）」的情況存在。〔註73〕審視銘文「不□服」句，前文云「燹明厥心」是爲美善高祖零伯此人的賢能聰穎，則「服」於此是否可當爲「從事」、「擔任」義來理解，再者下文「用辟龔王、懿王」中的「辟」字，「由名詞用法引申而來，當『辟事』講。」〔註74〕聯繫前後文來看，則陳劍先生釋「」爲「彖」讀爲「惰」之說，非常清楚的釐清了「不彖（惰）□服」之義，也即是說明對於自己所從事的或是擔任的職事從來不怠惰懈慢。

此段銘文「雪朕皇高且（祖）惠仲盠父，嫠（戾）龢（和）於政，又成於猷，用會邵（昭）王、穆王，盜政四方，厰（翦）伐楚荊。雪朕皇高且（祖）零伯，燹明厥心，不彖（惰）□服，用辟龔王、懿王。」說明逨（述）的偉大高祖惠仲盠父，在執行政事上能安定祥和，全在於謀略策畫的成功，且能輔佐昭王、穆王征伐鄰近周邦諸國，翦除楚荊。逨的另一高祖零伯，其心光明且聰明精幹，對於自己的職事從來不懈惰，盡忠辟事於龔王與懿王。

〔註70〕張世超等著：《金文形義通解》（京都：中文出版社，1996年3月），頁1719。

〔註71〕張世超等著：《金文形義通解》（京都：中文出版社，1996年3月），頁1839。

〔註72〕陳漢平：《金文編訂補》（北京：中國科學出版社，1993年），頁367。

〔註73〕陳劍：《甲骨金文考釋論集》（北京：線裝書局，2007年），頁245～253。

〔註74〕陳英傑：《西周金文作器用途銘辭研究（下）》，（北京：線裝書局，2008年），頁781。

（四）雫朕皇亞且（祖）懿仲戋，諫諫克匍，保厥辟考（孝）王、徥
　　（夷）王，又成于周邦。雫朕皇龔叔，穆穆趩趩，鰥龢（詢）
　　於政，明陸於德，亯佐剌（歷）王。

◎劉懷君、辛怡華、劉棟〔註75〕：

　　懿仲戋爲逨家第6代，用事于孝王、夷王。

　　「諫諫」，直言規勸。諫，在文獻上多用爲下對上。而金文中則多是上對下。如番生簋、叔夷鐘番生、叔夷作爲君王重臣，對四方左右庶民而言。「保厥辟」同「保辟」。克鼎：「保辟周邦。」「保辟」，治理、安定。「考」，通「孝」。「徥王」，即夷王。「成」，成就。

　　龔叔爲逨家第7代，用事於剌（歷）王。

　　「穆穆」，端莊盛美的樣子，恭敬的樣子。「趩趩」，翼翼，嚴肅謹慎的樣子。「龢訇」即「和訊」，「訊」，勸告、訓告。「明陸于德」，言德行顯明。「剌王」，即歷王。

◎李學勤〔註76〕：

　　第九行「亞祖」是作器者父親之父，史墻盤的「亞祖」也是一樣。癲鐘「丕顯高祖、亞祖、文考」，亦當如此理解。

　　同行「戋」應讀爲「匡」，「諫言」二字合文。

　　第十行「匍保」的「匍」讀爲「輔」，「考王」的「考」假爲「孝」。

　　十一行「龢詢」即「和順」。「陸」讀爲「濟」，《爾雅·釋言》「成也」。同行「享」訓獻，見前。古以事上爲享，《書·洛誥》「汝其敬識百辟享」，孔傳：「奉上謂之享。」克盉、克罍「惟乃明乃心，享於乃辟」，「享」也是奉上之義。「遜」仍讀爲「佐」。

◎周曉陸〔註77〕：

〔註75〕劉懷君、辛怡華、劉棟：〈逨盤銘文試釋〉收錄于《吉金鑄華章》（北京：文物出版社，2008年），頁353。

〔註76〕李學勤：〈眉縣楊家村新出青銅器研究〉，《文物》2003年第6期，頁66～67。

〔註77〕周曉陸：〈徠盤讀笺〉，《北京師範大學學報（社會科學版）》2003年第5期，頁85～86。

「皇亞祖」之稱有別於前幾位皇高祖，援引《墻盤》之例，可知爲逨之祖父。「䢔」即往，「諫」，《周禮·地官·保氏》：「掌諫王惡。」鄭注：「諫者以禮義正之。」蓋指以下勸于上，金文中亦見以上對下，《番生簋》：「用諫四方。」《叔夷鐘》：「諫罰朕庶民左右。」「往諫諫」云多次、反復進諫。《公羊傳·莊公二十四年》：「曹伯曰：不可，三諫不從，遂去之。」何休注：「諫有五：一曰諷諫，二曰順諫，三曰直諫，四曰爭諫，五曰贛諫。」「克甬保厥」言全面地竭忠盡力。《周本紀》：「懿王崩，共王辟方立，是爲孝王。」本銘記作：「考王」，按孝、考音義皆近，屬許書轉注之類，西周金文中每有通用。《溢法解》：「五宗安之」、「協時肇享曰孝」，又「秉德不回」、「大慮行節曰孝」，別本「曰考」，「考，成也。」「孝王崩，諸侯復立懿王太子燮，是爲夷王。」本銘記作「徸王」，《𫌀簋》：「徸宮」爲夷王廟，與本銘一致。《溢法解》無徸，「安心好靜曰夷。」「周邦」即周王朝，《大克鼎》、《墻盤》、《詢簋》、《𫌀簋》等器上均如是稱。

此節記述逨的祖父懿中，多次進諫、盡職努力，「又（祐）成于周邦」，相對於第（5）節，彷彿孝王、夷王之世政治略好于共王、懿王世。這一段《周本紀》所載不詳，古本《竹書紀年》：孝王七年，「冬大雨雹，牛馬死，江漢俱凍。」夷王三年，「王致諸侯，烹齊哀公於鼎」。某年（夷王三年到七年之間，今本記在七年），王「命虢公率六師伐太原之戎，至於俞泉，獲馬千匹。」《後漢書·西羌傳》記此事時，先記：「夷王衰弱，荒朝不服。」與本銘懿中數次勸諫，「克甬保厥」，當有一定的關係。

「皇考」謂父親，逨之父親謂龔叔，與《頌壺》頌之皇考龔叔應當爲一人。「穆穆趯趯」即穆穆翼翼，端莊肅穆恭警惕小心狀，《爾雅·釋訓》：「穆穆，敬也。」《詩經·大雅·文王》：「穆穆文王，於緝熙敬止。」傳：「穆穆，美也。」《詩經·大雅·常武》：「緜緜翼翼，不測不克。」《詩經·大雅·文明》：「維此文王，小心翼翼。」箋：「小心翼翼，恭慎貌。」西周金文中用「穆穆」者極多，如此聯用者見《梁其鐘》：「不顯皇且考，穆穆異異，克哲厥德。」「龢訇」即和詢，詢爲咨問、謀畫意，《詩經·大雅·板》：「先民有言，詢於芻蕘。」《尚書·大禹謨》：「朕志先定，詢謀僉同。」《尚書·舜典》：「詢事考言，乃言底可績。」

「隋」字阜旁從齊從妻，見于《石鼓文·田車》：「以隋于原。」《詩經·鄘

風・蝃蝀》:「朝隮於西,崇朝其雨。」傳:「隮,升;崇,終也。」《詩經・曹風・侯人》:「薈兮蔚兮,南山朝隮。」《周本紀》:「夷王崩,子歷王胡立。」本銘記作:「剌王」,與《吳虎鼎》一致,《謚法解》:「不思忘愛」、「愎佷遂過曰剌」。「致戮無辜曰歷。」剌、歷均非善謚,然對照史事,當時應以「剌」謚爲宜,同於本銘。

此節言徕父龔叔,恭謹小心地出謀畫策,因其道德,在剌王世仍得到應有的升遷。《周本紀》所記,歷王好利近佞,暴虐侈傲拒諫「弭謗」,以致「國人暴動」,天子出奔,「共和行政」,歷王死於彘,蓋爲一亂世。《徕盤》只言父行,不及時政,似爲隱之。

◎王輝〔註78〕:

墻盤有「亞祖祖辛」,與「高祖」、「烈祖」、「乙祖」相對而言。《爾雅・釋言》:「亞,次也。」亞祖,次祖,銘指祖父。懿仲稱亞祖而不稱高祖,明非遠祖。《說文》:「㪝,放也。從攴,㽞聲。」疑應讀爲廣。曾侯乙墓竹簡有「𨍌車」、「乘𨍌」、「少𨍌」,裘錫圭讀𨍌爲廣。《左傳・宣公十二年》有「乘廣」、「左廣」、「右廣」,皆指軍車。《錢典》上255頁有「㽞坪」圓錢,何琳儀說「㽞坪」即廣平。柬與間聲字通。江陵望山一號墓楚簡所記楚王名有「柬大王」,《史記・楚世家》楚惠王子簡王。王孫遺者鐘:「闌闌龢鐘,用匽以喜。」楊樹達云:「闌當讀爲簡,《詩・商頌・那》云:『奏鼓簡簡』,簡簡爲贊美樂聲之辭。闌從柬聲,柬本見母字,與間聲同,《說文》言部讕或作調,火部爛或作燗,知闌聲間聲可通用也。」《那》毛傳:「其聲和大簡簡然。」又《詩・周頌・執競》:「降福簡簡,威儀反反。」毛傳:「簡簡,大也。」甫讀爲甫,大也。《詩・齊風・甫田》:「倬彼甫田,歲取十千。」考王《周本紀》作孝王。考、孝通用,《史記・三代世表》孝伯《衛康叔世家》作考伯,《謚法》既有孝,也有考,「大慮行簡曰考」、「五宗安之曰孝」、「慈惠愛親曰孝」、「秉德不回曰孝」、「協時肇享曰孝」。孝王事蹟,《周本紀》無隻字記述,東周又有考王,故盤銘「考王」以作「孝王」爲是。徲即遲字,讀爲夷。《說文》遲或作迡,從尸,𡰣古文夷字。成,成就。

此條言我偉大的祖父懿仲胸懷廣大,能大保其君孝王、夷王,在周有所成

〔註78〕王輝:〈逨盤銘文箋釋〉,《考古與文物》2003年第3期,頁86。

就。不過，這些言辭都比較空泛。

1985 年同村出土逨編鐘銘：「逨敢對天子不（丕）顯魯休揚，用作朕皇考
龔叔龢鐘。」穆穆，肅靜。揚雄《太玄四・禮》：「穆穆肅肅，敬出心也。」《說
文》：「趩，行聲也。一曰不行貌。從走，異聲，讀若敕。」然銘似非此義。《說
文》又有趩字，云「趨進趩如也。從走，異聲。」段玉裁注：「疑趩、趩一字而
二之，如水部之濈、灒也。」典籍多作翼。《爾雅・釋詁》：「翼，敬也。」《釋
訓》：「肅肅翼翼，恭也。」《說文》：「詢，謀也。」甕見《石鼓文・田車》：「避
（吾）以甕原。」甕讀為隮，《玉篇》：「隮，登也，升也。」《尚書・顧命》：「王
麻冕黼裳，由賓階隮。」隮於德，達到德的境界。又上古音齊、妻接脂部字，
可以通用。…周人以為只有敬德修行，才能上下和睦，國家安寧。共叔能明據
於德，可見其品德之高尚。剌讀為厲，《史記・秦始皇本紀》厲共公，附《秦記》
作剌龔公。此節言我偉大的先父共叔敬慎其事，和謀國政，明據於德，能擁戴
其君厲王。

◎何琳儀 [註79]：

「諫諫」，應讀「簡簡」。「柬」與「閒」聲系可通。《詩・大雅・板》「是用
大諫」，《左傳・成公八年》引「諫」作「簡」。是其確證。檢《詩・周頌・執競》
「降福簡簡」，傳「簡簡，大也。」《爾雅・釋訓》「簡簡，大也。」

「匍保」，疑讀「輔保」，猶「扶保」。《論衡・率性》「近惡則輔保禁防。」
盤銘「諫諫克匍保，厥辟孝王、夷王。」意謂「能夠大大地輔保其君孝王、夷
王。」

「旬」，金文習見，即字書之「詢」。《集韻》「詢，或作旬。」《六書統》「詢，
和也。」學者多以為即「詢」甚確。盤銘「龢旬」，應讀「和均」。《風俗通・正
失》「和均五聲，以通八風。」本指調和音律，引申為調和政事。盤銘「龢旬於
政」，正用其引申義。上文「盩龢於政」讀「調和於政」，其中「調和」也本指
調和音律，引申為調和政事。可謂無獨有偶。

「隮」，原篆右下從「妻」，乃疊加音符。「明隮」，應讀「明齍」或「明齊」、
「明粢」。《周禮・秋官・司烜氏》「司烜氏掌以夫遂取明火於日。以鑒取明水於
月，以共祭祀之明齍，明燭共明水。」注「鄭司農云，明粢謂以明水滫滌粢盛

〔註79〕何琳儀：〈逨盤古辭探微〉，《安徽大學學報》2003 年 7 月第 4 期，頁 12～13。

黍稷。」釋文「齍，音資。注作粢，音同。」孫詒讓曰「《詩‧小雅‧甫田》云，以我齊明，與我犧羊，以牡以方。毛傳云，器實曰齊。鄭箋云，絜齊豐盛。彼釋文云，齊本又作齍。案，《詩》齊明即此明齍倒文以協韻。又《士虞禮》祝辭亦有明齊。注云，今文曰明粢。王引之謂，即此經文之明齍，其說甚確。齍、齊、粢字並通也。」《禮記‧曲禮》下「凡祭宗廟之禮，稷曰明粢。」疏「稷，粟也。明，白也。言此祭祀明白粢也。」孫希旦曰「稷之色白，故曰明粢。明，潔白也。」關於「明齍」或「明齊」、「明粢」是否與「明水」有關，學者間見仁見智，姑且不論。然而祭品前之「明」取其潔白之義，則是明確無疑的。

盤銘「明隋於德」，可讀「明齍於德」，意謂「修德有如祭祀之稷一般的潔白無瑕。」古人往往以祭祀所用「黍稷」與「明德」相提並論，如《書‧君陳》「黍稷非馨，明德惟馨。」又見《左傳‧僖公五年》。由此來看，典籍所載這句古諺，可能源於盤銘「明隋於德」。

◎彭曦〔註80〕：

懿仲致：致即敳，或寫作敤，讀 zhi。

諫諫克卹：諫，《說文》：「諫，証也。」《廣雅‧釋詁》：「諫，正也。」《廣韻》：「諫，直言以悟人也。」《周禮‧地官‧保氏》：「保氏掌諫王惡，而養國子以道。」鄭玄注：「諫者，以禮義正之。」卹，伏狀。《詩‧大雅‧生民》：「誕實匍匐。」又訓盡力也。《詩‧邶風‧穀風》：「凡民有喪，匍匐救之。」鄭玄箋：「匍匐，言盡力也。」克，能夠。諫諫克卹，謂能以禮正言規勸。

保厥辟考（孝）王、徥（夷）王：保，《廣韻》：「保，任也。」辟，《爾雅》：「辟，君也。」保厥辟，意爲協助，襄理厥君孝王、夷王。考、孝二字，金文中分明，此銘以考通孝，徥爲遲，金文中多見，如 🔏（伯遲父鼎）、🔏（仲叡父簋）等，此處以音轉通夷。

又成于周邦：又，有也；成，《說文》：「成，就也。」有成就，即有功勞于周邦。周人自稱爲周邦，而不稱國；稱其他方國爲國，而不稱邦，可見周人心目中邦高於國。

龔叔：即共叔。

〔註80〕彭曦：〈逨盤銘文的注釋及解析〉，《寶鷄文理學院學報》2003 年 10 月第 5 期，頁 13。

　　穆穆趩趩：穆，《一切經音義》卷六：「穆，和也。」《詩・大雅・烝民》：「吉甫作頌，穆如清風。」鄭玄箋：「穆，和也。」《字匯補》：「穆，悅也。」趩，多見于金文及《石鼓》。《說文》：「趩，行聲也。」引申當為勤勉。穆穆趩趩，意為和悅勤政。（又穆訓為敬、嚴肅、亦通）。趩讀 chi。

　　龢（和）旬（詢）於政：龢，《說文》：「龢，調也，從龠，禾聲，讀與和同。」即協調、協和。詢，《說文》：「謀也。」和詢於政，善於謀略協調於政。

　　明𡊒於德：𡊒，《集韻》：「𡊒，躋也。」《說文》：「躋，登也。」意為升、高。明𡊒於德，意為德性高尚（完美），與《尚書・君陳》：「明德惟馨」之意同。

　　言（享）佐剌（厲）王：享，《說文》：「享，獻也。」獻身輔佐于厲王。

◎李零〔註81〕：

　　妝諫諫，含義待考。

　　言辟剌王，讀「享辟厲王」。「辟」字殘，董珊文辨為「辟」，可信。

◎董珊〔註82〕：

　　「往」字原從「攵」旁，「諫」從「柬」聲，跟下文「諫乂四方」之「諫（剌）」是形同而音不同，表示的詞也不同。此處的「諫」字下有「＝」符號，這個符號有可能是重文號，也可能只是起到區別同形字的作用。無論哪一種情況，「往諫＝」可能就相當于古書所見的「狂簡」或「狂狷」，《論語・公冶長》「子在陳曰：『歸與！歸與！吾黨之小子狂簡，斐然成章，不知所以裁之』」，《孟子・盡心》萬章問孔子在陳語中「狂簡」之意，孟子答語引《論語・子路》作「狂狷」，謂「狂者進取，狷者有所不為也」。綜合《論語》、《孟子》及趙岐《注》所說，「狂」是志大而進取，「狷」是不同流合污（參看程樹德《論語集釋》第 344、931，中華書局，1990 年版；焦循《孟子正義》第 602～605 頁，《諸子集成》本，中華書局，1954 年版）。述盤銘用「狂簡」或「狂狷」來評價懿仲，並無貶義。

　　陸（濟），此字左從「阜」旁，右為「妻」加注「齊」聲，疑讀為「濟」。

〔註81〕李零：〈讀楊家村出土的虞述諸器〉，《中國歷史文物》2003 年第 3 期，頁 24。

〔註82〕董珊：〈略論西周單氏家族窖藏青銅器銘文〉，《中國歷史文物》2003 年第 4 期，頁 43。

明濟，聰明幹練，詞見晉夏侯湛《東方朔畫贊序》「夫其明濟開豁，包含弘大」（《全晉文》卷九十六），《北史・李獎傳》「獎前後所歷，皆以明濟著稱」（中華書局標點本第 1603 頁）。

◎胡長春〔註83〕：

敜（廣）諫言：「敜諫言」，王輝先生讀爲「廣簡簡」，意爲「胸懷廣大」。何琳儀師將「敜」隸爲「扗」，屬上讀。董珊先生釋爲「往諫」，讀爲「狂簡」或「狂狷」。李學勤先生隸爲「敜諫」，讀爲「匡諫言」。

筆者認爲李文將「諫」讀爲「諫言」合文，至確。但將「敜」讀爲「匡」，似有可商之處。《說文》「敜，放也。從攴，㞷聲。」又「㞷，草木妄生也，從之在土上，讀若皇。」馮登府《三家詩異文疏證》卷二「皇、匡二字，古音義相兼。」《爾雅・釋言》「皇，匡，正也。」邢昺疏「匡，救諫之正。」如此，則「匡諫言」即「匡正大臣的諫言」，然「匡正大臣的諫言」這一行爲本身仍是「諫言」，故筆者以爲「敜諫言」不如讀爲「廣諫言」於銘辭更爲符合。曾侯乙墓竹簡有「㡛車」、「乘㡛」、「少㡛」，裘錫圭先生讀爲「廣車」、「乘廣」、「少廣」，與《左傳宣公十二年》中的「乘廣」、「左廣」、「右廣」正相符，皆指軍車。又《錢典》上 255 頁有「㞷坪」圜錢，何琳儀師讀「㞷坪」爲「廣平」，皆可證「敜」可讀爲「廣」，如是，則「敜諫」讀爲「廣諫言」則怡然理順。

◎連劭名〔註84〕：

「于朕皇亞祖懿仲往諫諫」，往讀爲廣，《釋名・釋言語》云：「公，廣也，可廣施也。」《逸周書・命訓》云：「曰大命有常，小命曰成，成則敬，有常則廣，廣以敬命，則度至於極。」「諫諫」，郭店楚簡《性自命出》云：「有其爲人之節節如也，不有夫柬柬之心，則采。有其爲人之柬柬如也，不有夫恒怡之志則慢。」郭店楚簡《五行》云：「柬柬爲言練也，大而晏者也。」諫通簡，《爾雅・釋訓》云：「簡簡，大也。」馬王堆帛書《五行》云：「不果不簡，不簡不行。」故「往諫諫」者，「廣大」之義，《周易・繫辭》上云：「廣大配天地。」

〔註83〕胡長春：〈金文考釋四則〉，《學術界》2005 年第 6 期，頁 150。

〔註84〕連劭名：〈眉縣楊家村窖藏青銅器銘文考述〉，《中原文物》2004 年第 6 期，頁 45～46。

《禮記‧中庸》云:「君子之道,造端乎夫歸,及其至也,察乎天地。」

「和均於政」,「和均」是儒家政治思想的重要內容,《論語‧季氏》云:「丘也聞,有國有家者,不患寡而患不均,不患貧而患不安,蓋均無貧,和無寡,安無傾。」均,平同義,《史記‧樂書》云:「將以教民平好惡。」《正義》云:「平,均也。」《詩經‧那》云:「既和且平。」毛傳:「平,正平也。」《詩經‧伐木》云:「終和且平。」鄭箋:「平,齊等也。」

「明齊於德」,明齊又作齊明,《禮記‧中庸》云:「使天下之人齊明盛服,以承祭祀。」《國語‧周語》云:「明,精白也。」《國語‧楚語》云:「而又能齊肅衷正。」韋注:「齊,一也。」是知明齊知言精一,《尚書‧大禹謨》云:「人心惟危,道心惟微,惟精惟一,允執其中。」精與靜同,《白虎通‧情性》云:「精者靜也,太陽施化之氣也。」《荀子‧解蔽》云:「人何以知道,曰心。心何以知,曰:虛一而靜,……虛一而靜,謂大之清明。」凡明其精靜,皆用於表示心地之純潔,無私無欲,故能有德。

◎佳瑜按:

銘文此「![字]」字,按照劉懷君、辛怡華、劉棟先生的解釋「懿仲䎡」爲逨家第6代。然而李學勤先生讀爲「匡」,周曉陸先生則認爲「䎡」即往,董珊先生指出「往」字原從「攴」旁,王輝、連紹名、胡長春等先生認爲讀爲「廣」。對於讀爲「廣」之說法,似乎缺乏適切具體證據說明,胡長春先生舉曾侯乙簡之例說明「䎡」可讀爲「廣」,從其例證看來均指軍車而言,若此則如何與銘文取得妥善聯繫,故不從此說。再者讀爲「匡」之說法,首先先看下文「![字]」字,此字從言從束,是爲「諫」,又於「言」字下有作一重文符號,可知應爲「諫言」,所謂的「諫言」應是指勸諫的言語,所以聯繫銘文「朕皇亞祖懿中(仲)䎡(匡)諫言」全句看來,則「匡」字本身有「糾正」、「匡正」等意,也就是說「朕皇亞祖懿仲糾正、匡正勸諫的言語」不過似乎無法妥當釐清銘文句義,故不從此說。未若讀爲「往」,將之訓爲「過去」、「往昔」等意,且看本篇銘文開篇即以皇高祖單公等人往昔事蹟銘記至此,某種程度上也表示著對於過去所發生的事情予以懷念想望,則「往」當爲時間副詞來使用非常貼切,也即是說「朕皇亞祖懿中(仲)過去時常說著勸諫的言語」。此外劉懷君等先生釋「懿仲䎡」爲家族第六代,據此其斷句之誤顯而易見了,銘文擬應

斷讀爲「朕皇亞祖懿中（仲）玫（往）諫言，克匍保氒（厥）辟考（孝）王、

徲（夷）王。」

「克匍保厥辟考（孝）王、徲（夷）王」句中的「匍」其義應同上文「匍有四方」，此處的「氒（厥）辟」指「周王」﹝註85﹞而言。「又成于周邦」義同《尚書·大誥》：「天降戾于周邦」，說明有成就於天下，換句話說就是成功掌握治於天下，使四方諸國信服。

「趩趩」，恭敬貌，與「翼翼」同。﹝註86﹞「穆穆趩趩」即言端敬恭愼之意。「龢（和）**圖**（旬）於政」之「龢（和）**圖**（旬）」訓解，劉懷君等釋爲「和訊」，「訊」，勸告、訓告。李學勤先生認爲即「和順」。周曉陸先生則指出「龢旬」即和詢，詢爲咨問、謀畫意。彭曦先生也說「龢（和）旬（詢）於政」即善於謀略協調於政。何琳儀先生說此「旬」字，金文習見，即字書之「詢」。《集韻》「詢，或作旬。」並認爲學者多以爲即「詢」甚確，盤銘「龢旬」，應讀「和均」，引申爲調和政事。連紹名先生認爲「和均」是儒家政治思想的重要內容。此「旬」字於隸定上較無疑義，主要的分歧在於釋讀問題上，通讀爲「均」可能也是從「協調」這個角度出發，由銘文文義權衡，似讀爲「詢」較妥，訓爲謀畫意。

「明**圖**於德」之「**圖**」字，劉懷君等釋爲「明陸于德」，言德行顯明。李學勤先生隸爲「陸」讀爲「濟」，《爾雅·釋言》「成也」。董珊先生也說陸（濟），此字左從「阜」旁，右爲「妻」加注「齊」聲，疑讀爲「濟」。明濟，聰明幹練。周曉陸先生分析「隮」字阜旁從齊從妻，見于《石鼓文·田車》：「以隮于原。」王輝先生也說「婪」見《石鼓文·田車》：「避（吾）以婪原。」婪讀爲隮，《玉篇》：「隮，登也，升也。」《尚書·顧命》：「王麻冕黼裳，由賓階隮。」隮於德，達到德的境界。何琳儀先生認爲「明隮於德」，可讀「明齍於德」，意謂「修德有如祭祀之稷一般的潔白無瑕。」彭曦先生則認爲「明躋於德」意爲德性高尙。連劭名則說「明齊」又作「齊明」。茲就字形構造看，此字作從「阜」從「齊」從「女」應隸爲「隱」，銘文「明隱于德」顯然與上文「龢（和）旬（詢）於政」可對文參看，「德」與「政」相對而言皆當爲名詞使用，而「明隱」與「龢（和）

﹝註85﹞陳英傑：《西周金文作器用途銘辭研究（下）》（北京：線裝書局，2008年），頁775。

﹝註86﹞張世超等著：《金文形義通解》（京都：中文出版社，1996年3月），頁198。

訇（詢）」相對，依此研判當從李學勤先生所釋，字讀爲「濟」，或有「完成」、「達到」之義，則「明陵（濟）於德」應是說明在德行上可以達到彰顯之義。

銘文「雩朕皇亞且（祖）懿中（仲）弐（往）諫言，克匍保厥辟考（孝）王、徸（夷此段）王，又成于周邦。雩朕皇龔叔，穆穆趩趩，龢（和）訇（詢）於政，明陵（濟）於德，言佐刺（厲）王」說明逨（述）的偉大亞祖懿中（仲）在過去時常提出勸諫的言辭，能夠於軍略上保衛協助孝王與夷王，有成就於天下使四方順服。逨（述）的偉大先祖龔叔，輔佐厲王之時，其爲人端莊敬愼，在政事上善於和協的謀畫方針，美善的德行可以從他的身上彰顯出來。

（五）逨肇（纘）朕皇且（祖）考服，虔夙夕敬朕死（屍）事，肆天子多易逨休，天子其萬年無疆耆黃耇保奠周邦，諫辟四方。

◎劉懷君、辛怡華、劉棟〔註87〕：

逨爲逨家第 8 代。

「肇」，語氣詞。禹鼎：「命禹朕祖考，政于井邦。」據陳漢平先生研究，「」可釋爲「纘」。「纘」，繼也。「」、「」應爲同一字。「服」，職事，職務。班簋：「王命毛伯更虢城公服。」《尚書・旅獒》：「王乃昭德之政於異姓之邦，無替厥服。」

「死事」，康鼎：「王命死（屍）司王家。」《詩・采蘋》：「誰其尸之。」皆訓尸爲主。「死事」只職事，職務。「肆」，連詞，故。「休」，美，好，善。「耆」，《禮記・曲禮上》：「六十曰耆，指使。」言人到了六十稱耆，只發號施令指派別人。「黃耇」，猶言長壽。「保」，保佑。「諫」，直言規勸。諫，在文獻上多用爲下對上，而金文中則多是上對下。「諫辟」，猶言治理。

◎李學勤〔註88〕：

十三行「耆」字從「者」，疑爲「耆」字之誤。

〔註87〕劉懷君、辛怡華、劉棟：〈逨盤銘文試釋〉收錄于《吉金鑄華章》（北京：文物出版社，2008 年），頁 353～354。

〔註88〕李學勤：〈眉縣楊家村新出青銅器研究〉，《文物》2003 年第 6 期，頁 66～67。

十四行「諫」讀爲「簡」，《爾雅・釋詁》「大也」。「辥」即「乂」，乂爲治。

◎裘錫圭〔註89〕：

逨盤銘說：逨肇屎朕皇且（祖）考服，虔夙夕敬朕死事。（《盛世吉金》第34~35頁）「屎」當讀爲訓「繼」的「纂」。

此字已見于殷墟卜辭，作 🔲🔲 等形，用爲動詞，多以田地之名爲其賓語，如「屎西單田」、「屎屮田」等。胡厚宣先生認爲此字後來變作《說文》收爲「徙」字古文的「屎」，又變作「屎」，屎田就是在田裡施糞肥。胡先生把「屎田」解釋爲用糞肥，恐有問題；把「屎」跟《說文》「徙」字古文視爲一字，則是很有道理的。

李家浩先生曾對「屎」字作過深入研究，其說見于俞偉超先生的《中國古代公社組織的考察》一書中。他據漢印篆文、秦漢隸書和唐代文字，指出「徙」字右上部本從「少」，「《說文》篆文『徙』所從『止』當是『少』的訛誤」，並說：「沙」、「徙」古音相近。《戰國策・燕策一》「燕趙之棄齊也，猶釋弊躧」，姚本注：「一云『脫屣也』。」馬王堆漢墓帛書《戰國縱橫家書》第二十章與此相當的文字作「說沙也」。「說沙」當從姚本注讀爲「脫屣」，此爲「沙」、「徙」古音相近之證。據此，「徙」當爲從「辵」、「沙」省聲。他還指出西周銅器禹鼎的 🔲 字和豆閉簋 🔲 字「收」旁之外的部分，都是「屎」的變體，並指出：西周銅器銘文中又常見「彤沙」一詞，逆鐘銘文「彤沙」之「沙」作「屎」，從「尾」從「少」。此字亦見於師𣪘簋，郭沫若先生認爲「從尾沙省聲」。在古文字中，作爲偏旁的「屍」與「尾」可以通用，如漢印「屈」字可寫作從「尾」或從「屍」。於此可證「屎」與「屎」當是一字，「屎」爲從「沙」省聲，「屎」也應當是從「沙」省聲。

東周齊國銅器叔弓鎛有從「攴」「屎」聲之字，陳貯簋有從「收」、「屎」聲之字。李家浩先生認爲後者與上舉豆閉簋的「屎」當是一字，可見「屎」即「屎」的異體，同爲齊國銅器的陳侯因𩵋敦銘有 🔲 字，也是「屎」的異體。這些意見都是可從的。但是李先生把東周銅器銘文「屎」「屎」二字所從的「米」，隸定爲上「少」下從「小」；認爲「徙」字古文和屎尿之「屎」所從「米」是由之訛變的。這似乎是求之過深了。東周銘文「屎」「屎」二字，似可認爲已由從「少」

〔註89〕裘錫圭：〈讀逨器銘文劄記三則〉，《文物》2003年第6期，頁74~75。

訛變爲從「米」。至於屎尿之「屎」與「屟」的變體「屟」究竟是什麼關係，似還可進一步研究。

李先生認爲殷墟卜辭的「屟田」當讀爲「徙田」，很早就把這一意見告訴過我。我則認爲既然「屟」和「沙」的古音相近，「『屟田』似可讀爲『選田』。因爲『沙』是生母字，『選』是心母字，上古爲一聲（今按：二者在上古可能並不是「一聲」，但是至少彼此的音是很接近的）。『沙』字古屬歌部，『選』字古屬元部，歌、元陰陽對轉。」叔弓鎛說「鼜擇吉金」，陳貯簋說「屟擇吉金」，二器「擇」字上以「屟」之變體「屟」爲聲旁的字，讀爲「選」，文從字順，也可作爲旁證。此外，古書中從「徙」聲的「縱」與「踐」爲異文，而「踐」又與「選」字以之爲聲旁的「巽」爲異文，似亦可視爲「屟」可讀爲「選」的一個旁證。

李家浩先生不同意我的「選田」的讀法，但同意我把叔弓鎛和陳貯簋從「屟」聲之字讀爲與「選」古通的「纂」字。……李先生解釋說：「選」、「纂」二字古通，如《詩・齊風・猗嗟》「舞則選矣」，韓詩「選」作「纂」。因此禹鼎的「屟」、豆閉簋的「屟」、陳侯因資敦的「屟」，並當讀爲「纂」。《禮記・祭統》引孔悝鼎「纂乃祖服」（引者按：孔悝鼎銘原文爲「獻公乃命成叔纂乃祖服」，鄭注：「纂，繼也。服，事也。」鼎銘下文尚有「若纂乃考服」語）、《左傳》襄公十四年「纂乃祖考」，鄭玄注和杜預注並云「纂，繼也。」

此說正確可信。「選」從「巽」聲，「纂」從「算」聲。《說文》以從「巽」聲的「饌」爲從「算」聲的「籑」的或體。「筭」與「算」通，或以爲即「算」字異體，而「巽」與「筭」古通。從「巽」聲的「選」、「撰」等字與「算」或從「算」聲之字相通之例，除「選」通「纂」外，古書中尙數見。「屟」、「屟」等字既可讀爲「選」，又可讀爲「纂」，是十分合理的。

由上所述，可知逨盤銘的「屟」字也應讀爲訓「繼」的「纂」字無疑。「纂朕祖考服」的文例，與孔悝鼎銘的「纂乃祖服」、「纂乃考服」極爲接近。

◎周曉陸〔註90〕：

「屟」字初見，從尸從少，或讀作眇，高遠之意，《廣雅・釋言》：「眇，莫

〔註90〕周曉陸：〈逨盤讀箋〉，《北京師範大學學報（社會科學版）》2003 年第 5 期，頁 86～87。

也。」王念孫疏證：「《眾經音義》卷二十一引此而釋之曰：言遠視眇莫不知邊際也。」《漢書·王褒傳》：「何必偃卬詘信若彭祖，呴噓呼吸如僑松，眇然絕俗離世哉。」顏師古注：「眇然，高遠之意也。」又訓完成之意，《集韻·笑韻》：「眇，成也。」《易·說卦》：「神也者，妙萬物而爲言者也。」唐陸德明釋文：「王肅作眇。董云：眇，成也。」「逑肇眇朕皇祖考」意爲逑繼承渺遠成功的列位祖先。

「服虔宿夕，敬朕死事」相類似的例子西周金文多見，《叔夷鐘》：「女不象，夙夜官執而政事。」《瘨鐘》：「今瘨夙夕虔敬；邲厥死事。」「死事」有主事之意，《康鼎》：「王命死司王家。」《康鼎》：「死於下土，以事康公。」吳大澂曰：「死即尸。《說文》：尸，陳也；尸，終主也。引申之凡爲主者皆爲尸，經傳通作尸。《書·康王之誥·敘》：『康王既尸天子。』《詩·采蘋》：『誰其尸之。』《穀梁傳·隱五年傳》：『卑不尸大功。』皆訓尸爲主。祭以神像爲主，故亦謂之尸，後世辟死之名，言主不言尸，而尸之古義廢。」「緟」通肆，《爾雅·釋詁》：「肆，故也。」「緟天子多易」，「易」即賜，這句意爲：所以得到天子多多賞賜。《周本紀》：「共和十四年，歷王死于彘，太子靜長于召公家，二相乃共立之爲王，是爲宣王。」此處言「天子」即爲周宣王，逑生活在宣王世。「休」贊美、稱頌。「耆」在本銘中從老從者，當爲異構，《說文·老部》：「耆，老也，從老省，旨聲。」在這裡疑有祈禱之意。「黃耇」一詞金文常見，《爾雅·釋名·釋長幼》：「九十曰鮐背，或曰黃耇，鬢髮變黃也。耇，垢也，皮色驪頷如有垢也。」《詩經·大雅·行葦》：「酌以大斗，以祈黃耇。」「辥」通乂，治理、管理之謂，《尚書·君奭》：「用乂厥辟。」《尚書·康王之誥》：「保乂王家。」金文中多見，《毛公鼎》：「亦唯先正襄辥厥辟。」《大克鼎》：「保辥周邦」，「諫辥王家」。「諫乂四方」謂逑要盡臣子之責，歸諫與輔翼治理天下。

據《周本紀》宣王之世，先有二相輔佐，「修政，法文武成康之遺風，諸侯復宗周。」後又拒諫，興戰事。古本《竹書紀年》記：「王召秦仲子莊公，與兵七千人，伐戎，破之。」三十一年，「王師伐太原之戎，不克。」三十六年，「王伐條戎、奔戎，王師敗績。」三十八年，「晉人敗北戎於汾隰」，「戎人滅姜侯之邑。」三十九年，「王伐申戎，破之。」《周本紀》記：「三十九年，戰於千廟。宣王既亡南國之師，乃料民太原。」據《四十二年逑鼎》記，是時還有過一次

伐嚴狁的戰爭，一說在歷王世。宣王之世並不太平，所以本節銘文云：「服虔夙夕，敬朕死事」，「保奠周邦，諫乂四方。」

◎王輝〔註91〕：

甲骨文習見「𡰥田」，𡰥字張政烺先生釋肖，說肖田即趡田，趡訓刺；胡厚宣先生釋屎，說屎田即糞田；陳漢平先生說灒字簡體，讀爲灒，灒田乃以清水或糞水灑澆農田；李家浩先生隸作徙，徙字古文作屟，即尿或屟字，徙從沙得聲，可讀爲選，又說在禹鼎中可讀爲纂。諸說不同，以李家浩、陳漢平二位先生的說法爲接近。《漢簡》灒字古文作屟，即墙盤「……屟文武長刺（烈）」屟即屟字，諸家多釋灒，讀爲纘，《說文》：「繼也。」典籍亦作纂，《禮記·祭統》引孔悝鼎銘「纂乃祖服」，《左傳·哀公十四年》「纂乃祖考」，鄭玄及杜預注並云：「纂，繼也。」孔悝鼎與此盤文例亦同。死讀爲尸，主管。《詩·召南·采蘋》：「誰其尸之，有齊季女。」死事，主管之事。此節言逨始繼承我偉大的祖考職事，早晚虔敬我所主管之事，天子多賜我休美。

《說文》：「耆，老也。」《釋名·釋長幼》：「六十曰耆。」黃耇，長壽。徐中舒師云：「黃耇者，古稱壽老之證。《論衡·無形篇》：『人少則髮黑，老則髮白，白久則黃；髮黃而膚有垢，故《禮》曰黃耇無疆』」（《儀禮·士冠禮》三加之詞有「黃耇無疆，受天之慶」語，《詩》、《書》有言黃髮者。）奠，定。《說文》：「諫，證也。」丁福保《詁林》說《慧琳音義》引《說文》證作正。《廣雅·釋詁》：「諫，正也。」亦治理義。番生簋：「用諫四方。」……此句爲嘏辭，祈求宣王長壽，平安地保有周國，治理四方。

◎彭曦〔註92〕：

逨肇𡰥朕皇考服：𡰥，多見於甲骨文，如𡰥（一期存一·一七七）、𡰥（一期前四、六、七）等。徐仲舒主編《甲骨文字典》釋屎。此處當釋爲屟，與《墙盤》之█同。屟，《玉篇》釋爲饡之古文。《集韻》：「饡，古作屟。」饡通纘。《說文》：「纘，繼也。」《尚書·仲虺之誥》：「纘禹舊服。」《孔傳》：「繼禹之功，

〔註91〕 王輝：〈逨盤銘文箋釋〉，《考古與文物》2003 年第 3 期，頁 86～87。

〔註92〕 彭曦：〈逨盤銘文的注釋及解析〉，《寶雞文理學院學報》2003 年 10 月第 5 期，頁 13～14。

統其故服。」服，《爾雅》：「服，事也。」《廣韻》：「服，服事。」此句意爲逨始繼承我的祖父、父親的職事。

虔夙夕敬朕死（尸）事：虔，《爾雅》：「虔，固也。」郝懿行疏：「虔者，敬之固也。」夙夕，從早到晚。敬，《說文》：「敬，肅也。」不怠慢之義。尸，《爾雅》：「尸，主也。」《盂鼎》：「迺召夾死（尸）嗣戎。」即主持管理有關戎事。《詩‧召南‧采蘋》：「誰其尸之，有齊季女。」《毛傳》：「尸，主。」此句意爲逨整日忠於自己所主管的職事。

肆天子多易（賜）逨休：肆，在此表示因果關係，《爾雅》：「肆，故也。」如《尚書‧大禹謨》：「肆予以爾眾士，奉辭罰罪。」《孔傳》：「肆，故也。」休，美善、福祿。《爾雅‧釋訓》：「休，福祿。」《左傳‧襄公二十六年》：「以禮承天之休。」杜預注：「休，福祿也。」此句意爲：故爾（所以）天子（宣王）賜予給逨很多福祿。

天子其萬年無疆，耆黃耇保奠周邦：其，人稱代詞他。耆，《說文》：「耆，老也。」《爾雅》：「耆，長也。」耇，《爾雅》：「耇，壽也。」《詩‧小雅‧南山有台》：「樂只君子，遐不黃耇。」《傳》：「黃，髮也；耇，老。」耆黃耇，高令長壽，相當今語「健康長壽」之意。奠，《玉篇》：「奠，定也。」《說文》：「安，定也。」保奠周邦，即保佑周邦太平。

諫辟四方：此語同《番生簋》之「用諫四方。」諫，《說文》：「諫，征也。」辟，《說文》：「辟，法也。」諫辟四方，即以法治理四方（天下）。

◎李零〔註93〕：

耆黃耇，第一字，從老從者，不是「耆」字。

諫辟四方，讀「諫乂四方」，含義待考。

◎董珊〔註94〕：

耆，原字從「者」，疑爲「耆」字。

◎黃盛璋〔註95〕：

〔註93〕李零：〈讀楊家村出土的虞逨諸器〉，《中國歷史文物》2003年第3期，頁24。
〔註94〕董珊：〈略論西周單氏家族窖藏青銅器銘文〉，《中國歷史文物》2003年第4期，頁43。
〔註95〕黃盛璋：〈眉縣楊家村逨家窖藏銅器解要〉，《中國歷史文物》2004年第3期，頁34。

「屌」從屌、少聲，古「少、小」同聲，楚量器有「郢大府之□笅」「鑄大□（府）之笅一壺」的銘文。「笅」就是「五升爲筲」之「筲」。又此字與「肖、俏、屑」等皆從小即少聲，音讀皆同「少」、「小」。最早見于甲文的「尿（屌）田」，應讀「消田」。尿、屌、肖、俏、屑、消、笅、筲等，屬同一血緣家族。豆閉簋「用屌乃祖考事」，禹鼎「命禹屌朕祖考，政于井邦」的「屌」，即《說文》「肖，骨肉相似也，從肉，小聲，不似其先，故曰不肖」的「肖」，就是似其祖先，引申爲承襲，所以「屌朕皇祖考服」就是襲祖考之世官。只是古文獻、漢碑所用，並通行至今的「屑」，《說文》所無（《說文》「屑」字，後人改用「屑」），「尿、屌」才是眞正的「屑」字。「屑」之本字一直不明，第一次爲我找出。

◎佳瑜按：

此「屌」字，劉懷君等人舉禹鼎「命禹屌朕祖考，政于井邦。」爲例並據陳漢平先生研究，認爲「屌」可釋爲「纘」。「纘」，繼也。「屌」、「屌」應爲同一字。裘錫圭先生則指出「屌」當讀爲訓「繼」的「纂」，「纂朕祖考服」的文例，與孔悝鼎銘的「纂乃祖服」、「纂乃考服」極爲接近。王輝先生亦從李家浩先生說法隸作徙，徙字古文作屌，即尿或屌字，徙從沙得聲，可讀爲選，在禹鼎中可讀爲纂。

而周曉陸先生認爲「屌」字初見，從尸從少，或讀作眇，高遠之意。「徠肇眇朕皇祖考」意爲徠繼承渺遠成功的列位祖先。彭曦先生說此處當釋爲屌，與《牆盤》之屌同。屌，《玉篇》釋爲纘之古文。《集韻》：「纘，古作屌。」纘通纘。《說文》：「纘，繼也。」而黃盛璋先生認爲「屌」從屌、少聲。

按照字形來看此字應當隸爲「屌」，甲骨文常見，根據李家浩先生分析指出「甲骨文『屌』字或可作『尿』。古『少』、『小』本是一字，故『屌』可寫作『尿』。胡厚宣先生曾經指出『屌』即《說文》『徙』字古文『屌』，是正確的。……『徙』當爲從『辵』、『沙』省聲。『屌』字亦見于金文：屌（禹鼎）古代文字的偏旁位置不十分固定，上下左右可以移動。當是『屌』的反文，是把『尸』旁與『少』旁並列的一種寫法。」〔註96〕於此可知禹鼎「屌」與「屌」當爲同一字的異體寫法，然而「屌」之適切音讀爲何，有必要聯繫銘文「達（逑）

〔註96〕俞偉超：《中國古代公社組織的考察》（北京：文物出版社，1988 年），頁 11〜12。

肇屍朕皇且（祖）考服」整句作一衡量，「服」在此應是指遷（逨）承襲先祖們的官職爵位，那麼「肇屍」之「肇」擬應當爲「首度」、「初次」解，如此一來「屍」之義便清楚可現了，也就是說遷（逨）首次繼承皇祖的官職位，故釋爲「高遠之意」說法可除除，另外彭曦先生認爲「■」（墙盤）與銘文「■」同，顯然無法信服，雖然所得釋義或許亦能釐清文義，仍不若裘先生讀爲訓「繼」的「纂」說法爲佳。

「虔夙夕敬朕死事」爲金文常見用語，說明對於王所賦予的職務日夜勤奮不敢懈怠，也就是說勤於政事不懈怠。「肆天子多易遷（逨）休」，「易」同「賜」義，此句是說遷（逨）稱揚讚美天子的美好同時感念天子的賜福之辭。「■黃者」之「■」字從老從者，應從李零先生釋爲「耆」，所謂的「耆黃者」之義據陳英傑先生分析「很可能亦是形容老態的一個詞。」〔註97〕銘文「天子其萬年無彊耆黃者，保奠周邦，諫辟四方」意思是說恭祝天子長壽無彊也就是形容恩威浩蕩的永遠長存，故能持續安定的保衛國土而四方諸國也能誠心歸順。

本段銘文「遷（逨）肇屍（纂）朕皇且（祖）考服，虔夙夕敬朕死事，肆天子多（賜）遷（逨）休，天子其萬年無彊耆黃者，保奠周邦，諫辟四方。」說明遷（逨）承繼其父官職，晝夜不分的勤勉政事，頌揚感念天子所賜的美好，恭祝天子長壽無彊，致使國土的安定，而方國也能來歸。

（六）王若曰：逨，不顯文武，膺受大令（命），匍有四方，則繇唯乃先聖且（祖）考，夾𤔲先王，爵董大令（命）。今餘唯巠厥乃先聖且（祖）考，龗稟乃令，令汝疋（胥）榮兌䚅司四方吳（虞）、替（廩），用宮禦。易汝赤市幽黃、攸勒。

◎劉懷君、辛怡華、劉棟〔註98〕：

「王若曰」應是一種固定格式，用來敘述王朝重大的事件【辛怡華〈試釋

〔註97〕陳英傑：《西周金文作器用途銘辭研究（上冊）》（北京：線裝書局，2008 年），頁395。

〔註98〕劉懷君、辛怡華、劉棟：〈逨盤銘文試釋〉收錄于《吉金鑄華章》（北京：文物出版社，2008 年），頁354。

金文中的「王若曰」〉，《華夏文化》2002 年第 4 期。】「爵堇大令」，「堇」，通「勤」，操勞，盡力。毛公鼎：「爵堇大命。」「巠」，通「經」，行也，引申爲遵循。「疋」，通「胥」，輔佐。《說文》：「疋，足也，……亦以爲足字或曰胥字。」《方言·六》：「胥，由，輔也。」

「𤔲𢍜」，陳漢平先生認爲讀爲「申京」，「京」字訓「人所爲絕高邱也」，又訓「大也」，「大阜也」，「高也」，「高邱也」。「𤔲𢍜乃令」其文義即「重申增高對稱的官職、爵秩的冊命。」「榮兌」疑人名。「𤔲司」，盠（駒）尊：「王令盠曰：『𤔲司六贅𤔲（𤔲）』」「吳」即「虞」，「替」即「麓」。穆王時期的免簋云：「惟三月既生霸乙卯，王在周，命免作司徒，司奠、寰替（麓）暨牧。……」根據學者研究，奠、寰（縣）是周王朝最早的直轄地域，屬于「王土」。從免簋銘文中「替」、「吳」並列看，述盤中「吳（虞）、替（麓）」也應是並列關係。

「用宮禦」，專供王宮使用。頌鼎：「王曰：『頌，令汝官司成周賈廿家，監司新造賈，用宮禦。』」

◎李學勤〔註99〕：

十五行「𤔲」即「𤔲」，讀爲「由」。「䙣堇大命」又見毛公鼎，讀爲「愍勤大命」。

十六行「巠」讀爲「經」。按「經」訓爲常，「經乃先聖祖考」意爲以其祖考臣事先王的關係爲常。

十七行「吳替」即「虞林」，「司四方虞林」是《周禮·大司徒》山虞、林衡、川衡、澤虞一類官，管理山林川澤的生產。「用宮禦」意爲進供宮廷，也見於頌鼎、頌簋、頌壺等器。

◎周曉陸〔註100〕：

「王若曰」爲商周成語，《毛公鼎》、《錄伯𣪘簋》及《尚書·盤庚》等都有如此記，意爲：王這樣說道。「𤔲」，發語語氣詞。「聖」，《孟子·盡心下》：「大而化之之謂聖」，「先聖」即聖明的先人。這一段與《錄伯𣪘簋》相近似；「王若

〔註99〕李學勤：〈眉縣楊家村新出青銅器研究〉，《文物》2003 年第 6 期，頁 66～67。

〔註100〕周曉陸：〈逨盤讀箋〉，《北京師範大學學報（社會科學版）》2003 年第 5 期，頁 87～88。

曰：錄伯威，繇自乃祖考有聞于周邦。」「爵董大令」，《單伯鐘》、《毛公鼎》皆有是句，「爵」爲雙手捧爵之形，意爲貴族竭忠盡力效勞于王之大命。「巠」即經，有繼續之意。「虩臺乃命」一詞爲西周金文習見，《大克鼎》、《師憂簋》、《師兌簋》等器上都如是書，研究者們多讀「虩」爲緟，「緟虩」即重申之意。「疋」有繼續意，又有輔佐意，又有後世之意，《申簋》：「更乃祖考疋大祝。」《三年師兌簋》：「餘既令女疋師和父」。《免簋》：「令女疋周師司譬。」大略以輔佐意爲勝。「榮兌」榮氏貴族人名。「鞤」字以往研究，有抨、繼、籍、攝等說，以攝略勝，「攝司」一詞金文常見，管理、任職、兼司等意。「四方吳譬」爲逨從祖先那裡繼承的職司，至遲在宣王四十二年時，逨因此職而自稱「吳逨」。「譬」字上從林下從廩字一部，當有山林包括林產倉廩守護之職，《周禮·地官》：「林衡掌巡林麓之禁令，而平其守，以時計林麓而賞罰之。若斬木材，則受法于山虞，而掌其政令。」吳譬即「山虞（吳）林衡」。「赤市、幽黃、攸勒」均爲周宣王賞賜逨之物，即紅色的蔽膝，幽青色的衡帶和綴有銅泡的皮質馬絡頭，這種賞賜在西周金文中常見，《柳鼎》：「易女赤市、幽黃、攸勒」。

此節中，周宣王習慣性地以文王武王來說事，表彰逨的先祖輔佐王室，重申王室對單氏之命，讓逨繼承先祖，輔佐榮兌，並任山虞林衡以供給宮廷的御用，又賞賜逨一些物件。這也是西周中晚期金文中冊命封賞的一些套話。

◎王輝〔註101〕：

若，代詞，如此，這樣。在甲骨、金文中，史官轉述王或貴族的話，往往稱「若曰」，……于省吾先生謂「王若曰」即「王如此說」。繇典籍或作繇、猷。《金文編》曰：「繇，發語辭。《大誥》『王若曰猷』馬本作繇。繇《說文》所無，《說文通訓定聲》據偏旁及《韻會》補爲繇之重文。」「爵董大令」又見毛公鼎，唐蘭先生云：「爵與勞音近……似當仍讀作勞。」或讀「爵董」爲「恪謹」，亦通，此暫從後者。此節爲史官轉述宣王冊命逨的命書。王呼逨名而告之曰：英明的文王、武王承受天命，廣有天下，而你聖明的先祖、先考輔佐先王，恪謹國事，使天命得以延續。

「巠」讀爲經，《玉篇》：「常也。」即延續。「虩臺」金文習見，讀爲申就，義爲重申。「疋」讀爲胥，輔佐。《爾雅·釋詁》：「胥、相也。」《廣雅·

釋詁》：「由、胥、輔、佐⋯⋯助也。」「榮」，國族名，「兌」，人名。兌爲西周晚期人，極可能生活在宣王早期。鼒字金文習見，釋者多家，釋駿、繼、並、共、耤等。高鴻縉《毛公鼎集釋》釋兼，云：「此字既從手執同形二物，而以井爲聲，疑是兼字之初字。兼字從又持二禾，始見于秦權，殆是後起。」「吳」讀爲虞。免簋：「司奠（鄭）還蠹眔吳眔牧。」蠹、吳、牧相連，職事必相關。《石鼓文》有《吳人》篇，「吳人」即虞人。《周禮·夏官·大司馬》：「虞人萊所田之野爲表。」《禮記·月令》：「樹木方盛，乃命虞人，入山行木，無有斬伐。」蠹及從蠹得聲之字典籍多作林。虢叔旅鐘：「用作朕皇考惠叔大蠹鐘。」《左傳·襄公十九年》：「季武子作林鐘。」虞、林職事相近，故常由一人擔任。《周禮·地官司徒》有山虞、澤虞、林衡三職。《山虞》云：「掌山林之政令，物爲之屬而爲之守禁。」此虞林主管亦即全國林木及山擇野物，相當于林業局長。用，連詞，相當於「爲了」。《廣雅·釋詁》：「禦，進也。」「用宮禦」，進獻木材及山擇野物給王宮。

此節王言我延續你先代聖明祖、考的職事，重申對你的任命，命你輔助榮兌，兼任國家虞林，供應宮庭所需木材及野物。

赤市，禮服中的紅色蔽膝。幽讀爲黝，黑色。阜陽漢簡《詩經》139：「出自幼穀。」「幼谷」毛詩《小雅·伐木》作「幽谷」。黃典籍作珩或衡，本古玉佩之象形。《禮記·玉藻》：「一命緼韍幽衡。再命赤韍幽衡，三命赤韍蔥衡。」《詩·小雅·采芑》：「朱芾斯皇，有瑲蔥珩。」攸通作鋚。《說文》：「鋚，鐵也。一曰轡首銅。」又云：「勒，馬頭絡銜也。」攸勒，帶有銅飾的馬轡首絡銜。

◎何琳儀〔註102〕：

「兌」與「達」音近可通。《詩·大雅·緜》「柞棫拔矣，行道兌矣。」傳「兌，成蹊也。」按，所謂「成蹊」失之空泛，並不確切。「兌」當如朱駿聲所言「假借爲達」，高亨亦謂「兌，通達。」《詩·鄭風·青衿》「挑兮達兮」之「挑兮」，即《易林·無妄之師》「跳脫東西」之「跳脫」。臂釧名「條脫」（《眞誥》），又名「條達」（《初學記·歲時部》）。朱起鳳曰「達、脫聲之侈弇，猶佻達亦作佻脫。」凡此均「兌」、「達」相通之證。

「榮兌」，應讀「榮達」，《亢倉子·賢道》「窮厄則以命自寬，榮達則以道

〔註102〕何琳儀：〈逨盤古辭探微〉，《安徽大學學報》2003年7月第4期，頁13。

自正。」盤銘「令女疋榮兌」，應讀「令汝胥榮達」，意謂「命令你輔佐顯達。」

◎彭曦〔註103〕：

王若曰：以銘文可知此王即宣王。若，承接連詞。王這樣（對逨）說。

丕顯文武：偉大英明的文王和武王。

膺受大命：膺，當，承應。《字匯補》：「膺，當也。」《尚書・武成》：「誕膺天命，以撫方夏。」《孔傳》：「大當天命，以撫綏四方中夏。」大命，上天賦予的權力使命。

則𨟠（𥄂）隹（唯）乃先聖且（祖）考：𥄂，或作𥄂，乃祭之省。𥄂通察，《爾雅》：「察，審也。」《廣韻》：「察，知也。」意為：我知道你聖明的先祖輔弼先生（夾召先王）。

爵堇（勤）大令（命）：爵，爵位，大命，重任。意為在其爵位勤勞使命。

今餘隹（唯）巠厥乃且（祖）考：此句同《毛公鼎》「餘唯肇巠先王王命」之句式。巠，同經，法也，遵循也。《左傳・昭公十五年》：「王之大經也。」注：「經，法也。」句意為：現在我遵循你那先祖舊例。

𩁛襃乃命：𩁛，緟也。《說文》：「緟，增益也。」襃，讀若庸，訓為用。𩁛襃一詞金文多見，如《毛公鼎》、《陳侯因齊敦》等，意同今語重用。句意為：對你給予重用任命。

令（命）女（汝）疋榮兌顆嗣四方吳（虞）嗇：疋、胥、正古文同，此處可釋疋，即胥。《廣雅》：「胥，助也。」顆，《集韻》：「顆，和也。」虞，官名，西周始置，掌管山澤禽獸事。《尚書・舜典》：「帝曰：俞！咨益汝當作朕虞。」《孔傳》：「虞，掌山澤之官。」此處指山澤林業。嗇，即稼穡，農業。全句為：任命你逨和榮兌同心協力管理好農林事業。

用宮禦：禦，《廣雅》：「禦，進也。」《字匯》：「禦，用也。」用宮禦，進獻王宮之需要。

易（賜）女（汝）赤芾幽黃、攸勒：芾，通韍，古代祭祀用服飾。《番生簋》等作「朱市」《詩・小雅》：「赤芾在服，邦幅在下。」鄭玄箋：「芾，太古蔽膝之象也。冕服謂之芾。」幽，卜辭中假幽為黝，作黑色義。如「擊幽牛」（粹五

〔註103〕彭曦：〈逨盤銘文的注釋及解析〉，《寶雞文理學院學報》2003年10月第5期，頁14。

四九）。金文中用幽作玄（色）。黃，郭沫若：「黃即佩玉。」攸勒，《毛公鼎》、《柳鼎》與此同，《彔伯戓》作鋚勒，《詩‧大雅‧韓奕》作鞗革，即馬轡飾，令之馬韁繩籠頭。此句為：賜給你有黑花紋的紅色祭服、佩玉、馬轡飾。

逨敢對天子丕顯魯休揚：趄，以卑對尊之謙詞。魯休，嘉美，美善。逨頌揚偉大英明天子的美善。

◎李零〔註104〕：

則繇隹乃先聖且考，讀「則由唯乃先聖祖考」。第二字，原文從言，嚴格隸定是對應於「繇」，而不是「繇」。它在銘文中是相應於表示原因的「由」字，意思是說，這一切全是靠了你的先輩。

毒董大令，讀「毒勤大命」。第一字，從其他兩件鼎的「有毒于周邦」句看，應是勛勞之義，過去或釋「爵」，或釋「勛」，或釋「勞」。釋「爵」於形為勝（合於此字的上半），但於義不通。釋「勛」、釋「勞」於義為勝但缺乏字形根據。特別是金文另有「勞」字（《金文編》，902頁：2215），與此不同。這裡暫時按字形隸定，闕疑待考。

鼐。過去有「並」、「兼」、「攝」等各種猜測，其字形和含義還有待進一步研究。

◎董珊〔註105〕：

「繇」字原從「言」旁。「則繇惟」還見於四十二年、四十三年逨鼎以及師克盨（《集成》04467。04468作「則隹」，無繇字。1985年紐約拍賣行出現的第三件師克盨有「繇」字）、師詢簋（《集成》04342。師詢簋之「繇」字舊釋「於」，比較來看，原當是「繇」而摹刻失真），位置和用法都相同。按：「則惟」見於《書‧多士》「有夏不適逸，則惟帝降格」、《多方》「爾不克勸忱我命，爾亦則惟不克享，凡民惟曰不享。爾乃惟逸惟頗，大遠王命，則惟爾多方探天之威」，其中「則惟」的作用是承上啟下，使前後兩層意思的關係更為緊密。金文所見「則繇惟」正跟文獻「則惟」的用法相似，提示和強調著前後的因果關係。沈培先生又向我提出，「則繇隹」的「繇」、「隹」都是強調其

〔註104〕李零：〈讀楊家村出土的虞逨諸器〉，《中國歷史文物》2003年第3期，頁24。

〔註105〕董珊：〈略論西周單氏家族窖藏青銅器銘文〉，《中國歷史文物》2003年第4期，頁44。

後面的句法成分的，「則」則是表示其前後句子的順承關係的。「繇唯」跟古書中的「迪惟」相當，「繇」、「迪」（以及《尚書》中的一些「猷」字）都是用來加強語氣的虛詞。沈先生的意見更爲深入而準確。

爨（恭），此字金文常見。文例分爲兩類：一類是「爨董大命」，另一類是「有爨于周邦」。原來有釋讀爲「勞」、「勛」、「毖」、「庸」等多種不同意見。我認爲此字從「収（拱）」聲，讀爲「恭勤大命」和「有功于周邦」，與後者相似的文例見乖伯簋「有甹（功）于周邦」和叔屍鎛「有共（功）于桓武靈公之所」等。

「經」可能訓爲「念」，此義于傳世文獻未檢得。大克鼎（《集成》02836）「巠（經）念厥聖保祖師華父」，或可以看作「經」、「念」同義而連用。四十二年述鼎在相同語法位置出現「聞」字（「甲」作「十」形），由「甲」聲也可以讀爲「念」（緝、侵對轉）。

攝，此字金文常見，目前尙不可確釋，此處暫用郭沫若說釋爲「攝」。見《盠器銘考釋》，《郭沫若全集・考古編》第六卷，第 133～136 頁，科學出版社，2002 年。

◎佳瑜按：

「王若曰」，金文常見習語，意爲王這樣說。「則繇唯乃先聖且（祖）考」句中「繇」，王輝先生指出典籍或作繇、猷。彭曦先生說譑，或作晉，乃祭之省。晉通察。李零先生認爲原文從言，嚴格隸定是對應於「譑」，而不是「繇」。它在銘文中是相應於表示原因的「由」字。董珊先生指出「繇」字原從「言」旁，認爲金文所見「則繇惟」正跟文獻「則惟」的用法相似，提示和強調著前後的因果關係，並說「繇唯」跟古書中的「迪惟」相當，「繇」、「迪」都是用來加強語氣的虛詞。

此字彭曦先生釋爲「譑」不妥，從「▨」字形部件來看，字左旁部件從「言」右從「▨」作，由於右旁略殘泐較不易辨識，列舉金文「繇」字或作 ▨（錄伯簋）、▨（散盤）、▨（師克盨）等形〔註106〕茲證「▨」當爲「繇」，無疑。然則此字於銘文中之意義爲何，應從前後文義考量方能釐清，上文云「王若曰：

〔註106〕容庚：《金文編》（北京：中華書局，1985 年），頁 856。

逨（逨），不顯文武，膺受大命，匍有四方」可知王告訴逨（逨）說，文王與武王因爲接受了天命，而你的先祖輔佐有功使四方諸國歸順，再者下文云「夾置（召）先王，厥董（勤）大令（命）」同樣也是說明先祖如何勤勞於國家政事上，據此研判「則」字應當視爲表示轉折的語氣，也就是說承襲上文「王若曰……」這段話，而「唯」當理解爲「以」或「因爲」之意，換句話說因爲下文的緣故才能成就大業，依此則李零先生說「繇」是表示原因的「由」恐怕無法疏通文義了，故應從董珊先生之說，「繇」是用來加強語氣的虛詞。

「亞」字，劉懷君等先生說通「經」，行也，引申爲遵循。彭曦先生則認爲經，法也，遵循也。王輝先生亦讀爲經，依《玉篇》釋「常也。」即延續。李學勤先生說按「經」訓爲常，董珊先生訓爲「念」。以上諸說皆同意「亞」爲「經」無疑義，於字義訓釋上意見分歧，茲就對銘文的理解「今餘唯亞厥先聖祖考」應該也是說明王與先祖的君臣關係，而這關係之轉變則成現在進行式的時態，則釋爲「念」之說法便可商了，據此王輝與李學勤先生之說法可從，也就是說君臣關係的延續，下文「龘橐乃令」更可印證這段關係。「龘橐」，重申。師克盨：「昔餘既令（命）女，今餘唯龘橐乃令（命），令（命）女更乃且（祖）考黐嗣左又（右）虎臣。」「龘」讀「申」，重也，「橐」即「就」，成也。〔註107〕冊命金文中凡用「龘橐」一詞者，均爲先前曾經冊命過，而今重新再命之記錄。〔註108〕

官職名「**[字]**司」，學者或釋「黐司」或釋「攝司」或者「釋兼」又或釋「攝」等說法，仍未能釐清**[字]**眞相，而胡長春先生分別從字形、字音、字義角度釋「黐」爲「攀」，又說「『黐（攀）』均可讀爲『班』，『攀司』可讀『班司』，在銅器銘文中，『班司』本有『分別司事』之義，相當於後世所謂『分管』。分管者，分管之官員也，相當於今天所言『分管領導』。『黐司』流行於西周中晚期至春秋晚期，其中『黐』字的訓釋乃是其在金文中的最基本用法。」〔註109〕按照胡先生釋「攀」的看法主要根據是在於「黐」字從「玨」以及從「**[字]**（廾）」亦聲的會意形聲字，現在看來以胡長春先生說法爲佳。此「**[字]**」（替）字，裘錫圭

〔註107〕張世超等著：《金文形義通解》（京都：中文出版社，1996 年 3 月），頁 2332。

〔註108〕陳漢平：《西周冊命制度研究》（上海：學林出版社，1986 年），頁 140。

〔註109〕胡長春：《新出殷周青銅器銘文整理與研究（上篇）》（北京：線裝書局，2008 年），頁 259〜261。

先生曾經分析指出「欝」可視爲「亩」字加注「林」聲之繁文。〔註110〕王輝先生也說了欝及從欝得聲之字典籍多作林。「吳（虞）欝（林）」即「虞林」，相當於現在的林業部長，「用宮禦」即供給朝廷用材及山林野物。〔註111〕「易汝赤市、幽黃、攸勒」即言賞賜赤色命服、佩帶、銅泡馬銜。學者指出「冊命制度是西周政治運作的重要支柱，由此建構出君臣關係，舉凡分封諸侯國離不開冊命制度，建立職官系統離不開冊命制度，延續統治權也離不開冊命制度。冊命和封建、賜爵、授官是一套結合在一起的架構。經由冊命，身分能夠確立。身份落實在以等級爲特色的禮制中，於是有與身分等級配合的賞賜物。」〔註112〕

本段銘文「王若曰：達（述），丕顯文武，膺受大命，匍有四方，則繇唯乃先聖且（祖）考，夾盨（召）先王，厥堇（勤）大令（命）今餘唯巠（經）厥乃先聖且（祖）考，龗（申）橐（就）乃令（命），令（命）汝疋（胥）榮兌觐（班）司四方吳（虞）欝（林），用宮禦。易（賜）赤市、幽黃、攸勒」說明王這樣說著，偉大顯赫的文王與武王，接受了天命成功的降服擁有四方，則也是你的先祖輔佐他們，終日勤勞於國家的事務上，今日我將延續王與先祖的這層關係，重新的任命你官職爵位，命你輔佐榮兌分管四方的農林業，上供貢品予朝廷使用。賞賜你紅色的命服、黑色的佩帶、銅製的皮革馬銜。

（七）述敢對天子丕顯魯休揚，用作朕皇且（祖）考寶尊盤，用追亯孝于前文人，前文人嚴在上，廙（翼）在【下】，豐豐彙彙降述魯多福眉壽綰縮，受余康虘屯又（佑）通彔（祿）永令（命），霝（靈）冬（終）。述畯臣天子子孫孫永寶用亯。

◎劉懷君、辛怡華、劉棟〔註113〕：

〔註110〕裘錫圭：〈獄簋銘文補釋〉，《安徽大學學報》2008 年第 4 期，頁 1～6。其文又見復旦大學「出土文獻與古文字研究中心」網站，2008 年 4 月 24，http://www.gwz.fudan.edu.cn/SrcShow.asp?Src_ID=411。

〔註111〕考古與文物編輯部：〈寶雞眉縣楊家村窖藏單氏家族青銅器群座談紀要〉，《考古與文物》2003 年第 3 期，頁 14。

〔註112〕鄭憲仁：《西周銅器銘文賞賜物研究——器物與身分的詮釋》（臺北：國立台灣師範大學博士論文，2003 年），頁 434。

〔註113〕劉懷君、辛怡華、劉棟：〈述盤銘文試釋〉收錄于《吉金鑄華章》（北京：文物出

「敢」，自言冒昧之謙辭。「對……揚」即「對揚」，稱頌，報答。「對揚」一詞往往表示作器者（即受賜者）對賞賜的贊美感激。「追亯」，追念先人善德。「前文人」，指前世有文德之人，這裡指逨的先輩。

「嚴」，威嚴，英靈。「廙」，翼，恭敬。虢叔旅鐘：「皇考嚴在上，廙（翼）在下。」《詩・小雅・六月》：「有嚴有翼，共武之服。」傳：「嚴，威嚴也。翼，敬也。」箋：「服，事也。言今師之群帥，有威嚴者，有恭敬者。」「上」，天，天廷。「在【下】」，人間，或猶言自身。銘文似缺「下」字。

「豐豐𤰈𤰈」，猶言蓬蓬勃勃。「魯」，通「嘉」，善也。「休」，美、善也。「眉壽」，長壽。「𩟄綰」猶言心懷寬綽，寬裕廣大。伯碩父鼎：「綰綽永命，萬年無疆。」《尚書・無逸》：「不永念厥辟，不寬綽厥心。」

「受余康𧺝屯又（佑）通彔（祿）永令（命），霝（靈）冬（終）。逨畯臣天子子孫孫永寶用亯。」頌壺：「用追孝祈匄康𧺝屯又，通彔永令。頌其萬年眉壽，畯臣天子，霝冬。子子孫孫寶用。」與本句結構句義相同。「屯又」，即「純佑」，厚佑。「通彔」，即「通祿」。《易・繫剌上》：「往來不窮謂之通。」「霝冬」，靈終。「畯臣」相當於「畯民」，李學勤先生認爲「畯民」即古文獻中的「俊民」，即賢人之通稱。那麼「畯臣」大抵就是賢臣之通稱。「畯臣天子」應是「天子畯臣」之倒句。

逨盤銘文是以逨家族的 8 代成員世系爲主線，並穿插以西周王室與其時代相對應的諸王，這樣逨家族的 8 代成員世系就有了時間坐標，這是以往銅器銘文不能相比擬的，是銅器銘文中所見到的第一部幾乎完整的西周諸王世系。

「方狄不亯……方褱（鬼）不廷」似乎給我們這樣一個資訊，即成王、康王時期北方的戎狄始終是周王朝的大患。史書所言「成、康之際，天下安寧，刑錯四十年不用」，大概有溢美之嫌。

逨皇高祖惠仲盠父用事昭王、穆王，一般認爲昭王在位 19 年，穆王在位 55 年，也就是說惠仲盠父供職 74 年。據《儀禮》和《禮記》，周代男子到了 20 歲就爲「弱冠之年」，需在宗廟裡由父親主持一系列儀式，經過冠禮之後，就正式成爲成人，貴族則從此可以「治人」，享有統治特權。這樣考慮，惠仲盠應供職到 94 歲，顯然算長壽了，將近百歲的老臣能否勝任其職事，令人生疑。所以，

版社，2008 年），頁 354～355。

我們覺得穆王在位年數應像《紀年》所說的爲 37 年。

逨盤銘文大意：逨說，我的赫赫有名的皇高祖單公，威武英明，知人善任，是一個有智慧有德行的人。他輔弼文王、武王，討伐殷商，接受皇天大命。（當時）北方的戎狄不來奉獻天子，（成王）安定了四邊萬國。我的皇高祖新室仲，沉穩英明，安遠善近，四方諸侯都來朝見康王。但是北方背叛朝廷。我的皇高祖惠仲盠父，善和于政，成於謀略，奉侍昭王、穆王、經營四方，討伐楚荊。我的皇高祖零伯，耳聰心明，盡職心責，侍奉龔王、懿王。我的皇亞祖懿仲㽙，直言規勸（四方左右庶民），（協助）孝王、夷王治理國家，有成就于周邦。我的已故父親龔叔，端莊恭敬，嚴肅謹慎，何詢于政，德行顯著，輔佐歷王。逨繼承我的祖父、父親的職事，夙夕恭敬自己的職責，故天子多賜逨休。天子萬年長壽無疆，保佑周邦，治理四方。

王說：我的顯赫高貴的文王、武王，從皇天那裡接受大命。撫佑四方的諸侯方國。從前，你的先人輔佐先王，盡心操勞大命。現在我遵循你的先祖，重申冊命，增高你的官職、爵秩，命你輔佐榮兌管理四方的林業、農業，專供王宮使用。賜給你赤色的圍裙、黑色的佩玉綬帶以及飾有銅飾的革質馬籠頭。

逨感激天子的賞賜，讚美王的魯休，作了祭奠皇祖考的寶盤，用來追念前世有文德先人的善德。有文德先人的威嚴英靈在天，逨恭恭敬敬在人間，期望先祖蓬蓬勃勃降給逨多福長壽，心懷寬綽，並給我康和保佑，高官厚祿，靈終。天子的賢臣逨子子孫孫永遠言用。

◎周曉陸〔註114〕：

「追享孝」即追孝，追述懷念祖先美德之意，《尚書・文侯之命》：「用會紹乃辟追孝于前文人。」《詩經・大雅・文王有聲》：「遹追來孝。」西周金文常見之詞，《兮仲鐘》：「其用追孝於皇考己伯。」《癲鐘》：「用追孝享祀」。《詩經・大雅・江漢》：「告于文人。」集傳：「文人，先祖之有文德者。」《井人妄鐘》：「用追孝侃前文人。」本銘中重疊稱作：「文文人人」，蓋因《逨盤》上述追懷了多位祖先之故。「嚴」指父輩，《易・家人》：「家人有嚴君焉，父母之謂也。」本銘指祖輩、父輩列位先人。「廙」即異即翼，翼護也。「嚴在上，翼在下」指

聖祖考的神靈在天上，翼護者下界的子孫們。錄有「嚴在上」的青銅器很多，《虢叔旅鐘》：「嚴在上，異在下」，與本銘一致。「數數槖槖」又作「豐豐槖槖」，見於《妾鐘》等，又作「槖槖數數」，見於《鼓鐘》等，《說文·木部》：「槖，讀若薄。」數數槖槖蓋謂蓬蓬勃勃。「綽醶」一詞在西周金文常見，《尚書·無逸》：「寬綽厥心。」《詩經·衛風·淇奧》：「寬兮綽兮。」綽醶即綽闊寬裕之意。「龐屯」前一字下部不很清楚，對照《昊生鐘》、《頌鼎》等錄出，《昊生鐘》云：「祈康龐屯魯」，句式也本銘似，西周金文又見「暈屯」，如《墻盤》、《大克鼎》、《師望鼎》、《虢叔旅鼎》等，《井人妾鐘》作：「賁屯用魯」，賁與龐讀音應最近，賁為宏大美飾，《尚書·盤庚》：「各非敢違葡，用宏茲賁。」注：「宏、賁皆大也。」屯為純美，《師經·周頌·維天之命》：「于乎不顯，文王之德純。」《禮記·郊特牲》：「毛、血，告幽全之物也。告幽全之物者，貴純之道也。」注：「純，謂中外皆喜。」暈屯、龐屯、賁屯，即德純、貴純之謂。「錄」即祿，《周禮·天官·太宰》：「四曰祿位。」「通」謂無窮盡，《易·繫辭上》：「往來不窮謂之通。」《頌壺》：「祈匂康龐屯右通錄永命。」《癭鐘》：「受餘屯魯通錄。」「霝多」維西周金文常用詞，即靈終，《詩經·鄘風·定之方中》：「霝雨既零。」靈謂神靈之意。一般飾「靈終」，謂正常地享受長壽。按終有久長、既到之意，《詩經·小雅·正月》：「終其永懷。」《論語·堯曰》：「允執其中，四海困窮，天祿永終。」故「永令靈終」有祈求神祇、完美地庇祐之意。「畯」文獻作駿、俊，《詩經·大雅·文王》：「駿命不易。」毛傳：「駿，長也。」《尚書·文侯之命》：「俊才（在）厥服。」本句若依《頌鼎》等金文例或可補為：「徠畯臣天（子）」，視漏卻一字，但是在《梁其鼎》上也作：「畯臣天」，或為押韻而省。本句意為單徠是周天子的優秀臣子。

　　本節為單徠感激周天子的封賞冊命，語多為西周金文常見的套話。

◎**王輝**〔註115〕：

　　前文人，前世有文德的先祖。《尚書·文侯之命》：「追孝于前文人。」孔穎達疏：「追行孝道於前世文德之人。」鼓鐘：「先王其嚴才（在）上。」士父鐘：「皇考其嚴才（在）上。」「前文人」與「先王」、「皇考」同類。嚴，威

〔註115〕王輝：〈逨盤銘文箋釋〉，《考古與文物》2003 年第 3 期，頁 88～89。

嚴。《詩・小雅・六月》:「有嚴有翼,具武之服。」周人以爲先祖皆威嚴地在上帝處,故曰「在上」。廙讀爲翼,敬也。數數橐橐又見獣鐘、克盨、虢叔旅鐘、井人妄鐘,唐蘭先生云:「橐當從泉,皀聲,與《說文》橐『讀若薄』同,則數數橐橐,乃雙聲疊語,猶云蓬薄、旁薄,形容豐盛之詞也。」釁或作釁,或作釁,學者或說像用水盆洗臉,即頮(沫)之本字。典籍多作眉。《詩・豳風・七月》:「爲此春酒,以介眉壽。」牆盤:「天子釁無匄。」唐蘭先生、李學勤先生、徐中舒師並讀爲「天子眉壽無害。」《詩・魯頌・閟宮》:「萬有千歲,眉壽無有害。」徐師云:「古稱老壽爲眉壽。《毛詩・七月》傳『眉壽毫眉也』,《南山有臺》傳『眉壽秀眉也』,《正義》釋之云『老者必有毫毛秀出』,皆以眉爲眉目之眉。」綽即綽。綽縮或作縮綽(見史伯碩父鼎),徐師云:「縮綽《書》、《詩》並作寬綽。《書・無逸》云『不永念厥辟,不寬綽厥心』,《詩・淇澳》云『寬兮綽兮』,縮寬古音同在元部,從官從莧諸字,古聲又同在影紐或見溪紐,故縮綽通作寬綽。寬綽有寬緩之意⋯⋯縮綽倒言之則爲綽縮,《晉薑鼎》作綽縮者,《說文》『綽,緩也,從素卓聲,或從系』,是綽即綽之或體也⋯⋯凡金文之言縮綽、綽縮者,皆有延長不絕之意。」

爰字又作爰,頌鼎:「用追孝祈匄康爰屯右。」字不見於字書,前人或釋虔,或釋虢,或釋漁,或釋莢,皆與字形不合。至於意義,李孝定讀爲龢,劉翔等讀爲樂,亦難遽定其是非。屯典籍多作純,《詩・小雅・賓之初筵》:「錫爾純嘏。」鄭玄箋:「純,大也。」右,祐助,「屯右」,大的祐助,《尚書・君奭》:「天惟純佑命則,商實百姓王人,罔不秉德明恤⋯⋯文王蔑德降於國人,亦惟純佑秉德,迪知天威。」

通,通達,無窮。錄讀爲祿,《說文》:「福也。」《詩・商頌・玄鳥》:「殷受命咸宜,百祿是何。」鄭玄箋:「百祿是何,謂當擔負天之多福。」通祿即多福。永命,長命。徐中舒師云:「古人以爲國之興滅,人之生死,皆由天命。故大命摯(《書・西伯戡黎》云『大命不摯』,摯至也)、大命近(《詩・云漢》『大命近止』)、遏終命(《書・召誥》『天既遏終大邦殷之命』)、中絕命(《書・高宗肜日》『非天夭民,民中絕命』),皆滅亡之征。惟永命乃受天佑(《詩》『維天之命,於穆不已』,不已即永命之意)。」霝讀爲令,《爾雅・釋詁》:「善也。」冬爲終之初文。《詩・大雅・既醉》:「昭明有融,高朗令終。」鄭玄箋:「天

既助女（汝）以光明之道，又使之長有高明之譽，而以善名終，是其長也。」

「畯臣天子」又見頌壺、鼎、簋、追簋、克盨。畍即畯字，典籍作駿。《爾雅·釋詁》：「駿，長也。」《詩·商頌·清廟》：「駿奔走在廟。」

此節多爲嘏辭，言逨不敢不報答天子顯明嘉美的賜與，製作祭祀我偉大先祖、先考的寶盤，以追祀前代有文德的先祖。有文德的先祖威嚴在上恭敬在下，降給逨豐盛嘉美的福、長久的壽，授予我康樂、大的佑助、無盡的祿、長命、善終。逨永作天子之臣。子孫永遠寶用，以此盤祭祀先祖。

◎彭曦〔註116〕：

用作朕皇且（祖）考寶尊盤，用追言（享）孝于前文人：《尚書·文侯之命》：「追孝于前文人。」疏：「追行孝道於前世文德之人。」孝，《禮記·中庸》：「夫孝者善繼人之志，善述人之事者也。」文德，本指禮樂教化，常對武功而言，如《左傳·襄公二十七年》：「兵之設久矣，所以威不軌而昭文德也。」這裡「文德」是指有高度禮樂教化修養的人。此句意爲：逨作了這件紀念我的祖父和父親的寶貴之盤，以表繼承有文德的先祖之志。

前文人嚴在上，廙在下：上，天上。嚴，威嚴，此指前文人的神靈。廙，《玉篇》：「廙，謹敬也。」《廣韻》：「廙，恭也，敬也。」段玉裁《說文解字注》：「廙，魏晉後用爲翼。」廙在下，意爲逨恭敬的在人間。

豐豐彙彙降逨魯多福，眉壽綽綰：豐即豐，盛大、豐厚之意。彙，即瀤，《廣韻》：「瀤，水落貌。」豐豐彙彙，意爲像水那樣多多下降。眉壽綽綰，多見金文，即綽綰眉壽。吳大澂《字說》：「綽綰眉壽，古延年語也。許書所謂綽緩，即金文綽綰，知綰即古緩字。」句意爲：在天上的祖宗神靈，如降水那樣降給逨多多的美好福祿和舒心長壽。豐豐彙彙，高明《古文字類編》：「猶今言蓬蓬勃勃。」亦可從。

受余康龢（和）屯（純）又（佑）通祿永令（命）霝（靈）冬（終）：康，郭沫若《甲骨文字研究》：「康字訓安樂，訓爲靜，訓廣大……余意此康字必以和樂爲本義。」純，《字匯》：「純，篤也。」句意爲：授給我和樂篤厚，保佑我陟升多祿（財富），永終善命。

述畯臣天子，子子孫孫永寶用亯（享）：孫詒讓《古籀拾遺》：「《頌鼎》『畯臣天子』，言長臣于天子。」畯通駿，《爾雅》：「駿，長也。」句意與《盠味鐘》「畯惠在位」同，皆爲長久地臣于天子，述的子子孫孫永遠珍寶享用。

◎李零〔註117〕：

康龕，金文常見，下字的寫法，一般是從爪從網從又，有時還加虍旁（多加在下面），述器也是加虍不加虍，兩種寫法都有，可見虍旁不是聲旁，聲旁是另一部分。此字，前人或釋「虔」，讀爲「康健」。

畎臣天子，讀「雋」，有長久之義。以上見述盤，凡此所釋辭例重見下麵兩器者，不再重複說明。

◎董珊〔註118〕：

「嚴」、「廙」均訓爲「敬」。參看王人聰先生：《西周金文「嚴在上」解——兼述周人的祖先神觀念》。另外王冠英先生文《說「嚴在上」、「異在下」》也認爲「嚴」當訓「敬」。

「康」下之字從兩手執一網，「虍」爲聲符，蔔辭所見此字替換聲符爲「魚」；四十三年述鼎銘此字不從「虍」，相同形體亦見于殷墟蔔辭，可證「虎」或「魚」均爲加注聲符（參看《甲骨文字詁林》2837、2838、1819）。「康龕」之「龕」，從前有以「虍」聲讀爲「娛」的意見，「康娛」詞見於《離騷》，由以上對「龕」字聲符分析來看，此釋讀可從。

◎王冠英〔註119〕：

「嚴在上，異在下」的具體意義，唯郭沫若先生解釋得最詳細。郭老在《金文叢考·傳統思想考》中說：「人受生於天曰命，死後其靈不滅曰嚴，靈魂不滅，儼然如在，故謂之嚴。」在《讀了〈關於周頌噫嘻篇〉的解釋》一文中，更進一步解釋說：「嚴」是靈魂的意思。金文所說的「嚴在上」，就是「人死而魂歸

〔註117〕李零：〈讀楊家村出土的虞述諸器〉，《中國歷史文物》2003年第3期，頁25。

〔註118〕董珊：〈略論西周單氏家族窖藏青銅器銘文〉，《中國歷史文物》2003年第4期，頁44。

〔註119〕王冠英：〈再說金文套語「嚴在上異在下」〉，《中國歷史文物》2003年第2期，頁55～59。

天堂」。郭老認爲，「先王其嚴在上」的「其」，是「嚴」的定語，「其嚴」就是「他（皇考、先王、皇祖考、前文人）的靈魂」。

　　我在《中國歷史博物館館刊》第18～19期《說「嚴在上，異在下」》一文中曾對郭老的說法提出了自己的看法：第一，金文所見，凡出現「嚴在上，異在下」的場合，「嚴」都是作爲動詞與「異（在下）」、「降（福無疆）」、「啓（某身）」等動詞對應使用的，它本身不是名詞。某些銘文「嚴」字之前加「其」字，但這並不是「嚴」字的領格即定語，而是加在「嚴在上，異在下」整個句子之前表示祈請或希冀的語詞。第二，金文中的「嚴在上，異在下」，亦並不僅限於有血緣關係的先祖先父，也可以用於其他神祇。如《瘭鐘》（II式）「敢作文人大寶協鐘，用追孝、享祀、昭格、樂大神。大神其陟降嚴祜，融綏厚多福，其𩁹𩁹𢆶𢆶，受餘純魯，通祿永命。」「大神其陟降嚴祜」，即「大神其嚴在上，異在下」的變語。第三，周人的觀念，有德之人死後即可以配天、賓帝。周人祈福，無須爲先人的亡靈升入天堂而祈禱。從《瘭鐘》（II式）「大神其陟降嚴祜」陟、降、嚴、祜四個動詞連用的情況來看，「嚴」應該是先人的亡靈在上帝面前爲人間兒孫的祈福活動而不是先人的亡靈本身。所謂「嚴在上」，其義是請先人的亡靈在天帝面前「多言」即多多地替兒孫說好話。

　　「異在下」，整個句子是祈求或頌揚先人對自己的福佑，這一點無可懷疑。過去學者多把「異在下」的「異」解釋爲「輔翼」，我在《說「嚴在上，異在下」》一文中也這樣解釋，深而思之終覺未安。實際上，「異在下」句式中福佑、保護的意思，都是上述「降餘多福」、「保四國」、「廣啓厥孫天下」「法保先王」、「臨保我有周」等句子決定的，「異」並沒有「保護」的意思。裘錫圭先生在《卜辭「異」和詩、書裡的「式」字》一文中曾指出，卜辭、金文和文獻裡的「異」和「式」等不同的寫法「很可能代表同一個詞」，他列舉了大量的例子說明「式」、「弋」、「異」、「翼」在卜辭、金文和先秦文獻中的使用環境相同，讀音也一樣，證明卜辭、金文中的「異」字就是《詩》《書》裡的「式」和「翼」字。這是非常正確的。實際上，「故天異臨子，法保先王」中的「異」和「異在下」的「異」也都應該讀爲「式」。中國歷史博物館藏作冊封鬲銘文說：「作冊封異井（刑）秉明德」，「異井（刑）」應該就是《詩・周頌・我將》「儀式刑文王之典」中的「式刑」。朱熹《集傳》：「儀、式、刑皆法也。」《詩・大雅・下武》：「成王之孚，下土之式」。毛傳：「式，法也」。「故天異臨子」中的「異」讀爲「式」，也

是「法」的意思,「天異臨子」是說天作法臨而下之,把先王當作自己的兒子,使他享有天命。以此推之,所謂的「異在下」,字面上也應該是「式天下」即「作法、施法於人間」的意思。周人通過祭祀所求先人「異在下」,其目的就是祈望先人的亡靈能作法、施法於人間,保障自己的兒孫永遠不喪失天命,永遠保持他們的政治經濟地位。

這樣,我們把「嚴在上,異在下」的具體意義總結一下,它應該是:祈求或頌揚先人的在天之靈在天帝面前多多地替自己「美言」,同時祈望先人的亡靈作法於人間,給自己降福、增壽,保障自己享國或登上大位,以永遠保持優越的政治或經濟特權。

◎臧克和〔註120〕:

《逨盤》銘文有「嚴才(在)上,翼才(在)下」的表述,王輝先生釋爲「先祖威嚴在上恭敬在下」。翼字原拓作廙,此從王輝先生所釋。「×在上,×在下」是銘文中常見格式,只是有的個別成分發生替換,另外大量的用例只是出現前半部即「×在上」,形成變體。連變體在內,銘文共使用頻率占20 處。例如:《 㝬簋》(《集成》8.4317):「畯才立(位),乍(作)憲才下」舊釋「長久占據王位,成爲國家天下的棟樑。」《虢叔旅鐘》:「皇考嚴才(在)上,異(翼)才(在)下。」《番生簋蓋》:「嚴才(在)上,廣啓氒孫子于下。」對照起來,「在」字在上述結構中,還沒有完全虛化到相當于介詞「于」之類的功能。《逨盤》銘文中的「嚴」字理解是比較關鍵的,而且這個字的使用和理解也一直存在一些問題。《逨盤》「嚴才(在)上,翼才(在)下」,是講「前文人」陟于上天,則發布教命,令人敬畏;降于下土,則表現爲翼保,給予保護。敬天保民,這兩邊都是讓地上活著的人所感覺得到的。同樣,上列其他銘文的有關結構,如「(畯)才(在)立(位),乍(作)憲才(在)下」,直解就是說「居王位,行使管理;在天下,打下基礎」,也是兩邊兼到。如「嚴才(在)下,廣啓氒孫子于下」,直接的解釋就是:「在天上,發布教命;在地下,大開其子孫。」

〔註120〕中國古文字研究會編:《古文字研究(第二十五輯)》(北京:中華書局,2004 年),頁 122~123。

◎**韓巍**〔註121〕：

前文人：一詞最早見於西周中晚期之際的善鼎（2820）和伯寂簋（4115）。前者銘文曰「唯用綏福，號前文人」後者曰「唯用綏神，褱（懷）號前文人」，其形式均顯得偏早。「前文人」在宣王以前雖然已經流行，但此時之相當的詞語還有「文神人」（井叔鐘）、「大神」（癲鐘乙）等等，用法沒有宣幽時期那麼統一。

嚴在上，翼在下：就現有資料看來，「嚴在上」一語始見于屬王時的㝬鐘和癲鐘甲，但「翼在下」在屬王時期還沒有出現。而宣幽時期除單獨使用「嚴在上」外，還多見「嚴在上，翼在下」連用的形式。此外，㝬鐘有「（前文人）其瀕在帝廷陟降」之語，五祀㝬鐘曰「文人陟降」，癲鐘乙稱「大神其陟降」，「陟降」之意實與「嚴在上，翼在下」接近，宣幽時期前者似已被後者取代。

蓬蓬勃勃：「豐豐橐橐」又作「敱敱橐橐」，即「蓬蓬勃勃」，一般位於「嚴在上」與「降福」之間，屬王時期已是如此。㝬鐘曰「橐橐敱敱」，兩詞互到，為僅見之例，可能也是因為年代較早，用法尚未固定。

純魯、純佑：「純魯」一詞最早見于長安縣花園村 M17 出土的伯姜鼎（2791），年代約在昭穆時期，至西周中晚期之際開始流行，屬王時期多見。至宣幽時期，「純魯」似為「純佑」所取代，僅昊生殘鐘（104）等少數銅器仍使用「純魯」。

䎽祿、通祿：嘏辭稱「祿」起於恭懿時期，有「䎽祿」、「通祿」、「百祿」等幾種稱法，以「䎽祿」、「通祿」最為多見。「䎽祿」一詞始見于恭王時的墻盤，流行於西周中期晚段至屬王時期，在或者鼎（2662）、師酉鼎、癲鐘（甲）等器銘文中均有出現。「通祿」開始廣泛流行，並取代了「䎽祿」。

康㽙、康勵：「康㽙」、「康勵」兩詞多置於「純佑」、「魯休」之前作修飾語，兩者意義應接近，流行於宣幽時期「康㽙」較「康勵」更為多見。目前在宣王以前的銘文中還沒有見到使用這兩個詞的例子。

永命：「永命」一詞始見於恭懿時期，如乖伯簋（4331）曰「用其純祿永命魯壽」，應侯視工鐘（107）曰「用祈眉壽永命」。此後直至春秋時期，「永命」

〔註121〕韓巍：〈單逨諸器銘文習語的時代特點和斷代意義〉，《南開學報》2008 年第 6 期，頁 31～33。

中流行於嘏辭中，其組合形式以「眉壽永命」、「通祿永命」最多見。孝夷時器師道簋銘文中有「恆命」一詞，與「永命」同義，但極少見。厲王時期的瘨鐘甲、叔向叔父禹簋銘文中出現了「廣啓某身，勱於永命」這一短語在宣幽時期的士父鐘、通祿鐘等器銘中仍能見到（此二器也可能早到厲王時）。另外，宣王時的番生簋銘文稱「（皇祖考）嚴在上，廣啓厥孫子於下，勱於大服」，與「廣啓某身，勱於永命」形式相近。

眈（晙）臣天子：陳夢家先生指出，「臣天子」之語始見于師俞簋。然「眈（晙）臣天子」一語目前僅見宣幽時期銘文中，宣王以前尚未見一例。

靈終：「靈終」一詞最早見於孝夷時期的師道簋，厲王時僅見瘨鐘乙一例，宣幽時期大量流行，一般置於嘏辭句末。徐中舒先生指出：「凡金文言靈終者，多爲西周之物，而言靈命或難老者則多在春秋之世，此兩器適爲過渡時期之作」。其說甚是。

◎佳瑜按：

「遶（逨）敢對天子丕顯魯休揚」句當中的「對」、「揚」同義，「於銘文中爲顯揚、稱揚或頌揚之義。」〔註122〕即是言遶（逨）感謝天子的賞賜所說的稱美辭，頌揚天子的顯赫偉大。「用作朕皇且（祖）考尊盤，用追言孝于前文人」意思是說製作了精美尊貴的銅盤紀念他的先父，以及祭祀懷念他的先祖們。「前文人」，金文常見習語，即指有美好德行的先祖。

「嚴在上，異在下」該句應如何理解學者分別作了相關論述，劉懷君、辛怡華、劉棟等先生指出「嚴」，威嚴，英靈。「異」，翼，恭敬。周曉陸先生說「嚴」指父輩，本銘指祖輩、父輩列位先人。「異」即異即翼，翼護也。王輝先生則認爲嚴，威嚴。異讀爲翼，敬也，臧克和先生從其說。而彭曦先生則有不同的看法，認爲嚴，威嚴，指前文人的神靈。異在下，意爲逨恭敬的在人間。董珊先生則認爲「嚴」、「異」均訓爲「敬」。

以上「異（異）」訓「敬」，可從，又茲就「嚴」字訓讀，上述諸家說法泰半傾向訓爲「威嚴」，董珊先生則以「敬」來理解，按照王冠英先生的分析：「嚴」都是作爲動詞與「異（在下）」、「降（福無疆）」、「啓（某身）」等動詞對應使用的，它本身不是名詞；金文中的「嚴在上，異在下」，並不僅限於有

〔註122〕陳英傑：《西周金文作器用途銘辭研究（下）》（北京：線裝書局，2008年），頁522。

血緣關係的先祖先父，也可以用於其他神祇。觀之銘文，「嚴」作動詞與「異（在下）」等動詞對應之說可從，「『嚴』應當與『翼』同訓爲『敬』，『嚴』的意義側重點顯然都在『敬』而非『威』。」〔註123〕那麼「嚴在上」的具體訓釋爲何，陳英傑先生指出這一點可以靠金文本身來回答，陳先生說「㝬簋（4317）云『其順在帝廷陟降，紳圍皇帝大魯令』，叔尸鐘（275）云『虩=成湯，有嚴在帝所，尃受天命』，秦公簋云『在帝之壞，嚴龏（恭）畲天命，保業厥秦，虩事蠻夏。』不過，這幾件器有特殊性，㝬爲周厲王，秦公爲秦國君主，叔尸爲『辟于齊侯之所』的宋穆公遠孫，成湯之後裔。其他貴族、大臣作器一般只是泛言『嚴在上』。之後就是『異在下』或直接說祈福的話，但我們據銘文可以推測，『嚴在上』當是從事『禦于天子』、『逨匹先王』之類的事，因爲大臣是不能受『天命』的，只有周天子才有資格『配天命』。」〔註124〕依照此說所謂的「嚴在上」是以臣子的立場角度出發，那麼「在上」之「在」應當理解爲「表引進處所之詞，動詞義已向介詞義逐漸虛化。」〔註125〕應該是說仙逝的祖先被引領至帝廷，於此研判「異在下」也應同此理解，那麼聯繫上文「用作朕皇且（祖）考寶尊盤，用追言孝于前文人」句互相參照對看，可知從子孫的立場而言虔誠恭敬的祈求先人福佑在人間的他們，即是說先人無論是在天上或是人間隨時嚴敬的關注著，如此便能賜福保佑他的子孫們。

「豐豐橐橐」，諸家皆訓讀爲「蓬蓬勃勃」之說法，可從。其義近似源源不絕的賜福保祐子孫。「多福」是指降給更多的福氣。「眉壽」，金文常見用語，祈求長壽無疆之義。「▨縮」之「▨」字隸定，學者或有隸爲「辭」，可商。細看字形部件左旁擬從「系」作，由於略爲殘泐不清可能也是誤釋爲從「喬」作，此字即爲「綽」。「綽縮」陳英傑先生指出「金文中用爲名詞，是器主祈求自己永遠保持少好之相貌。」〔註126〕此說可從，由祈求長壽永生的角度思考，某種層面上也是說明著希望維持最佳的相貌狀態。

「康▨」之「▨」字，另見四十二年逨鼎茲列舉部分字形或作「▨」、

〔註123〕陳劍：《甲骨金文考釋論集》（北京：線裝書局，2007年），頁254。
〔註124〕陳英傑：《西周金文作器用途銘辭研究（上）》（北京：線裝書局，2008年），頁36。
〔註125〕謝明文：《《大雅》《頌》之毛傳鄭箋與金文》（北京：首都師範大學碩士學位論文，2008年），頁10。
〔註126〕陳英傑：《西周金文作器用途銘辭研究（上）》（北京：線裝書局，2008年），頁400。

「」、「」、「」等，對比可知此字構形或從「虍」、從「網」、從「又」作，又此字繁式寫法亦見頌鼎「」從「虍」、從「網」、上下各從「又」作，象雙手張網捕虎之形，學者指出「即甲文之變，原從二手舉網捕魚，魚亦聲，乃漁之初形。此從二手舉網，虎省聲。魚聲、虎聲古同，故知爲漁之變。此處通假爲『娛』。」〔註127〕也就是說「虎」、「魚」起著聲讀的作用，陳英傑先生懷疑此字乃「虜」之初文，讀爲「娛」應該是對的。《說文・毌部》：「虜，獲也，從毌，從力，虍聲。」屬魚部曉母。娛屬魚部疑母。見系與來母例可通諧。〔註128〕依此銘文「」讀爲「娛」之說，可從，「娛」，《說文》：「樂也。」「康（娛）」即有康樂、安樂之義。「霝（靈）冬（終）」，應該是指善終之義。「」，《說文》：「農夫也，從田夋聲。」「畯臣天子」是說「長臣于天子」〔註129〕，銘文「畯臣天子子孫孫永寶用亯」即是說對於官職爵位熱切的希望永遠保有享用不變，換句話說便是「貴族希望永遠保持自己的世襲祿爵。」〔註130〕

此段銘文「逨（逨）敢對天子丕顯魯休揚，用作朕皇且（祖）考寶尊盤，用追亯孝于前文人，前文人嚴在上，廙（翼）在【下】，豐豐巤巤降逨（逨）魯多福眉壽綽綰，受余康屯又（佑）通彔（祿）永令（命），霝（靈）冬（終）。逨（逨）畯臣天子子孫孫永寶用亯。」說明逨感謝王頌揚讚美王的偉大美好賞賜，並且製作精美珍貴的青銅盤紀念偉大的祖先，以虔誠恭敬的心用來祭祀紀念偉大的祖先，偉大的祖先不論在天上或者人間隨時嚴敬的注視著，隨時予以賜福保祐他的後代子孫，祈求祖先降給我們很多的福氣而且是源源不絕的保佑我們永遠保持長壽維持最好的相貌，給予我們安樂、美好的保佑、福祿的通達以及得以善終，保持爵位永遠擔任天子的大臣，子子孫孫永遠珍藏享用。

綜觀全文，詳細記載了從文王到宣王總共十二世周王的在位事蹟，同期與之對應的逨氏歷代家族共八代人，其意義主要表現在幾個方面：「對研究單氏家族以及中國家譜發展史、西周的世族制度具有重要意義；對西周年代及其夏商

〔註127〕參見《古文字研究（第六輯）》，頁190。

〔註128〕陳英傑：《西周金文作器用途銘辭研究（上）》（北京：線裝書局，2008年），頁442。

〔註129〕張世超等著：《金文形義通解》（京都：中文出版社，1996年3月），頁2426。

〔註130〕陳英傑：《西周金文作器用途銘辭研究（上）》（北京：線裝書局，2008年），頁497。

周斷代的意義；從考古學的角度講，爲研究西周中晚期青銅器的譜系，特別是爲西周晚期銅器斷代提供了標準器；將李家村、馬家村、楊家村以往出土的銅器串聯起來，對於研究楊家村遺址乃至周原的性質有一定意義。」〔註131〕

在逑盤銘文發現以前，對於了解西周王世最重要珍貴發現的史料是 1978年發表的墙盤銘文所記載的自文王、武王、成王、康王、昭王、穆王等西周前期六世諸王功業事蹟，是爲研究西周王世相當重要的實物史證，裘錫圭先生曾說：「20 世紀 20 年代，王國維提倡在古史研究中應用『二重證據法』，即以『地下之新材料』檢驗補充『紙上之材料』其精神對古籍整理工作同樣是適用的。我們在整理那些年代久遠的傳世古籍的時候，應該盡量利用各種地下材料，其中包括考古發現的各種古籍抄本、其他各種古代文字資料以及文字之外的各種有關考古資料。」〔註 132〕現今眉縣楊家村出土的這批青銅器中的逑盤銘文重要性遠甚於墙盤，一方面具有系統性的完整的記錄了相關周朝十二世系君王，另一方面更能與《史記・周本紀》互爲參照印證，對於了解研究西周史增添了豐富的史料，亦可彌補文獻的不足。

由逑盤銘文的記載，可知世系的排列依序爲單公、公叔、新室仲、惠中盠父、零伯、亞祖懿仲、皇考龏叔、逑等，這些人均與周王有明確的相應關係，如下表所示：

單氏家族	周王世系
單公	文王武王
公叔	成王
新室仲	康王
惠中盠父	昭王穆王
零伯	龏王懿王
亞祖懿仲	孝王夷王
皇考龏叔	歷王
逑	宣王

透過上表判斷「逑器是一批宣王世標準器」〔註133〕，同時也印證了《史記・周

〔註131〕劉軍社：〈陝西省眉縣出土窖藏青銅器筆談〉，《文物》2003 年第 6 期，頁 48。

〔註132〕裘錫圭：《中國出土文獻十講》（上海：復旦大學出版社，2004 年）頁 140。

〔註133〕董珊：〈略論西周單氏家族窖藏青銅器銘文〉，《中國歷史文物》2003 年第 4 期，

本紀》的可靠性，「西周銅器裡的邵王、龔王、考王、徘王、剌王應該是當時王名的眞實寫法，而《周本紀》裡的昭王、共王、孝王、夷王、歷王則是司馬遷以西漢通用語加以改寫的結果。」〔註134〕

　　藉由逑盤銘亦可知，逑這一家族源于文王、武王時期的單公，證明古人傳說的單爲成王幼子臻所封是不正確的。單氏在周王朝有很高的地位，西周晚期的單伯任司徒，應是單的正支。〔註135〕也就是說「單氏家族的第一代始祖單公，在周文王、周武王時代就已存在了，而且還協助文王、武王完成了推翻商王朝的大業，乃是西周的開國功臣。再就逑氏銅器屢見于陝西省眉縣這一情況考察，單氏家族的起源無疑是在周原王畿範圍之內。逑氏銅器所揭示的這一歷史事實，幫助我們糾正了史書上關於單氏家族歷史的一個極大誤解。」〔註136〕也就是說逑盤銘文的發現，證實了兩者之間的差異，單氏家族應是一支地位崇高且世襲居於王畿附近的貴族世家。周原有廣義與狹義之分，狹義的周原是我們通常所說的扶風、歧山交界的地區，廣義的周原是指漆水河以西，千河以東，渭水以北，「北山」以下的廣大地區，眉縣楊家村包括在廣義的周原範圍之內，楊家村一帶多年來一直有重器出土，而且是王室重臣所用過的器物。〔註137〕從這一點更可以進一步的肯定單氏爲西周的重臣，眉縣楊家村則是封邑地所在，整體而言，逑盤銘文對夏商周斷代的工程研究和以及西周王朝世系的研究都提供了很好的文物例證。

頁45。

〔註134〕高玉平：《2003年眉縣楊家村出土窖藏出土青銅器銘文考述》，安徽大學碩士學位論文，2007年，頁59。

〔註135〕陝西省考古研究院、寶雞市考古研究所、眉縣文化館編著：《吉金鑄華章》（北京：文物出版社，2008年），頁，226。

〔註136〕高玉平：《2003年眉縣楊家村出土窖藏出土青銅器銘文考述》，安徽大學碩士學位論文，2007年，頁60。

〔註137〕劉軍社：〈陝西省眉縣出土窖藏青銅器筆談〉，《文物》2003年第6期，頁49。

第五章　獄器銘文集釋

第一節　前　言

　　新見的伯獄青銅器是於2005年9月由上海崇源藝術拍賣有限公司所舉辦的《海外回流青銅器觀摩研討會》展示的一組青銅器共計六件，包含獄鼎一、Ⅰ式獄簋一、Ⅱ式獄簋二、獄盉一、獄盤一。這組青銅器從其外觀形制研判，縱然年代距今久遠，仍可看出當時一流的鑄造技術，確爲精美且具有極高的藝術價值，根據陳全方、陳馨等學者指出「這批青銅器銘文的史料價值也是十分重要的。」，年代大約在西周中期穆共之際，當中的Ⅰ式獄簋、Ⅱ式獄簋、獄盉、獄盤等銘文對於周人敬祖祭祀以及周人尙臭或冊命賞賜等相關西周禮制儀節，藉由銘文中可足以一窺當時現狀，可以想見其重要性是不言而喻。本文首先列出器銘拓片及釋文，其次茲就學者考釋材料按照發表年代彙整歸納，經由分析尋求銘文中淺在的內涵及其本身所具有的指標性意義。

第二節　釋文、拓片

（一）拓　片〔註1〕

〔註1〕拓片所引吳鎭烽：〈獄器銘文考釋〉，《考古與文物》2006年第6期。

（獄鼎拓片）

（一式獄簋蓋銘拓片）

（一式獄簋器銘拓片）

（二式獄簋器銘拓片）

（二式獄簋蓋銘拓片）

（獄盤銘拓片）

（獄盉銘拓片）

（二）釋　文〔註2〕

1. 獄鼎：

獄屖乍朕文考甲公寶隥彝，其日朝夕用離祀於辈百申，孫孫子子其永寶用。

2. 一式獄簋蓋：

獄肇乍朕文考甲公寶鼎彝，其日夗用辈𥁊香臺示于辈百神，亡不鼎幽夆，𥁊香則彝於上下，用匃百百福，邁年俗茲百生，亡不彝臨夆魯，孫孫子子其邁年夅寶茲彝，其譜母嬰。

3. 二式獄簋器：

唯十又一月既望丁亥，王各于康大室。獄曰：朕光尹周師右告獄于王。王或賜獄帗、戈市殼亢。曰：「用事。」獄頛頁首，對剝王休。用乍朕文考甲公寶隥段，其日夗夕用辈害香臺祀於辈百神，孫孫子子其邁年永寶用茲王休，其日引勿狀。

4. 二式獄簋蓋：

唯十又一月既望丁亥，王各于康大室。獄曰：朕光尹周師右告獄于王。王或賜獄帗、戈市殼。曰：「用事。」獄頛頁首，對剝王休。用乍朕文考甲公寶隥段，其日夗夕用辈害臺祀於辈百神，孫孫子子其邁年永寶用茲王休，其日引勿狀。

5. 獄盤、獄盉：

唯四月初吉丁亥，王各于師畟父宮，獄曰：朕光尹周師右，告獄于王。王賜獄帗、戈市絲亢、金車、金鑪。曰：「用夗夕事。」獄頛頁首，對剝王休。用乍朕文曼戊公般盉，孫孫子子其邁年永寶用茲王休，其日引勿狀。

第三節　集　釋

（一）獄　鼎

1. 獄屖乍朕文考甲公寶隥彝，其日朝夕用離祀於辈百申，孫孫子子其永寶用。

〔註2〕釋文依照吳鎮烽：〈獄器銘文考釋〉，《考古與文物》2006年第6期。

◎陳全方、陳馨〔註3〕：

通高 33 釐米，口徑 39 釐米立耳，鼓腹下垂，柱足。近口沿外飾一周夔鳳紋，兩兩相望，昂首，尾下卷，腹飾鈎連雷紋。器內壁有銘文 30 字，其中重文 2。曰：「㺇肇乍（作）朕文考甲公寶𩰫彝，其日朝夕用鼒（享）祀於厥百神，子子孫孫其永寶用。」

鼎是禮器中的重器，用鼎數依貴族身份等級的高下有 1 鼎、3 鼎、5 鼎、7 鼎、9 鼎之別。器種類很多，一般特徵是兩耳三足。耳和足的演變反映時代特徵，也是鑑定其時代的依據之一。該鼎兩耳直立，柱足，是西周早期的作風。

其器形，紋飾的演變也頗爲引人注目。如鼎底稍平，柱形足，既飾夔鳳紋，又飾鈎連紋。有西周早中期的特點。這批青銅器銘文的史料價値也是十分重要的。帶「㺇」字銘文器物的主人，應是《史記‧魯周公世家》中的魯煬公。《世家》云：「魯公伯禽卒，子考公酋立。考公四年卒，立弟熙，是謂煬公。煬公築茅闕門。六年卒，子幽公宰立。幽公十四年。幽公弟𣶐殺幽公而自立，是爲魏公。」由此可見，器銘中的㺇即魯煬公熙。其時代在西周早期，與器物的時代特徵是一致的。以往僅出土有魯熙鬲，故這批器物的回歸，對研究周公世家及魯國史，無疑提供了新的實物資料。

在古文字研究方面，這批青銅器銘文也提供了不少新的課題。有些字是首見，値得考釋。還有的字如「㺇」字有多種寫法。這批金文的書體也體現了時代特徵。這批青銅器，大部分可初定爲二級品，有的可定爲一級品。

値得提及的是，崇源藝術拍賣公司不惜斥巨資從海外購回這批珍寶，並迅速公佈，爲學術研究提供方便，實在難能可貴，令人欽佩。

◎吳鎮烽〔註4〕：

通高 33、口徑 39 釐米。斂口立耳，下腹向外傾垂，底部近平，三條柱足較細足內部側面削平。頸部飾云雷紋塡地的鳥紋，腹部飾勾連雷紋。內壁鑄銘文 30 字，其中重文 2 字。銘文是：

> 㺇肁乍（肇作）朕文考甲公寶障（尊）彝，其日朝夕用鼒（享）祀於氒（厥）百申（神），孫孫子子其永寶用。

〔註3〕陳全方、陳馨：〈新見商周青銅器瑰寶〉，《收藏》2006 年第 4 期，頁 92～93。

〔註4〕吳鎮烽：〈㺇器銘文考釋〉，《考古與文物》2006 年第 6 期，頁 58。

獄，音思，見於《玉篇》，有二義，一爲獄官，一爲察看。此處作爲作器者之名。傳世有魯侯獄鬲，與此不是一人（詳後）。

◎張懋鎔〔註5〕：

2005 年 9 月，上海崇源藝術拍賣有限公司和誠源文化藝術有限公司聯合舉辦海外回流青銅器觀摩會，會上展示了從海外購回的 16 件商周青銅器。其中一組器主名爲「獄」的青銅器（包括 1 件鼎，3 件簋，1 件盉，1 件盤）尤爲引人注目。近來陳全方先生著文（《新見商周青銅器瑰寶》，載《收藏》2006 年第 4 期），作了詳細而富有見解的介紹。陳先生認爲銘文中的「獄」就是西周早期魯國國君魯侯熙的「熙」字，從而斷定這是一組魯國國君的銅器，它們「提供了西周早期至中期的青銅標準器，是研究周公家族史及魯世家的重要實物資料。」在對「獄」組形態、銘文作了詳細觀察之後，我們認爲這一看法尚有值得商榷之處。

文獻記載與器物年代：

先談談魯侯熙其人其事。《史記・魯周公世家》記載：「魯公伯禽卒，子考公酋立。考公四年卒，立弟熙，是謂煬公。煬公築茅闕門。六年卒，子幽公宰立。」這一條記載告訴我們：魯侯熙是魯國第一代國君伯禽的小兒。西周初年武王滅商之後，即「封周公旦於少昊之虛曲阜，是爲魯公。」但周公因在朝中輔佐周王，並未去曲阜就封，成爲第一代魯國國君的是他的兒子伯禽。據《史記・集解》轉引晉代皇甫謐的說法，伯禽以成王元年就封魯國，在位 46 年，康王十六年卒。如此，則其大兒子考公即位在康王十六年。由西周著名青銅器盂鼎可證康王在位時間在 25 年以上。目前夏商周斷代工程推定康王在位 26 年。考公在位只有 4 年，當卒于康王十九年。煬公在位也只有 6 年，當卒于康王二十五年（請參閱朱鳳瀚、張榮明：《西周諸王年代研究》，貴州人民出版社，1998 年）。魯煬公所作銅器確有在世上流傳著，那就是陳夢家《西周銅器斷代》（中華書局，2004 年版）仲介紹一件魯侯熙鬲，其銘曰：「魯侯獄作彝，用享禋厥文考魯公。」學界公認這銅鬲是魯煬公所作，用來享祭亡父魯公伯禽，年代在康王時。顯然，如果世上流傳、收藏還有魯煬公即

〔註5〕 張懋鎔：《古文字與青銅器論集・「魯侯熙銅器」獻疑》（北京：科學出版社，2006 年），頁 69～71。

魯侯熙所作的銅器,其製作年代當在康王卒年之前。

然而這一批海回流的「獄」組銅器的年代顯然要晚於康王時。

首先來看獄鼎。鼎腹較淺,下腹傾垂,尤其是三柱足內側已凹陷,這種形態的鼎,別說早到康王時期,即使更晚一點的昭王時期也不可能。其形制與岐山董家村窖藏出土的五年衛鼎、長安張家坡 M271 出土的銅鼎相似,後二者年代在共懿之時,考慮到本鼎腹比五年衛鼎稍深些,定在穆共時是比較合適的。

3 件獄簋紋飾雖有所不同,但形制十分相近,其特點是腹淺而圈足寬侈,與通常所見西周早期銅簋有別。最明顯的是獄簋丙,器上所飾分爲尾鳥紋,其形制與紋飾都與輔師嫠簋相近,而輔師嫠簋學界公認爲西周中期器。

獄盂形制低矮寬侈,器足特別短,與西周早期盂不同,與之相似的是衛盂,而衛盂與前述衛鼎爲同人之器,年代在共懿時。獄盤兩側的附耳已高出盤口,且圈足外侈,這種形式的盤亦不見於西周早期。與之相近的器有休盤,休盤爲共王前後器,獄盤年代亦在共王前後。其風格與獄盂同,應爲同組之器(以上涉及銅器可參閱王世民、陳公柔、張長壽:《西周青銅器分期斷代研究》,文物出版社,1999 年)。

總而言之,從獄組器的形制、紋飾分析,年代在西周中期穆共時,與史書記載的魯侯獄的生活年代尚遠,顯然其器主不是魯國國君。

銘文方面的佐證:

說「獄」組器主人不是魯侯熙,還有銘文方面的諸多證據。

(1)字形書體

本組器的主人「獄」字作▨形,與魯侯熙鬲主人名作▨形上有一定距離。所以前者能否隸定爲「獄」字,不能說沒有一點疑問。同時,傳世的魯侯熙鬲,其銘文還有波磔體的意味,如彝字下部的雙手,丮(厥)字的寫法,其字畫比較粗,捺筆肥大。但是獄鼎及簋、盂、盤上的銘文,筆畫粗細一致,看不到一點波磔體的痕跡。其中「寶」字的寫法極具時代感,其「貝」部下開口處有兩小豎,特徵明顯,西周早期銅器銘文絕無此種寫法,系穆王以後「貝」字的新構形。這種寫法見於二十七衛簋、五年衛鼎等器,它們都是西周中期穆共時的銅器。

（2）用語

獄簋銘文曰：「用匄百福萬年。」迄今爲止，「百福」這一用語見於軝史壺，其銘曰：「用賜百福」（中國社會科學院考古研究所：《殷周金文集成》15.9718，中華書局，1984～1994年版，以下簡稱《集成》）。而此壺年代爲西周晚期，在西周早期銅器上尚未見有百福的用語。

（3）賞賜地點

獄盤、獄盉銘文曰：「唯四年初吉丁亥，王各于師角父宮。」記載周王在貴族師角父的宮裡賞賜器主獄。通常周王在王的工室宗廟賞賜臣下，但有時也將賞賜地點放在大臣的宮裡。這種情形多見西周中晚期的金文中，如辭從盨銘中在「永師田宮」（西周晚期器），牧簋銘中王在「師仔父宮」（西周晚期器），師俞簋、諫簋銘中王在「周師彔宮」（西周中期器）。十三年癲壺銘中王在「成周司徒淲宮」（西周中期器），羖簋蓋銘中王在「師司馬宮」（西周中期器），師秦宮鼎銘中王在「師秦宮」（西周中期器），大師盧簋銘中王在「周師量宮」（西周中期器），善鼎銘中王在「大師宮」（西周中期器）。但在西周早期金文中，未見周王在朝臣家舉行賞賜儀式的，更不見周王在貴族朝臣的宮室裡對諸侯國的國君進行賞賜的。這說明獄盤、獄盉不是西周早期銅器。

（4）賞賜品

在獄盤、獄盉銘中，周王賞賜給獄的物品有：佩、載市。周王賜佩的記載僅見於癲鍾（《集成》1.247～250），此爲西周中期器。賜載市者見於輔師嫠簋（《集成》8.4286，中期器）、免尊（《集成》11.6006，中期器）、二十七年衛簋（《集成》8.4256，中期器）、智簋（《文物》2000年第6期第87頁，圖二，中期器）、師至父鼎（《集成》5.2813，中期器）、虎簋蓋（《考古與文物》1997年第3期第79頁，圖三，中期器）、詢簋（《集成》8.4321，晚期器）、七年趞曹鼎（《集成》5.2783，中期器）、趩觶（《集成》12.6516，中期器）。顯然以上銅器沒有一件是西周早期器。

（5）人物

在獄盤、獄盉銘文中，出現的人物有「周師」。此人在免簋銘中也曾出現（《集成》8.4240）。而免簋學術界公認是西周中期銅器。

（6）日名

獄鼎銘曰：「獄肇作朕文考甲公寶尊彝。」獄盤銘曰：「用作朕文祖戊公盤

盃。」可見獄的父親和祖父的廟號均以十干爲名。我們有一個觀點：就是商人及其後裔多用日名爲廟號，而周人則不用日名（見拙作《周人不用日名說》，《歷史研究》1993 年第 5 期）。經過十多年的論證，這一觀點漸漸爲學界所接受。如果獄組器的主人是魯侯熙，器銘中不應出現日名，因爲魯出自周公旦。通過上述辨析，已說明獄組器主與魯侯熙並無關係，又爲「周人不用日名說」增添一點證據。

在金文中，私名相同而並非一人的例子並不罕見。1980 年陝西長安縣花園村出土一批青銅器，多件器物上有私名「禽」字，簡報作者遂以爲它們是魯國第一代國君伯禽的銅器（陝西省文物管理委員會：《西周鎬京附近部分墓葬發掘簡報》，《文物》1986 年第 1 期）。李學勤、黃盛璋等先生均著文定了這一說法（李學勤：《論長安花園村兩墓青銅器》；黃盛璋：《長安鎬京地區西周墓新出銅器群初探》，《文物》1986 年第 1 期）。不僅因爲墓葬和銅器規格與國君相去甚遠，而且銘中出現日名和族徽，它們都是非姬姓的東方族所爲，和伯禽沒有任何關係

總之，銘文與器物形制所顯示的年代特徵是一致，它們應製作于西周中期穆共時，而並非魯國國君之器。但無論如何，這都是一批很有價值的銅器。

◎**李學勤**〔註6〕：

二〇〇五年九月，在上海舉辦的「海外回流青銅器觀摩研討會」上，有一組器主爲伯獄或與之有關的青銅器展出，材料已由陳全方先生等發表，【陳全方、陳馨：〈新見商周銅器瑰寶〉，《收藏》2006 年 4 月，頁 90～93。】並有很好的論述。現試對這組器物涉及的幾個問題，提出一些陋見，向各位方家請教。

〈獄鼎〉

高 33 釐米，立耳，口沿下飾體尾相連的長鳥紋，腹飾以勾連雷紋構成的三角形，腹下部傾垂，三細柱足內側扁平，銘文四行三十字，依原行款寫定爲：

獄肇作朕文考甲

公寶障彝，其日朝

〔註6〕 李學勤：《古文字與古代史・伯獄青銅器與西周典祀》（臺北：中央研究院歷史語言研究所，2007 年 9 月），頁 180。

夕用鷈祀於呈（厥）百

申（神），孫孫子子其永寶用。

「鷈祀」的「鷈」古音禪母文部，讀爲端母文部之「典」。「典祀」一詞，見《書・高宗肜日》。鳥紋尾部不斷，是偏早的。鼎腹膨垂，以及柱足的形狀，都類似於恭王時的〈五祀衛鼎〉、〈九年衛鼎〉。因此，〈獄鼎〉年代應在穆恭之間。

◎佳瑜按：

「（獄）」，依字形看來象兩犬相背對形，《說文》：「司空也，從犬㘱聲。」〔註7〕值得注意的是此字另一特殊的寫法在獄盉銘中又作「」、「」，當中的犬形作上下反書，與此相對獄盤銘卻作「」、「」。茲就二犬相背此一系字形寫法如《金文編》（頁 687）所收（獄父丁卣）、（牆盤）、（魯侯獄鬲）等犬形對比，未見與從獄盉銘「」、「」等近似寫法，推斷有否可能是鑄者對字形不熟而導致此一現象滋生，總的來說或可爲這組獄器另一特色視之。

由銘文「獄肇作朕文考甲公寶尊彝」知「獄」爲作器者，而其鑄造禮器祭祀先人。「」字，若據字形嚴格看來筆者認爲銘文應隸爲「旱（肇）」，又獄簋作「」兩者爲一字異體之寫法。「」吳鎮烽先生或隸爲「鼉」，此字應從李學勤先生作「鷈」，「鷈祀」即「享祀」，是爲金文常見習語表示祭祀之義，「其日朝夕用享祀于厥百神」所要說明的即是不論早晚時時刻刻的以恭敬之心祭祀百神，其義應近同《魯頌・閟宮》所云：「春秋匪解，享祀不忒。」對於祭祀神靈這件事不論四季如何的更迭與變換絲毫都不敢有所怠慢。「孫孫子子其永寶用」亦爲常見語之一，銘文是說子子孫孫永遠寶用此鼎。

（二）一式獄簋

1. 獄肇乍朕文考甲公寶彝，其日夙用呈香示于呈百神，亡不鼎夆，香則夆於上下，用匄百福。

◎陳全方、陳馨〔註8〕：

〔註7〕清・段玉裁：《說文解字注》（台北：漢京文化事業有限公司，1980 年），頁 482（十上三十五）。

〔註8〕陳全方、陳馨：〈新見商周青銅器瑰寶〉，《收藏》2006 年第 4 期，頁 92。

　　獄簋 3 件：形制相同，有蓋，獸首雙耳帶珥，鼓腹，圈足。均有銘文，其中甲、乙二件銘文相同，蓋銘曰：獄肇乍（作）朕文考甲公寶𣪘彝，其日夙夕用厥響香臺（享）示于厥百神，亡（無）不鼎（貞）燹（圂）夆（奉）響香則登于上下。此二器的花紋十分精美，甲器在圈足上部有一周饕餮紋，乙器無，其於大部分花紋相同。蓋和腹均飾溝斜方格紋，內填云紋和乳突形紋。此類紋飾通行于商代，周初稍有變化。器身近頸處飾有一周饕餮紋，填以雷紋。簋在商周禮器中一般是與鼎配合使用的，用於祭祀和宴饗賓客等場合。少則 2 簋，多則 8 簋，甚至 12 簋。依貴族身份等級而定。

◎吳鎮烽 [註9]：

　　「獄肇乍（作）朕文考甲公寶𣪘彝」。獄，音思，見於《玉篇》，有二義，一爲獄官，一爲察看。此處作爲作器者之名。傳世有魯侯獄鬲，與此不是一人（詳後）。肇，語氣詞。這句是說：獄製作了祭祀有文德的父親甲公的禮器。

　　「其日夙（夙）用乓𥁋香臺示（享祀）於乓（厥）百神」。「其」在此用作發語詞，無義。「𥁋」是馨字古文，從鬯從聖省。鬯爲義符，聖省爲聲符。鬯即香酒，故鬯與香可互相替代，聖、聲古音相同，可通。「馨」爲後起之字，後馨行而𥁋廢。「香」字金文首次出現，即「香」字。香的本義是穀物熟後散發出來的芬芳氣味。《說文·禾部》：「香，芳也，從黍從甘。春秋傳曰：黍稷馨香，凡香之屬皆從香。」此字從禾四點，會意禾熟後散發芳香，《說文》誤爲從「黍」。從口與從甘同，小篆又變甘爲日。小篆香字禾旁的四點雖移于下方左右兩邊，但仍不失原意，其嬗變的蹤跡清晰可見。又《漢華山廟碑》和《字匯補》有香字，《字匯補》：「香，與香同。」該字上從禾從木是禾旁四點的隸變或者訛誤。「馨香」就是黍稷散發的香氣，《左傳·僖公五年》引《周書》「黍稷非馨，明德惟馨」，孔注：「馨香謂黍稷」。馨香屢見于文獻記載，如：《尚書·君陳》「我聞曰：至治馨香，感於神明。」《尚書·酒誥》：「弗惟德馨香，祀登聞於天。」《尚書·呂刑》：「虐威庶戮，方告無辜於上，上帝監民，罔有馨香，德刑發聞惟腥。」

　　從禮書記載來看，古人認爲鬼神歆享氣味，所以用馨香來溝通神靈與人間，也就是本銘裡所說的「馨香登於上下」，神靈便會降福祉於祭祀者。周人祭祖是

〔註9〕吳鎮烽：〈獄器銘文考釋〉，《考古與文物》2006 年第 6 期，頁 58～59。

以焚燒香草達到馨香的效果。《周禮・天官・塚宰》:「祭祀共蕭芳」,《詩・大雅・生民》:「取蕭祭脂」。蕭就是艾蒿,凡祭祀都要用許多艾蒿與黍稷、牲畜脂膏同燒,以其香氣感神。《禮記・郊特牲》也說:「蕭合黍稷,臭陽達於墻屋,故既奠,然後焫蕭合羶薌,凡祭慎諸此。」艾蒿合黍稷同燒,名曰馨香,香浮室內;艾蒿合牲畜的脂膏同燒,名曰羶薌,香飄戶外。這篇銘文描述了這一祭儀的生動場面,為我們提供了研究周人以馨香降神祈福的珍貴材料。

「臺示」讀為享祀;「百神」,眾多的神靈、列位神靈。「百神」金文中出現兩例,猷鍾「唯皇上帝百神保餘小子」,寧簋蓋「其用各(格)百神」。全句是說:「每天早晚用其馨香享祀於上天列位神靈。」

「亡不鼎鼺夆,鼺香則鼛(登)於上下。」「亡」,讀作「無」,用作否定詞,《師詢簋》:「民亡不康靜」,即「民無不康靜」,與此句式相同。鼎字除用作器銘外,還有方當、正在之義。《正韻》:「鼎,當也。」《漢書・匡衡傳》:「天子春秋鼎盛。」應邵曰:「鼎,方也。」「鼺夆」即芬芳。鼺通芬,《周禮・司官・司幾筵》:「設莞筵紛純」,鄭注引鄭司農云:「紛讀為鼺」。紛、芬同聲。夆通芳。《史記・項羽本紀》的蠭(同蜂)午,《漢書・霍光傳》作旁午,是蜂旁相通之證。蜂從夆聲,旁從方聲,故夆、芳亦可通。芬芳見于先秦文獻,《楚辭・思美人》:「妒佳冶之芬芳兮,嫫母姣而自好。」《荀子・榮辱篇》:「口辨鹹酸甘苦,鼻辨芬芳腥臊。」

「上下」指天地,《書・堯典》的「光被四表,格於上下」傳:「故其名充溢四外,至於天地。」「鼛」即「登」,《爾雅・釋詁》:「登,升也。」「馨香則登於上下」與《者減鍾》的「龢龢倉倉(鏘鏘),其登於上下,聞于四旁(方)」之句可相比附。

「用匄百福」。匄,祈求;百,泛指很多。百福即很多的福祉。這一句是祭祀中的祝告之辭,是祭祀者向神發出自己的祈願,祈求神靈賜給很多的福祉。

◎吳振武 [註10]:

陳全方、陳馨《新見西周青銅器瑰寶》一文,介紹了上海崇源藝術拍賣有限公司從海外購回的 10 餘件商周青銅器【陳全方、陳馨《新見商周青銅器瑰寶》,第90～93頁,《收藏》2006年地4期。】。其中西周獄簋甲、乙兩器銘文

─────────────

[註10] 吳振武:〈試釋西周獄簋銘文中的「馨」字〉,《文物》2006年第11期,頁61～62。

中有「■香」一詞，見於銘文的前半部分：

　　獄肇作朕文考甲公寶■彝，其日夙夕用厥■香敦示〈祀〉于厥百神，

　　亡不鼎，燹夆■香，則登于上下⋯⋯

「■香」之■，或反書作■。此字金文首見，陳文釋作「鼉」，顯與字形不符。

　　按據字形及其結構詞，此字可分析爲從「鬯」「聖」省聲，當即馨香之「馨」的異體。《說文》曰：「馨，香之遠聞者。從香，殸聲。殸，籀文磬。」「鬯」是祭祀用的香酒，故「馨」字可用「鬯」作義符。「聖」的古音與「殸」相近。《說文》說「殸」是「磬」的籀文，淅川下寺所出春秋黷鍾銘文中的「磬」字作「■」，即是在「声（殸）」上又加注聲符「聖」【參見吳振武《釋雙劍侈舊藏燕「外司聖鍴」》，《于省吾教授百年誕辰紀念文集》，第 162～165 頁，吉林大學出版社，1996 年，長春。】。因此，「馨」字也可用「聖」作聲符。先秦古書中凡提到「馨」、「香」或「馨香」者，多與祭祀有關，如《尚書·酒誥》、《左傳》僖公五年文及《詩經·大雅》中的《生民》、《鳧鷖》等篇。後世亦有「馨香禱祝」一語。「敦祀」之「敦」原作「臺」，此詞亦見于瘋簋「作祖考簋，其敦祀大神」一語中（《殷周金文集成》8·4170～4177，「敦」原作「黼」，舊或讀作「升」，非是），是厚祀的意思。「亡不鼎」之「鼎」，與臨潼所出利簋銘文中的「歲鼎」之「鼎」一樣，要讀作「丁」，作當、逢講【參張政烺《利簋釋文》，《張政烺文史論集》，第 464～467 頁，中華書局，2004 年。】。「燹夆馨香，則登于上下」一句中的「燹夆」二字頗難解，試讀作「巡逢」（燹、巡同爲精系文部字）；簋銘似謂百神在天巡視，逢遇祭祀之馨香，即來顯靈。

　　陳文所介紹的獄簋丙銘文中又有■字，見於銘文的後半段：

　　⋯⋯獄拜稽首，對揚王休，用作朕文考甲公寶尊簋，其日夙夕用厥■

　　敦祀　于厥百神，孫孫子子其萬年永寶用，兹王休其日引勿替。

　　2005 年 6 月，筆者曾有幸看到另一件同銘獄簋照片，該銘■下有「香」字，構成「■香」一詞，■字其詭難識。然從文例及《說文》「馨」字的古文作「磿」來看，頗疑此字上部所從，即「莖」字的初文，其「木」形上所畫的二「○」，當是用來表示莖部之所在的指示符號。字在銘中亦當讀作「馨」。如此，則簋銘出■字的一句，有無「香」字皆通。

　　附記：拙稿寫成後，曾呈幾位師友求教，多得鼓勵。其中裘錫圭先生和李家浩先生對獄簋甲、乙銘文中「亡不鼎，燹夆馨香，則登于上下」句的理解，比拙說更爲合理。裘先生認爲「亡不鼎」之「鼎」，疑可讀爲甲骨祭祀卜辭中屢見的「又正」之「正」；「燹夆馨香」之「燹夆」，則可讀作「紛芳」。李家浩先生據《禮記・郊特牲》「周人尚臭……蕭合黍稷，臭陽達於墙屋，故既奠，然後炳蕭合羶薌」一節並鄭注、孔疏，認爲簋銘「燹」當燒講，「夆」則應讀作蓬蒿之「蓬」，銘意是說：早晚用黍稷祭奠百神，然後將黍稷混合蓬蒿一起燃燒，其香氣就升于上下，使百神歆饗之。我想兩位先生也許不久就會將他們的卓見寫給讀者，所以這裡只概述其結論，並致謝忱。

◎李學勤〔註11〕：

　　「獄肇作朕文考甲公寶尊彝，其日夙夕用厥聰香臺示于厥百神」「聰香」的「聰」字從「聖」聲，「聖」、「聲」通用，故即「馨」字。【吉林大學吳振武教授也已釋出此字。編者案：本文交稿時吳振武先生尚未正式發表。請參看吳振武，〈試釋西周獄簋銘文中的「馨」字〉，《文物》2006 年第 11 期，頁 61～63。】「馨香」一詞，見《書・酒誥》、〈呂刑〉。「臺示」即鼎銘「鸞祀」，「示」當係省脫。

　　「鼎燹夆聰香」，「燹」從「絲」即「肆」字古文，在此便讀爲「肆」【參看李學勤，《中國古代文明研究》（上海：華東師範大學出版社，2005），頁 131。】，意思是陳列。「夆」讀爲「蓬」，形容氣的盛出。【朱駿聲，《說文通訓定聲》（武漢：武漢古籍書店，1983），頁 54。】句子說的是陳列的鼎香氣昇起，乃能「登于上下」。

◎吳振武〔註12〕：

　　「敦祀」是厚祀的意思。「亡不鼎」之「鼎」，或與臨潼所出利簋銘文中的「歲鼎」之「鼎」一樣，要讀作「丁」，作當、逢講。「燹夆」可試讀作「巡逢」（燹、巡同爲精系文部字）。簋銘似說百神在天巡視，逢遇祭祀之馨香，即來顯

〔註11〕李學勤：《古文字與古代史・伯獄青銅器與西周典祀》（台北：中央研究院歷史語言研究所，2007 年 9 月），頁 180～185。

〔註12〕吳振武：〈范解楚簡「蒿（祭）之」與李解獄簋「燹夆馨香」〉，「中國簡帛國際論壇」論文，2007 年 11 月 10 日～11 日，頁 5～8。

靈。【吳振武：〈試釋西周獄簋銘文中的「馨」字〉，《文物》第 11 期（2006 年
11 月），頁 61～62。】

拙稿草成後，曾寄呈幾位師友求教。同年 4 月 20 日和 5 月 8 日分別得裘錫
圭先生和李家浩先生惠函賜教。裘先生惠函曰：

> ……釋獄簋「馨」字當然也是正確的。

> 獄簋「亡不鼎」之「鼎」，頗疑可讀爲甲骨祭祀卜辭中屢見的「又正」
> 之「正」。「燹夆馨香」之「燹夆」，疑可讀爲「芬芳」。《說文・鬥部》
> 之「閼閿」即「繽紛」，金文地名「燹」各家多以爲即「邠」（邠），
> 故「燹」可以讀爲「芬」。「夆」屬東部（中古合口三等字），「芳」
> 屬陽部（中古合口三等字）。東、陽二部音近（與「夆」同從「丰」
> 聲之「邦」，金文多與陽部字韻，陳世輝先生似有「邦」邦字本當屬
> 陽部之說）。故「夆」似亦有可能讀爲「芳」。《荀子・榮辱》：「鼻辨
> 芬芳腥臊。」（2006 年 4 月 15 日）

案甲骨祭祀卜辭中屢見的「又（有）正」之「正」，近年已有幾位學者指出應作
合適、適當講。而「亡不正」一語，在卜辭中亦出現過。【參劉釗：〈卜辭「雨
不正」考釋——兼《詩・雨無正》篇題新證〉，《殷都學刊》第 4 期（2001 年 12
月），頁 1～3，又載氏著《古文字考釋叢稿》（長沙：嶽麓書社，2005 年 7 月），
頁 71～78；張玉金：〈殷墟甲骨文「正」字考釋〉，《2004 年安陽殷商文明國際
學術研討會論文集》（北京：社會科學文獻出版社，2004 年 9 月），頁 11～16。
另參季旭昇：〈《雨無正》解題〉，《古籍整理研究學刊》第 3 期（2002 年 5 月），
頁 8～15。卜辭「正」字訓釋，蒙沈培先生指示，謹志謝忱。】

李家浩先生惠函曰：

> 大作將獄簋甲乙銘文的 ▨ 釋讀爲「聰（馨）」，十分正確。但是對於
> 「燹夆馨香」句的解釋，則有問題。從語法和文意來看，下一分句
> 的「則」是連詞，表上一分句所說的結果。「登」訓爲「升」，與《詩・
> 大雅・生民》「其香始升，上帝居歆」之「升」同義。此句是說「燹
> 夆馨香」之後，其香氣就「升于上下」，而不是說「百神在天巡視，
> 逢遇祭祀之馨香，即來顯靈。」《禮記・郊特牲》有一段文字，對於
> 理解銘文「燹夆馨香，則登于上下」的文意很有幫助。原文說「周

人尚臭……蕭合黍稷，臭陽達於牆屋，故既奠，然後焫蕭合羶薌。」
鄭玄注：「奠，謂薦孰（熟）時也。〈特牲饋食〉所云『祝酌奠于鉶
南』是也。蕭，薌（香）蒿也。染以脂，合黍稷燒之。《詩》云『取
蕭祭脂』。羶，當爲『馨』，聲之誤也。奠，或爲『薦』。」鄭注引《詩》
見於《大雅・生民》孔穎達疏：「言宗廟之祭，以香蒿合黍稷，欲使
臭氣通達於牆屋，故記酌於尸。已奠之而後燒此香蒿，以合其馨香
之氣，使神歆饗之。」頗疑簋銘「燓夆馨香」與〈郊特牲〉「焫蕭合
羶（馨）薌（香）」有關。「燓」應與「焫」相當。「焫」或作「爇」，
燒也。「燓」也有燒義。《廣韻》上聲獮韻「燓」字注引《字林》云：
「逆燒。」「夆」應與「蕭」相當，疑「夆」應該讀爲「蓬」。《說文》
艸部：「蓬，蒿也。」徐灝《說文解字注箋》引《本草》唐本注云：
「白蒿……俗呼爲蓬蒿。」據李時珍《本草綱目》所說，「蕭」也爲
白蒿（見 1995 年人民衛生出版社校點本上冊 946～947 頁）。《禮記・
郊特牲》孔穎達疏：「馨香，謂黍稷也。」據此，銘文的大意是說：
早晚用黍稷祭奠百神，然後將黍稷混合蓬蒿一起焚燒，其香氣就升
於上下，使百神歆饗之。（2006 年 5 月 1 日）

同年 11 月拙文刊出時，曾將裘、李兩先生的釋讀結論以「附記」形式作了介紹。
在此前後，又讀到李學勤先生和吳鎮烽先生對簋銘的考釋意見。

李學勤先生在同年 9 月發表的〈伯獄青銅器與西周典祀〉一文中，將「亡
不鼎」與「燓（武案：李文隸作爨）夆馨香」連讀，謂：

「鼎爨夆聰香」，「爨」從「絭」即「肆」字古文，在此便讀爲「肆」
【參看李學勤，《中國古代文明研究》（上海：華東師範大學出版社，
2005），頁 131。】，意思是陳列。「夆」讀爲「蓬」，形容氣的盛出。
【朱駿聲，《說文通訓定聲》（武漢：武漢古籍書店，1983），頁 54。】
句子說的是陳列的鼎香氣昇起，乃能「登于上下」。

吳鎮烽先生在同時年 11 月發表的〈獄器銘文考釋〉一文中，則斷作「亡不
鼎燓（武案：吳文釋爲爩）夆，馨香則登於上下」，並謂：

「亡」，讀作「無」，用作否定詞……「鼎」字除用作器銘外，還有
方當、正在之義。《正韻》：「鼎，當也。」《漢書・匡衡傳》：「無說

詩，匡鼎來。」注云：「服虔曰：鼎，猶言當也，若言匡且來也。」《漢書·賈誼傳》：「天子春秋鼎盛。」應邵曰：「鼎，方也。」「𪊧牽」即芬芳。𪊧通芬，《周禮·司官·司几筵》：「設莞筵紛純」，鄭注引鄭司農云：「紛讀爲𪊧」。紛、芬同聲。牽通芳。《史記·項羽本紀》的蠭（同蜂）午，《漢書·霍光傳》作旁午，是蜂旁相通之證。蜂從牽聲，旁從方聲，故牽、芳亦可通。芬芳見于先秦文獻，《楚辭·思美人》：「妒佳冶之芬芳兮，嫫母姣而自好。」《荀子·榮辱篇》：「口辨鹹酸甘苦，鼻辨芬芳腥臊。」「上下」指天地，《書·堯典》的「光被四表，格於上下」傳：「故其名充溢四外，至於天地。」……銘文大意是：**獄**製作了有文德的先父甲公的珍貴祭器，每天早晚用其香氣遠聞的祭品享祀於上天眾多的神靈，無不正芬芳濃郁，馨香充滿天地……【吳鎮烽：〈獄器銘文考釋〉，《考古與文物》第 6 期（2006年 11 月），頁 58～65。】

比較上揭各家之說，筆者認爲當以裘錫圭先生解釋「亡不鼎」句和李家浩先生解釋「燹牽馨香」句最爲合理。李先生說難度很大的「燹牽馨香」句，尤解人頤。而其他說法從釋讀、斷句、語法、證據等方面考量，則都難稱圓滿。筆者過去的說法，更是應該拋棄。

◎裘錫圭 [註13] ：

「燹」字，《考釋》釋爲「𪊧」。「燹」、「𪊧」本由一字分化，前人早已指出，可參看《金文詁林》「燹」字條。【周法高主編：《金文詁林》第十二冊，第 5976 頁潘祖蔭引周孟伯說、第 5980 頁柯昌濟說，香港中文大學，1975 年。】《考釋》讀「𪊧牽」爲「芬芳」：𪊧通芬。《周禮·春官·司几筵》「設莞筵紛純」，鄭注引鄭司農云：「紛讀爲𪊧。」紛、芬同聲。通芳。《史記·項羽本紀》的蠭（同蜂）午，《漢書·霍光傳》作旁午，是蜂旁相通之證。蜂從牽聲，旁從方聲，故𪊧、芳亦可通。芬芳見于先秦文獻，《楚辭·思美人》「妒佳冶之芬芳兮，嫫母姣而自好。」《荀子·榮辱篇》「口辨鹹酸甘苦，鼻辨芬芳腥臊。」

〔註13〕 裘錫圭：〈獄簋銘文補釋〉，《安徽大學學報》2008 年第 4 期，頁 1～6。其文又見復旦大學「出土文獻與古文字研究中心」網站，2008 年 4 月 24，http://www.gwz.fudan.edu.cn/SrcShow.asp?Src_ID=411。

【此文關於「蠭午」、「旁午」的引證稍欠精確，吳振武先生在《范解楚簡「蒿（祭）之」與李解獄簋「燹夆馨香」》（2007 年台北「中國簡帛學國際論壇」論文）中引用此文時加有括注：現抄錄于下：武案：朱駿聲《說文通訓定聲》「蠭」下曰：「《史記・項羽紀》『楚蠭起之將』集解：『猶言蠭午也。』《漢書・劉向傳》『蠭午並起』注：『猶雜沓也。』按與『旁午』同。」（7 頁）】，其說可從。

《「馨」文》對簋銘「其日夙夕用芣𣄚香𩫖示于芣百神，亡不鼎，燹夆𣄚香，則登于上下」之文有解釋。此文釋「𣄚」爲「馨」，以爲「𩫖示」即瘭簋銘的「敦祀」，「是厚祀的意思」，都可從；但將「亡不鼎之「鼎」讀作『丁』，作當、逢講，將「燹夆」試讀作『巡逢』（燹、巡同爲精系文部字）」，則有問題。我在 2006 年 4 月讀過吳振武先生賜寄的《「馨」文》打印稿後，曾復信提出「亡不鼎」之「鼎」似可讀爲甲骨祭祀卜辭中屢見的「又（有）正」之「正」，「燹夆」似可讀爲「芬芳」。吳先生在正式發表的《「馨」文》的「附記」中提到了此事。他還提到李家浩先生的復信認爲「簋銘『燹』當燒講，『夆』則應讀作蓬蒿之『蓬』。」【吳振武：〈試釋西周獄簋銘文中的「馨」字〉，《文物》2006 年第 11 期。】

2007 年 11 月，「中國簡帛國際論壇」2007 年會議在台北台灣大學舉行，吳振武先生提交了《范解楚簡「蒿（祭）之」與李解獄簋「燹夆馨香」》文中對他在《「馨」文》附記中提到的我和李家浩先生復信的原文作了引證。

吳先生在此文中表示同意我讀「鼎」爲「正」的意見，並補充說：

裘先生惠函曰：「燹夆馨香」之「燹夆」，疑可讀爲「芬芳」。《說文・門部》之「𨷲𨵦」即「繽紛」，金文地名「燹」各家多以爲即「豳」（邠），故「燹」可以讀爲「芬」。「夆」屬東部（中古合口三等字），「芳」屬陽部（中古亦合口三等字）。東、陽二部音近（與「夆」同從「丰」聲之「邦」，金文多與陽部字韻，陳世輝先生似有「邦」字本當屬陽部之說）。故「夆」似亦有可能讀爲「芳」。《荀子・榮辱》：「鼻辨芬芳腥臊。」（2006 年 4 月 15 日）

李家浩先生惠函曰：「燹夆馨香」句的解釋，則有問題。從語法和文意來看，下一分句的「則」是連詞，表上一分句所說的結果。「登」

訓爲「升」,與《詩·大雅·生民》「其香始升,上帝居歆」之「升」同義。此句是說「爇苯馨香」之後,其香氣就「升于上下」,而不是說「百神在天巡視,逢遇祭祀之馨香,即來顯靈。」《禮記·郊特牲》有一段文字,對於理解銘文「爇苯馨香,則登于上下」的文意很有幫助。原文說「周人尚臭……蕭合黍稷,臭陽達於牆屋,故既奠,然後焫蕭合羶薌。」鄭玄注:「奠,謂薦孰(熟)時也。〈特牲饋食〉所云『祝酌奠于鉶南』是也。蕭,薌(香)蒿也。染以脂,合黍稷燒之。《詩》云『取蕭祭脂』。羶,當爲『馨』,聲之誤也。奠,或爲『薦』。」鄭注引《詩》見於《大雅·生民》孔穎達疏:「言宗廟之祭,以香蒿合黍稷,欲使臭氣通達於牆屋,故記酌於尸。己奠之而後燒此香蒿,以合其馨香之氣,使神歆饗之。」頗疑簋銘「爇苯馨香」與〈郊特牲〉「焫蕭合羶(馨)薌(香)」有關。「爇」應與「焫」相當。「焫」或作「蒸」,燒也。「爇」也有燒義。《廣韻》上聲獮韻「爇」字注引《字林》云:「逆燒。」「苯」應與「蕭」相當,疑「苯」應該讀爲「蓬」。《說文》艸部:「蓬,蒿也。」徐灝《說文解字注箋》引《本草》唐本注云:「白蒿……俗呼爲蓬蒿。」據李時珍《本草綱目》所說,「蕭」也爲白蒿(見 1995 年人民衛生出版社校點本上冊 946~947 頁)。《禮記·郊特牲》孔穎達疏:「馨香,謂黍稷也。」據此,銘文的大意是說:早晚用黍稷祭奠百神,然後將黍稷混合蓬蒿一起焚燒,其香氣就升於上下,使百神歆饗之。(2006 年 5 月 1 日)

比較上揭各家之說……李家浩先生解釋「爇苯馨香」句最爲合理。……而其他說法從釋讀、斷句、語法、證據等方面考量,則都難稱圓滿(引者按:「斷句」指《李文》以「鼎爇苯馨香」爲句,《考釋》以「亡不鼎圖苯」爲句)。筆者過去的說法,更是應該拋棄。我讀此文後,仍然保持原來的看法。我對「爇苯」二字的釋讀與吳鎮烽先生不謀而合,二人所舉語音方面的證據可以互補。這裡有兩點需要補充說明。以從「爇」聲的「圖」的讀音證「爇」字可與從「分」聲之字通,是受了龍宇純先生的啓發。保利藝術博物館所藏的爇公盨發表後不久,龍先生來信主張讀「爇公」爲「圖公」,舉了這條證據。後來龍先生又

告訴我，這一點前人其實已經提到過。我最近讀了《金文詁林》「燹」字條，看到高田忠周主張釋「燹」為「闢」（引者按：金文之「燹」即「燹」字，早已成為多數學者共識），指出金文用為邑邦名的「燹」、「燹」，「或謂假借為豳，豳同邠⋯⋯豳、闢同聲」。【周法高：《金文詁林（第十二冊）》（香港：香港中文大學，1975年），頁5979。】龍先生大概就是指此而言的。「闢」、「紛」同音，「芬」、「紛」亦同音，「燹」當然可以讀為「芬」。我在信中提到的陳世輝先生的意見，見其《金文韻讀續輯（一）》蔡侯鍾條之注。【陳世輝：《金文韻讀續輯（一）》載《古文字研究（第五輯）》（北京：中華書局，1981年），頁176】總之，我認為讀「燹夆」為「芬芳」，在語音方面是通得過的。

另一方面，讀「夆」為「蓬」，認為系指祭祀時焚燒的香蒿，則多少有些可疑。在漢唐時代，確如李家浩先生所指出，「蓬」、「蒿」已有混稱現象。但在先秦文獻中出現的「蓬」，如《詩・召南・騶虞》「彼茁者蓬」、《衛風・伯兮》「首如飛蓬」等，都指與蒿不同的蓬草；「蓬蒿」則分指蓬草和蒿草，如《國語・吳語》「以刈殺四方之蓬蒿」、《禮記・月令》（孟春之月）「藜莠蓬蒿並興」，似乎還沒有見到稱蒿為「蓬」的例子（《辭源》「蓬」字注以蓬草——即飛蓬——與後世所謂「蓬蒿」——即茼蒿——混為一談，大誤）。所以西周中期的人會不會把祭祀時焚燒的香蒿稱為「蓬」，恐怕是一個問題。

把「燹夆馨香」讀為「芬芳馨香」，放在簋銘上下文裡來看也是合適的。本句前一句中「用厥馨香敦祀于氒百神」的「馨香」，指有馨香之氣的祭品。《左傳・僖公五年》：「若晉取虞，而明德以薦馨香，神其吐之乎？」「馨香」二字用法與此同。上錄李先生致吳先生信中所引《禮記・郊特牲》孔疏「馨香謂黍稷」，如用來解釋此一「馨香」，是合適的。不過從簋銘「馨」字從「鬯」來看，指祭品的「馨香」應該也可以包括其他有馨香之氣的物品。而「芬芳馨香則登于上下」中的「芬芳馨香」，則顯然是指香氣本身而言的。

古代哲人認為祭祀者必須有馨香之德，登聞于神，神才會接受他的祭祀，祭品的馨香才會起作用。《左傳・僖公五年》記宮之奇諫虞公之言云：

> 臣聞之，鬼神非人時親，惟德是依。故《周書》曰：「皇天無親，惟
> 德是輔。」又曰：「黍稷非馨，明德惟馨。」又曰：「民不易物，惟
> 德繄物。」（杜預注：「黍稷牲玉，無德則不見饗，有德則見饗，言

物一而異用。」）如是，則非德，民不和，神不享矣。神所憑依，將
在德矣。

前面引過的《左傳・僖公五年》說到「荐馨香」的那句話，就是緊接此文之後
的。此文所引《周書》，皆爲逸《書》之文，但都已被采入僞古文《尙書》。「黍
稷非馨」句被采入《君陳》篇：

我聞曰：至治馨香，感于神明，黍稷非馨，明德惟馨。

僞《孔傳》釋云：

所聞之（之，有的本子作「上」）古聖賢之言，政治之至者，芬芳馨
氣，動于神明，所謂芬芳非黍稷之氣，乃明德之馨，勵之以德。

「芬芳馨氣」與「芬芳馨香」同義。《國語・周語上》「（惠王）十五年有神降于
莘」條記內史過答惠王之言云：

國之將興，其君齊明衷正，精潔惠和。其德足以昭其馨香，其惠足
以同其民人。神饗而民聽，民神無怨，故明神降之，觀其政德而均
布福焉。國之將亡，其君貪冒辟邪，淫佚暴虐。其政腥臊，馨香不
登。其刑矯誣，百姓攜貳。明神不蠲而民有遠志。民神怨痛，無所
依懷。故神亦往焉，觀其苛慝而降之禍。

韋昭注「其德足以昭其馨香」句云：

馨香，芳馨之升聞者也。

注「其政腥臊，馨香不登」句云：

腥臊，臭惡也。登，上也。芳馨不上聞于神，神不饗也。《傳》曰：
「黍稷非馨，明德惟馨。」

「芳馨」也與「芬芳馨香」同義。

上引《國語》的那段話，應該是以《尙書》的《酒誥》和《呂刑》爲依據
的。《呂刑》說上古苗民做虐刑，「上帝監民，罔有馨香德，刑發聞惟腥。皇帝
（即上帝）哀矜庶戮之不辜，暴虐以威，遏絕苗民，無世在下。」《酒誥》述殷
末統治者之失德云：

……弗惟德馨香祀登聞于天，誕惟民怨（僞《孔傳》：紂不念發聞其
德，使祀見享，升聞于天；大行淫虐，惟爲民所怨咎）。庶群自酒，

腥聞在上。故天將喪于殷，罔愛于殷，惟逸（僞《孔傳》：紂眾群臣
用酒沈荒，腥穢聞在上天，故天下喪亡于殷，無愛于殷，惟以紂奢
逸故）。

從《酒誥》可知這種思想在西周初年即已存在。

簋銘的「芬芳馨香」大概語帶雙關，兼指器主舉行的祭祀及其德行的芳馨
之氣。《考釋》解釋「登于上下」說：「上下」指天地。《書‧堯典》的「光被四
表，格于上下」傳：「故其名充溢四外，至于天地。」……《爾雅‧釋詁》「登，
升也。」「馨香則登于上下」（引者按：《考釋》將「芬芳」斷屬上句，非是）與
《者減鍾》的「鯀鯀仓仓（鏘鏘），其登于上下，聞于四旁（方）」之句可相比
附。【吳鎮烽：〈獄器銘文考釋〉，《考古與文物》2006 年第 6 期。】其說可資參
考。「芬芳馨香則登于上下」，其意似即芳馨之氣升聞天上、地上之眾神明。

簋銘上一句說器主「其日夙夕用厥馨香敦祀于厥百神，無（或『罔』）不正」，
兩個「厥」字都是指器主的領格代詞。這種「厥」字西周金文常用，不煩舉例。
西周銅器銘文屢稱器主的先人為神，如稱「文神」、「文神人」、「皇神」、「先神」
等。【㽙鍾「用追孝敦祀各樂大神」（《殷周金文集成》1.247～250）、㽙簋「作
祖考簋，其敦祀大神」（同上，8.4170～4177），「大神」也都指先人。】此文的
「厥百神」無疑指器主一族的眾多先人。從西周銅器銘文多言作器以祭祀先人
並向他們祈福來看，這樣的理解也是很合理的。

「其日夙夕用厥馨香敦祀于厥百神，無（或『罔』）不正」與「芬芳馨香則
登于上下」，是相關而相對的兩件事。楊樹達《詞詮》指出，虛詞「則」有「表
文中對待之關係」的一種用法；有時相關的兩句都用「則」，如「天地則已易矣，
四時則已變矣」（《禮記‧三年問》）：有時只有後一句用「則」，如「我辭禮矣，
彼則以之」（《左傳‧襄公十年》）。【楊樹達：《詞詮》，（北京：中華書局，1965
年），頁 275～276。】「芬芳馨香」後的「則」字就屬于這一類。所以從語法上
看，將「燹夆馨香」讀為「芬芳馨香」也是沒有問題的。

◎朱鳳瀚〔註14〕：

釋文：獄肇乍（作）朕文考甲公寶䵼（鸞）彝，其日夙夕用𢆷（厥）聰（馨）

〔註14〕朱鳳瀚：〈衛簋與伯獄諸器〉，《南開學報》2008 年第 6 期，頁 1～6。

香韋（敦）示（祀）于丕（厥）百神，亡不鼎燹（肆）夆（蓬），聰（馨）香則羧（登）于上下。

伯獄簋的腹、蓋滿飾乳丁方格雷紋，與寶鷄茹家莊 M1 出土的強伯簋形制、紋飾相同，張長壽、陳公柔、王世民《西周青銅器分期斷代研究》就此形的簋有過一段話，指出這種通體都有紋飾，即所謂滿花的簋，其年代最晚者大體在穆王時期，「自此後，不見圈足簋飾滿花者」【張長壽、陳公柔、王世民：《西周青銅器分期斷代研究》，北京，文物出版社，1999 年。】。強調了作此種滿花設計的簋的年代特徵。依照此說，并考慮與其他獄器及衛簋之聯繫，似可將伯獄簋的年代定在穆王晚期。此簋銘文中有非常重要的一句話，即開首的「獄肇作朕文考甲公寶鼎彝」。關於兩周金文中「肇」字之詞義，筆者曾有專文論述，認爲「肇」並非像過去有些學者所主張的句首發聲虛詞，而應從漢人之說，訓爲「始」。故所謂「肇作」某器，應理解爲器主首次作宗廟祭祀禮器【拙文《論西周金文中「肇」字的字義》，《北京師範大學學報》2000 年第 2 期】。如此，則伯獄簋應是伯獄承繼其父甲公而爲宗子後首次爲父考所作之器，時間上自然要早于紀時爲「十又一月」的、同樣是爲「父考甲公」所作的簋。獄鼎的形制垂腹甚劇，滿腹飾斜勾連雷紋構成的三角紋，其紋飾風格與伯獄簋相近，且銘文言「肇作朕文考甲公寶鼎彝」，蓋爲同時或接近同時所作器。

伯獄簋與衛簋均有接近相同的一段銘文，即「亡不則（伯獄簋作『鼎』）燹夆馨香，則登于上下，用匃百福、萬年，俗茲百生，亡不廮魯」。第一個「亡不」，其後一字衛簋甲、乙均作「則」，但伯獄簋作「鼎」，疑「鼎」乃「剆（則）」之訛。

這裡的「則」，似當據《爾雅·釋詁》訓爲「常」，正與其前「其日夙夕」敦祀百神云云相合。「燹」可讀「𤎩」，爲「肆」之古文，《詩·大雅·行葦》「或肆之筵」，毛傳曰：「肆，陳也。」即陳設、陳列之謂。李學勤先生文中已有此說。「夆」可讀作「蓬」，《文選·笙賦》「鬱蓬勃以氣出」，注云：「蓬勃，氣出貌。」蓬、勃應是義近詞連用。

綜上所言，「亡不則燹夆」可理解作「亡不常肆蓬」，即無不經常陳設祭品以施放馨香之氣味。

◎劉源〔註15〕：

　　朱鳳瀚一文公布了香港私人收藏家中所見甲、乙二件衛簋及其銘文的照片資料（另有同銘、同形制的二簋已爲內地博物館與私人收藏）。朱鳳瀚教授指出，據二簋的形制、紋飾與字體風格來看，其時代在西周中期中葉。2005年9月回購的獄組器與衛簋甲、乙的銘文格式與用語基本相同，只是作器者不同，即分別爲獄與衛。獄器已由吳鎮烽教授著錄6件，即獄鼎1、伯獄簋甲乙2、獄盤1、獄盉1、獄簋甲1，另有獄簋乙1藏于台灣某私人手中。朱鳳瀚教授還見到與獄簋同形銘器2件，故獄簋與衛簋皆4件1套。

　　朱鳳瀚教授認爲，衛與獄均言「父考甲公」作器，說明二人是親兄弟，但獄曾自稱「伯獄」，應是兄長。至於獄組器與衛簋諸器的年代順序，朱鳳瀚教授同意李學勤教授對獄組器鑄造時間的看法，即獄鼎、伯獄簋最早，獄盤、獄盉與獄簋較晚。朱鳳瀚教授指出，伯獄簋與獄鼎均言「肇作朕文考甲公寶將彝」，應是獄繼承其父甲公爲宗子後首次作器，再結合其器形、紋飾及與其他獄器和衛簋的聯繫來看，其時代可定在穆王晚期。獄器中剩下的獄盤、獄盉、獄簋與衛簋銘文中的月份、月相、干支，可排穆共之際的一段時間內，但無論如何排，四月獄盤、獄盉與八月衛簋要排在一年。而十一月獄組器與衛簋的年代順序可圖示如下：

　　（1）伯獄簋（甲、乙）、獄鼎→（2）獄盤、獄盉→（3）衛簋（甲、乙）→（4）獄簋（甲）

　　「無不則𣊟夆馨香」之「則」可證伯獄簋相應的「鼎」或即「則」之訛，該句可讀爲「無不則肆蓬」，即無不經常陳設祭品以施放馨香氣味。

◎張光裕〔註16〕：

一、獄簋兩組

（一）A組：I式獄簋（共四器）

侈口，鼓腹，雙耳上飾獸首形，下帶垂鈎狀方形小珥，口沿下前後浮雕獸

〔註15〕劉源：〈朱鳳瀚教授發表《衛簋與伯獄諸器》〉，「先秦史」網站，2009年1月23日，http://www.xianqin.org/blog/archives/871.html。

〔註16〕張光裕：〈樂從堂獄簋及新見衛簋三器銘文小記〉，《中山大學學報》，2009年第5期，頁11～14。

首各一，左右各有垂冠回首分尾鳳鳥紋，兩兩相對，圈足環飾弦紋兩道，蓋頂捉手帶穿，蓋沿亦飾相對回首鳳鳥紋，由形制花紋及銘文字體、行文風格，皆具西周中期特色。

1. Ⅰ式獄簋（甲）

蓋、器對銘，蓋銘8行，89字，器銘漏鑄「香」字，僅得88字。原見《海外回流青銅器觀摩研討會參考資料》。【上海崇源：《海外回流青銅器觀摩研討會參考資料》，2005年9月。】

2. Ⅰ式獄簋（乙）

蓋、器對銘，蓋銘8行，89字，現藏台北樂從堂。是器完好，蓋、器銘文亦清晰，器身內外仍可得見部分原銅光澤，誠可珍寶。

3. Ⅰ式獄簋（丙）

蓋、器對銘，蓋銘8行，88字，當中所見原器器身前方有竹篾狀銹斑，蓋銘中段有大幅綠銹掩蓋，其餘部分猶保留原銅光澤，是器未知現藏何所。

4. Ⅰ式獄簋

僅見殘拓，存68字。

B組：Ⅱ式獄簋（共兩器）

蓋、器滿飾方格雷紋，格中有圓形乳釘，口沿下前後飾滿浮雕獸首，並圍飾變形幾何夔紋。甲、乙二器，蓋銘各68字，器銘16字：

伯獄作甲公寶障

彝孫＝子＝其萬年用

該銘拓片原見《海外回流青銅器觀摩研討會參考資料》。

二、衛簋：「祀于乓百神，亡不則。」

學者間曾對Ⅱ式獄簋「亡不鼎」之「鼎」字有不同見解，今衛簋則稱「亡不則」，因而「亡不鼎」似亦可讀爲「亡不則」，有關「則」字字義，余嘗于《西周遺器新識——否叔尊銘之啓示》一文，「爲母宗彝刪（則）備」條下有所申說，認爲「則」字所從乃「匕」，而非「刀」形，並引「鼎」字形構與考古出土實證，以及《禮》書記述相互爲證，得見「鼎」、「匕」關係密切。而「則」字的形構，正反映了鼎和匕的配搭。在字義上表示在古禮中有一套合乎法度的形式，從而引申出帶有規範、準繩，同時隱含齊一和合乎法則的意

義。《說文》「等畫物」的解釋只不過是「則」字語意轉變後進一步的引申而已。後來「則」字被用爲「副詞」、「連詞」都多少和「則」字本義有連帶的關係。【張光裕：《西周遺器新識──否叔尊銘之啓示》，《中央研究院歷史語言研究所集刊》第70本第3分，1999年。】由是推知，衛簋稱「亡不則」或當指「祀于百神」所用祭品及禮儀皆無不合乎法度，名詞活用爲動詞。至於文獻中，「則」字之使用每有訓爲「效法」者，例如《詩·小雅·鹿鳴》：「視民不恌，君子是則是效。」《毛傳》：「是則是效，言可效法也。」《論語·泰伯》：「大哉！堯之爲君也！巍巍乎！唯天爲大，唯堯則之。」何晏《集解》：「孔曰：則，法也。美堯能法天而行化。」至于《爾雅·釋詁》：「則，常也。」「則，法也。」訓「則」爲「法」爲「常」，要皆亦本乎禮儀法則之引申，固有其本義意涵所在。若然，II式獄簋銘于「亡不則」後有「則登于上下」句，「則」字讀爲連詞固可，如作「合乎法度」解，亦似無不可。今由衛簋三器銘文所見，似可支持II式獄簋之「亡不鼎」應讀「亡不則」立爲一說。

◎佳瑜按：

「■彝」之「■」字從「爿」從「肉」下從「鼎」，字應隸爲「鼎」，當中的「爿」部件于省吾先生分析：「Ｈ字象祭祀時用以陳列肉類的几案形，故■字從之。」〔註17〕學者多皆釋爲「■」，陳劍先生在其〈甲骨金文舊釋「■」之字及相關諸字新釋〉〔註18〕一文指出：

> 此字最繁之形可嚴格隸定作「■」，其聲符部分「㸬」也曾單獨出現。「■」字的省變之形很多，隸定下來有「■」、「■」、「■」、「■」、「■」和「■」多種異體。……「㸬」本是獨立成字的，並非「■」字的簡化；「■」字中的「鼎」是形聲字的義符，未必與「㸬」構成圖形式的表意字。「㸬」字中的「刀」、「肉」與「爿」（俎）三個偏旁應該同時考慮，三者結合構成一幅整體的圖畫，就象以刀在俎上割肉之形。再結合其讀音考慮，可知「㸬」就是古書中表示「分割

〔註17〕周法高主編：《金文詁林（第四冊）》（香港：中文大學，1975年），頁1966。

〔註18〕陳劍：〈甲骨金文舊釋『■』之字及相關諸字新釋〉，復旦大學「出土文獻與古文字研究中心」網站，2007年12月29日，http://www.gwz.fudan.edu.cn/SrcShow.asp?Src_ID=282。

牲體」義的「解肆」之「肆」的本字……古書「肆」用作祭名、祭祀動詞。

據此銘文「■」字應可歸爲陳文中的 C 類字形【C 類字形：■《合集》15878 ■《合集》30999 ■《合集》15872 ■《合集》34632 ■王作右簋（6.3460）■旂父鼎（4.2144）■、■顙卣（10.5389.1、5389.2）■君夫簋蓋（8.4178）等形。】下部所從「鼎」當爲意符，字音讀爲「肆」，「鼎（肆）彝」意同獄鼎「尊彝」，祭祀之義，結合文意來看「獄肇乍朕文考甲公寶鼎（肆）彝」所說明的即是獄製作禮器是用來祭祀他美德的先祖。

「■■」之「■（香）」，《說文》：「芳也，春秋傳曰：『黍稷馨香』。」[註19]義爲形容穀物之香氣，又「■」字從邑、聖省聲，或有學者釋作「饗」，金文所見「饗」字或有作■（師克盨）、■（曶壺）對比字形釋作「饗」顯然不妥，「邑」是祭祀所用的香酒，按照吳鎮烽先生分析「邑與香可相互替代，聖、聲古音相同，可通。『馨爲後起之字』。」之說法可從，「■」字應爲「馨香」之「馨」字，《說文》：「香之遠聞也。」[註20]故「其日夙夕用厥馨香享祀于厥百神」句應是說明無論早晚時時刻刻以充滿香氣的黍稷等貢品來祭祀眾多神明。

「圝夆」之「■」字亦見齒公盨之「■」，陳英傑先生在其〈齒公盨考釋〉[註21]一文中有過詳細析論，此不贅述，或有學者認爲此字釋「肆」則應不可從。有關於「圝夆」之釋義吳振武先生試讀作「巡逢」並認爲盨銘似謂百神在天巡視，逢遇祭祀之馨香，即來顯靈，按照對下文「則登（升）于上下」之理解，若是釋爲「巡逢」恐怕與銘文意旨不合。「圝夆」二字所表達的語境應是一種動態的狀況，聯繫上文「其日夙夕用厥馨香敦祀百神」來看，香氣該如何能升于上下，則應是透過焚的這個動作過程，是故對於「圝夆」二字之釋義應從

[註19] 清・段玉裁：《說文解字注》（台北：漢京文化事業有限公司，1980 年），頁 333（七上五十七）。

[註20] 清・段玉裁：《說文解字注》（台北：漢京文化事業有限公司，1980 年），頁 333（七上五十八）。

[註21] 參見陳英傑著：《西周金文作器用途銘辭研究（下）・齒公盨考釋》（北京：線裝書局，2008 年 10 月），頁 589～594。

李家浩先生所說，與〈郊特牲〉「焫蕭合羶（馨）薌（香）」有關，銘文「圝」字應與「焫」相當，「焫」或作「爇」，燒也，至於二字音讀則從裘錫圭先生之說讀爲「芬芳」，透過「芬芳馨香」的氣味使得百神願意親近藉此求得福佑。

又「亡不〔image〕」之「〔image〕」字，陳全方、陳馨等先生釋爲「亡不鼎（貞）」，吳鎮烽先生則認爲「亡，讀作無……鼎字除用作器銘外，還有方當、正在之義。」李學勤先生亦釋「亡不鼎」無說，朱鳳瀚先生認爲「亡不鼎」之「鼎」應爲「勛」（則）之訛，吳振武先生則是認爲「鼎」讀如「丁」，作當、逢講，裘錫圭先生指出「鼎」似可讀爲甲骨祭祀卜辭中屢見的「又（有）正」之「正」，又張光裕先生認爲「亡不鼎」似可讀爲「亡不則」「則」字在字義上表示在古禮中有一套合乎法度的形式，從而引申出帶有規範、準繩，同時隱含齊一和合乎法則的意義。

上述諸說各具啓發性，首先有關於甲骨祭祀卜辭的「又（有）正」之「正」的釋義，根據劉釗先生分析所說：「正，中也、直也。正中平直，不高不下，不偏不曲之謂也。《書·說命上》：『惟木從繩則正。』《論語·鄉黨》：『席不正不坐。』由『正中平直，不高不下，不偏不曲』可引申出『適當』、『正當』之義。古『正』與『當』音義皆通，『正』在章紐耕部，『當』在端紐陽部。聲皆爲舌音，韻爲旁轉。『正』有『中』義，『當』亦有『中』義，《集韻·宕韻》：『當，中也。』可證。」〔註22〕又季旭昇先生亦指出「正字表示正當、貼切。」〔註23〕

銘文「亡不鼎」句可與甲骨卜辭「雨不正」句聯繫對照參看，經由學者的論證可知卜辭所謂的「雨不正」是說「雨下得不是時候」，換句話說也就是說透過祭祀上蒼祈求雨下得適切、洽當。故筆者認爲此字應非如李學勤先生所言「勛（則）之訛」，下文已有「〔image〕」字，從「〔image〕」字形看來鑄器者應非無意，二者之間無所謂訛字問題，按照上下文意判斷，首言「獄制作這組青銅禮器用來鼑（肆）彝先父……于厥百神。」下文接著又說「芬芳馨香則登（升）于上下，用匄百福。」其義是否近同《左傳·桓公六年》所言：「所謂馨香，無讒慝也。故務其三時，修其五教，親其九族，以致其禋祀，於是乎民和而神降之福，故動則有成。」〔註24〕所說明的是欲求鬼神之降福在於沒有邪惡之

〔註22〕劉釗：〈卜辭「雨不正」考釋〉，《殷都學刊》2001 年第 4 期，頁 2。

〔註23〕季旭昇：〈《雨無正》解題〉，《古籍整理研究集刊》2002 年第 3 期，頁 14。

〔註24〕清·阮元：《十三經注疏·左傳》（台北：藝文印書館，1985 年），頁 109。

心,所以在致力三時方面以及推行五教加上親近九族這些層面,皆以虔誠的心祭祀宗廟鬼神,因此能順利獲得成功,正是所謂馨香遠聞的結果,倘若推斷無誤,據此則「亡」字應可釋爲「無」,「沒有」之義;而「不」字是否可理解爲「不好的、負面的」意思來使用,此處█(貞)在音讀上可通假爲「正」字,「貞」上古爲端紐耕部字,「正」上古爲章紐耕部字,〔註25〕從音理上思考韻部相近且照三系古讀舌頭音,此外亦可見相關通假之證,如:《緇衣》:「《寺(詩)》員(云):『情(靖)共尔(爾)立(位),好氏(是)貞(正)植(直)。』」《緇衣》:「《寺(詩)》員(云):『隹(誰)秉彧(國)成,不自爲貞(正),卒袋(勞)百眚(姓)。』」〔註26〕另外從語境判斷應是強調「夙夕用厥馨香享祀」是正在進行的一種祈求的形式情境,也就是上文所說的恰當、適切,因爲沒有違背天或是犯錯,所以馨香享祀這件事是非常適當且合宜的,故而能使芬芳馨香升之無不正而感通鬼神,則裘錫圭先生釋「正」之說,可從。下文「用匃百福」承上文「升于上下」而來,因爲能夠適當的合宜的感通鬼神,從而也能順利的祈求到百福的降臨。

從銘文「獄作甲公寶鼎(肆)彝,其日夙夕用厥馨香享祀于厥百神」或「馨香則升于上下,用匃百福」句可知周人極度重視「祭祀」之禮儀,並且對於祖先追孝享孝之觀念顯然已經非常普遍,針對這一點有研究指出「周代人們之所以大量製造青銅器去祭祀先祖,其主要目的還不在于追思父母先祖,不在于僅僅是盡孝道,而是爲了一個很現實的功利性的目的,這就是祈福求佑。」〔註27〕此說法具有啓發意義然並非絕對,倘若排除功利性這一問題,無可置疑西周孝道思想確實影響深遠,其內函概括「奉養長輩謂之孝;繼承長輩經驗謂之孝;致力於父業承繼父祖之業謂之孝。」〔註28〕且「孝之爲孝禮,乃是發乎自然人倫的文明形式」〔註29〕誠如《禮記‧曲禮》有云:「禱祠祭祀,供給鬼神,非禮不誠不莊。是以君子恭敬撙節退讓以明禮。」或者《禮記‧祭義》又云:「孝子

〔註25〕郭錫良:《漢字古音手冊(增訂本)》(北京:商務印書館,2010),頁 421。

〔註26〕白於藍:《簡牘帛書通假字字典》(福建:福建人民出版社,2008 年),頁 284。

〔註27〕何飛燕:〈從周代金文看祖先崇拜的二重性特點〉,《人文雜誌》2008 年第 4 期,頁 150。

〔註28〕徐難于:〈再論西周孝道〉,《中國歷史博物館集刊》2000 年第 2 期,頁 6~9。

〔註29〕吳凡明:〈西周孝之爲孝禮的規定性〉,《井岡山大學學報》,2010 年第 3 期,頁 31。

將祭祀，必有齊莊之心以慮事。」「孝道」所體現的內在精神非僅在於功利性上，透過文獻所載大略可知「恭敬」、「撙節」、「齊莊之心」皆爲必要條件，相對而言「重禮」也因是此時期最重要的核心概念，換言之宗法制度發展至此已趨於完備並有其一套規範的禮制性，透過主體思想來傳達「孝道」之觀念，功利性或許可納爲人文精神之一小部分，「孝是通過宗法力量來強化同族內部的血緣和政治關係的認同和凝聚」〔註30〕此外擁有一顆虔誠尊敬之心以及好的德行修養方能祈得福佑，也即是所謂「至治馨香，感于神明，黍稷非馨，明德惟馨」。

2. 邁年俗兹百生，亡不穷臨踜魯，孫孫子其邁年坒寶兹彝，其諜母望。

◎陳全方、陳馨〔註31〕：

獄簋 3 件：形制相同，有蓋，獸首雙耳帶珥，鼓腹，圈足（圖 6、8）。均有銘文，其中甲、乙二件銘文相同，釋文：用匄百福邁（萬）年，俗（欲）兹百生（姓）亡（無）不穷臨踜魯，孫孫子子其邁（萬）年永寶用兹彝，其諜（世）母望（忘）。

◎吳鎮烽〔註32〕：

「邁年俗兹百生」。「邁」，即萬；俗，讀爲裕。豐裕、優裕之義，在此用作動詞，「裕兹百生」就是使這些百姓豐裕。「百生」即「百姓」，即奴隸主貴族，與戰國以後作爲平民稱呼的百姓不同。全句是說：「永遠將使這些貴族們豐裕。」

「亡（無）不穷踜魯」。「穷」字不識。《爾雅·釋詁》：「臨，視也。」孟鼎有「古（故）天異臨子（慈）」，于省吾說：「言天對于（文王）之慈惠，特加殊異臨視也，猶今俗書牘言青睞。」《詩·魯頌》：「上帝臨女」，疏：「臨者，在上臨下之名。」《穀梁傳·哀公七年》：「春秋有臨天下之言焉，有臨一國之言焉，有臨一家之言焉。」注云：「臨者，撫有之也。」也就是臨禦、擁有之義。「踜」字右從夆，左旁像兩個臣字正反相連，中間共用一筆，當爲「臣」字的繁構，夆爲聲符。該字未見字書，其義不詳。從上下文看，似應讀爲逢，《書·洪範》：「身其康強，子孫其逢吉。」馬注：「逢，大也。」「魯」訓爲

〔註30〕陳英傑：《西周金文作器用途銘辭研究》（北京：線裝書局，2008 年），頁 290。

〔註31〕陳全方、陳馨：〈新見商周青銅器瑰寶〉，《收藏》2006 年第 4 期，頁 92。

〔註32〕吳鎮烽：〈獄器銘文考釋〉，《考古與文物》2006 年第 6 期，頁 60。

嘉，美善之義。臣卣的「受厥永魯」，就是受厥永嘉，永久享受美善。所以魯也通嘏，嘏者福也。《師丞鍾》:「用祈屯（純）魯永命。」《詩·魯頌·閟宮》:「天錫公純嘏，眉壽保魯。」箋:「純，大也；受福曰嘏。」「畢魯」就是豐厚的福。這句的主語應就是上句的百姓，是說百神無不臨視，賜給貴族們豐厚的福祉。

「其譜母聖」。「譜」即詍字，讀爲世；「母」通毋；「聖」借爲忘。「其世毋忘」就是世世不忘。

銘文大意是：獄製作了有文德的先父甲公的珍貴祭器，每天早晚用其香氣遠聞地祭品享祀於上天眾多的神靈，無不正芬芳濃郁，馨香充滿天地。祈求神靈降以多福，永遠優裕我們的貴族。百神無不臨視，賜給貴族們豐厚的福址。子子孫孫千年萬載永遠珍藏使用此簋，世世不要忘記。

◎李學勤〔註33〕:

釋文:用匄百福邁（萬）年，俗（欲）茲百生（姓）亡不筞（鬱）臨畢魯，孫孫子子其邁（萬）年永寶用茲彝，其譜（世）毋聖（忘）。

「鬱臨畢魯」，「鬱」是調酒的香料鬱金，「臨」讀爲「隆」，【高亨，《古字通假會典》（濟南：齊魯書社，1989），頁 242。】《禮記·祭義》注:「猶多也。」「畢」字從「困」聲，「困」乃「淵」的古文，與「因」同爲影母眞部，故字讀爲「烟」。《廣雅·釋器》:「烟，臭也。」「烟魯」是氣味美好。

同這兩件〈伯獄簋〉形制、紋飾接近的，有陝西寶雞茹家莊一號墓乙室出土的〈強伯簋〉與〈伯簋〉，【盧連成、胡智生，《寶雞強國墓地》（北京：文物出版社，1988），上冊，頁 290，圖 200】但〈伯簋〉沒有蓋，該墓時代報告定於穆王。和〈伯獄簋蓋〉相類的，還有著名的〈它簋蓋〉（舊稱〈沈子簋〉，《集成》04330），器主是昭王時第三代周公之子，【李學勤，〈它簋新釋〉，收入文物出版社編輯部，《文物與考古論集》（北京：文物出版社，1986），頁 271～275。】也當在穆王前後。〈伯獄簋蓋〉銘有幾個字寫法同於〈獄鼎〉，特別是「朕」字及「考」字，兩者應作於相近的時期。

〔註33〕李學勤:《古文字與古代史·伯獄青銅器與西周典祀》（台北：中央研究院歷史語言研究所，2007 年 9 月），頁 181～182。

◎朱鳳瀚〔註34〕：

「俗」當從吳鎮鋒先生讀如「裕」，「裕茲百生」，就是讓這些「百生」富足、充裕。「百生」所指，在西周金文中似有大小之別。大者如兮甲盤所言「其唯我諸侯、百生」，其中的「百生」是指周人的多個世族，與「諸侯」並言，應即是多個世家大族之長，涵蓋範圍較大。而本銘之「百生」，是獄或衛稱其所屬家族之族人，類似于善鼎「余其用各我宗子雫百生」（《集成》2820）、叔妶簋「用侃喜百生、朋友、眾子婦」（《集成》4137）之「百生」，這種為自己親屬求福時所提及的「百生」，顯然沒有兮甲盤銘所講到的那麼寬泛。

此段銘文中，「亡不醽魯」之「醽」，所從之「囷」乃「淵」字古文。此字兩個偏旁「囷」與「夆」，究竟何者為聲符，似不好遽定。若「囷」作聲符，則此字當如上引李學勤先生釋為「烟」，可訓為「臭」，「臭魯」是指氣味之佳。如上引吳鎮鋒先生文所言，「夆」是聲符，則此字可以依其聲讀為「逢」或「龐」，皆有大意，則「醽魯」即是大吉、甚嘉之謂。這兩種讀法，從上文意看，似以後者較為妥當。

伯獄簋銘文中，「亡不醽魯」之「亡不」後有「鬱臨」二字，為衛簋銘文所無。「鬱」在這裡似可讀為「蔚」，有隆盛茂密之意。「臨」，在此可解釋為降臨，用法如同大盂鼎銘「天異（翼）臨子」、《詩經·大雅·云漢》「後稷不克，上帝不臨」，皆有自上而下降臨福佑、佑護之意。如是，則「鬱臨醽魯」可理解為隆盛地降下大的吉祥。衛簋「亡不」後逕言「醽魯」，其大意未變。

◎裘錫圭〔註35〕：

「用匄百福萬年」，是器主為自身祈福。「俗（欲）茲百生（姓）亡（無／罔）不寐夆（厥）臨醽魯」是為「茲百姓」祈福。後一句還需要作些解釋。

「不寐夆」三字寫得非常緊湊，只占二字地位，情況與此銘上文「亡不鼎」三字全同。「夆」字寫法與罌作夆卣、小臣遞簋、司土司簋等類同，【容庚：《金文編》（北京：中華書局，1985年）。】而與本銘其他兩個「夆」字不同。本銘

〔註34〕朱鳳瀚：〈衛簋與伯獄諸器〉，《南開學報》2008年第6期，頁6。

〔註35〕裘錫圭：〈獄簋銘文補釋〉，《安徽大學學報》2008年第4期，頁1～6。其文又見復旦大學「出土文獻與古文字研究中心」網站，2008年4月24，http://www.gwz.fudan.edu.cn/SrcShow.asp?Src_ID=411。

兩個「圝」字寫法有異，兩個「亡」字的寫法與「匃」字「亡」旁不同，「坴」字「止」旁寫法與兩個「邁」字和「譴」字的「止」旁不同。所以「坴」字寫法的不同毫不足怪。各家皆合「宷坴」爲一字，《考釋》隸定爲「楙」而無說，【吳鎮烽：〈嶽器銘文考釋〉，《考古與文物》2006 年第 6 期。】《李文》也隸定爲「楙」，括注「鬱」字，謂「『鬱』是調酒的香料鬱金。」【李學勤：〈伯嶽青銅器與西周典祀〉載陳昭容：《古文字與古代史（第一輯）》（台北：「中央研究院」歷史雨言研究所，2007 年）。】西周金文「鬱」字，兩「木」之間，俯身人形或其變形之上，皆有「大」形【《金文編》釋此字爲「鬱」而不釋作「鬱」不妥】本銘 ![字] 上並無「大」形，似不能與其上「宷」字合爲一字而釋作「鬱」。釋作「鬱」，文義也難以講通。

我認爲「宷」應是「㐭」（廩）的形聲異體，從「宀」與「廩」從「广」同義，「林」用作「廩」的聲旁也十分合適。「林」、「廩」上古音都屬來母侵部，中古音都屬開口三等，彼此只有聲調之異，古可通用。古籍中先秦齊地名「庸廩」亦作「庸林」。【高亨、董治安：《古字通假會典》（濟南：齊魯書社，1989 年），頁 241。】西周前期銅器員鼎有地名「眠㪤」，「㪤」即「㐭」字繁文（可能本爲其動詞用法的專字，當廩藏、廩給講），【參看周法高主編《金文詁林》第八冊，第 3880 頁馬簸說「敼」字部分。】郭沫若在《殷周青銅器銘文研究·雜說林鍾、句鑃、鉦、鐸》中謂「眠㪤」即「眠林」。【郭沫若在《兩周金文辭大系考釋》中則只將此字隸定爲「㪤」而無說，《郭沫若全集·考古編》，第 75 頁，科學出版社，2002 年。】《左傳·襄公十九年》「季五子以所得于齊之兵作林鍾」及《國語·周語下》「王將鑄無射而爲之大林」之「林」，在西周鍾銘中作「欝」、「嗇」、「敼」、「劃」、「䨪」、「鐺」、「鐮」、「鑑」等字。【容庚等：《金文編》第 410～411 頁「欝」字條，中華書局，1985 年。】前三字皆「㐭」（廩）或「稟」之異體。【參看周法高主編《金文詁林》第七冊，第 3575 頁林義光說、3573～3574 頁張運開說，香港中文大學，1975 年。並參看《金文詁林》第八冊，3879～3881 頁馬簸說。】「敼」即前引「㪤」之繁文。「欝」可視爲「㐭」字加注「林」聲之繁文。【參看《金文詁林》第七冊，第 3575 頁林義光說。林義光以爲「欝」由「嗇」變來，恐有問題。因「嗇」似應爲「嗇」而非「稟」。他說「林亦聲」，則是有道理的。還可參看《金文詁

林》第八冊，第 3882 頁張日升案語。】西周時代的免簋、免簠有「斅」字，大簋蓋銘亦有此字，而器銘則作「替」。【「斅」字，《金文編》亦收入「替」字條，見第 411 頁。免簋及免簠（《金文編》稱「免簠二」）之「斅」，爲器主免所「司」之對象，郭沫若釋讀爲「林」（《金文詁林》第八冊，第 3878 頁），于省吾釋讀爲「󰀀」（《金文詁林》第八冊，第 3878～3879 頁）。大簋「余弗敢替斅」之「替斅」，郭沫若讀爲「婪」，又謂「如僅依聲組讀爲吝字亦可」（《金文詁林》第八冊，第 3871 頁）。楊樹達從孫詒讓初說釋讀爲「遴」（《金文詁林》第八冊，第 3875 頁）。「吝」、「遴」音義接近。「吝」屬文部，「遴」屬眞部，「林」、「亩」屬侵部。侵部與眞、文存在通轉可能。】「斅」亦當是「啟」之繁文，可與「替」爲「亩」之繁文互證。第四字應爲從「替」聲之字。從「金」從「亩」、「稟」或「替」聲之字，則可視爲「林鍾」之「林」的專字。【周法高：《金文詁林》第八冊，香港：香港中文大學，1975 年。】總之，「林鍾」之「林」這個詞，典籍用「林」字表示，金文則用「亩」或「稟」字（強運開認爲「古廩、稟爲一字」，見《金文詁林》第七冊，3573 頁）以及從「亩」或「稟」聲之字表示。從「林」與「亩」（稟）的密切關係來看，將「㮚」釋爲「亩」（廩）的異體，應該是合理的。

　　簋銘「㮚」（廩）字當讀爲「稟（廩）受」之「稟」。《左傳·昭公二十六年》「先王所稟于天地以爲其民也」，杜預注：「稟，受也。」「厥臨」是「稟」的賓語。《考釋》解釋「臨」字時，引《爾雅·釋詁》「臨，視也」，又引盂鼎「古（故）天異臨子」和《詩·魯頌》「上帝臨女」等作參考，【吳鎮烽：〈獄器銘文考釋〉，《考古與文物》2006 年第 6 期。】是可取的。《詩經》的《大雅·大明》和《魯頌·閟宮》都有「上帝臨女（汝）」語，鄭玄《箋》串講時，釋《大明》「上帝臨女」爲「天護視女」，釋《閟宮》的「上帝臨女」爲「天視護女」。簋銘的「臨」也含有「視護」之意，意近今所謂的「照看」、「照顧」。「厥」應指上文的「厥百神」，也可能兼指其他神明。「稟厥臨」就是受到這些神的視護的意思。

　　「魯」字屢見金文祈福之辭。徐中舒《金文嘏辭釋例》謂金文嘏辭中屢見之「屯魯即厚福、大福、全福之意」，亦即典籍中之「純嘏」，【徐中舒：《金文嘏辭釋例》，《徐中舒歷史論文選集（上冊）》，北京：中華書局，1998 年，頁 545。】其說近是。簋銘「󰀀魯」之「󰀀」，左旁不可釋，《考釋》謂其「象兩個臣字正

反相連，中間共享一筆，當爲『臣』字繁構，恐不可信。」但《考釋》謂此字從「夆」聲，「似應讀爲逢，《書·洪範》『身其康強，子孫其逢吉。』馬注：『逢，大也。』（引者按：所引馬融注見《釋文》。既用馬注，引經文似乎不必按僞《孔傳》斷句，宜從《經義述聞》在「逢」字斷句，「吉」字自成一讀）……『夆魯』，就是丰厚的福」，【吳鎮烽：〈獄器銘文考釋〉，《考古與文物》2006 年第 6 期。】則相當有道理。王引之《經義述聞》卷三「子孫其逢」條，述王念孫說，舉出了古書中「逢」當訓大的一些例證，並以爲「逢」、「丰」古通，「是古『逢』、『丰』聲義皆同也』。」《國語·周語下》「景王二十二年穀、洛鬥」條，有「則此五者而受天之丰福」語。「逢魯」、「丰福」義近。依此解，「厥臨」和「逢魯」是「稟」的並列賓語。

不過，「夆魯」之「夆」似乎也有可能讀爲逢遇之「逢」，也就是認爲「逢魯」跟「稟厥臨」一樣也是動賓結構。在上文引過的《國語·周語上》「十五年有神降于莘」條中，有「道而得神，是謂逢福；淫而得神，是謂貪禍」之語，韋昭注：「逢，迎也。」「逢魯」可能與「逢福」義近。不管受魯還是逢魯，都應該與「雩」；可是對「亡不麻乎臨夆魯」的文義的理解却大致正確。《考釋》解釋此文說：「這句的主語應當就是上句的百姓，是說百神無不臨視，賜給貴族們丰厚的福址。」【吳鎮烽：〈獄器銘文考釋〉，《考古與文物》2006 年第 6 期。】應該指出的是，按照古代哲人的意見，必須被臨視者的行爲是善的，神才會降福；如被臨視者有惡行，神就會降禍。

最後，簡單討論一下「茲百姓」的確切含義。我在《關于商代的宗族組織與貴族和平民兩個階級的初步研究》一文中，從鄭玄、郭沫若之說，認爲「百姓」本指族人。我說：「『百姓』在西周、春秋金文裡都作『百生』，本是對族人的一種稱呼，跟姓氏並無關系。在宗法制度下，整個統治階級基本上就由大小統治者們的宗族構成，所以『百姓』同時又成爲統治階級的通稱。」【裘錫圭：〈關于商代的宗族組織與貴族和平民兩個階級的初步研究〉，《古代文史研究新探》，南京：江蘇古籍出版社，1992 年。】

我認爲像西周青銅器善鼎銘文「余其用各（格）我宗子雩（義同『與』）百生」的「百生」，只能當族人講。【裘錫圭：〈關于商代的宗族組織與貴族和平民兩個階級的初步研究〉，《古代文史研究新探》，南京：江蘇古籍出版社，1992 年。】簋銘的「茲百生」也應指獄的族人。還是上文引過的《周語上》「十五年

有神降于莘」條中，有如下一段話：

> 昔昭王娶于房，曰房後，實有爽德，協于丹朱。丹朱凭身以儀之，
>
> 生穆王焉。是實臨照周之子孫而禍福之。

想讓其族人受先人（厥百神）的視護而得福，生周穆王的丹朱之神則被認爲「實臨照周之子孫而禍福之」，其事正相類。

　　林澐先生在《「百姓」古義新解》一文中，不同意我關于「百姓」的意見，認爲「百姓」的古義仍應是「百官族姓」。【林澐：〈「百姓」古義新解〉，《吉林大學社會科學學報》，2005 年第 4 期，頁 193～199。】根據獄器群中另兩件獄簋（《考釋》稱「二式獄簋」，見其文 61 頁）和獄盤、獄盉的銘文，是周王朝大臣周師的屬下，【吳鎮烽：〈獄器銘文考釋〉，《考古與文物》2006 年第 6 期。】只是一個中級貴族。以他的地位，似沒有資格在所作器銘中爲周王朝所有「百官族姓」祈福，更不可能要他們接受獄族祖先的臨視。林先生寫《「百姓」古義新解》時，獄器尚未發表，而善鼎銘的「百生」則未在其文中加以討論。我想林先生如不以爲西周銅器銘文中的「百生」的「生」有兩種意義，有的指所謂的「族姓」，而有的指「子姓」（族中晚輩）的話，那麼對見于善鼎、獄簋銘文的那種「百生」，恐怕是很難作出確當的解釋的。

◎劉源〔註36〕：

　　「俗茲百生」可讀爲「裕茲百生」，「百生」在西周金文中有廣狹二義，其大者如兮甲盤銘「其唯我諸侯、百生」，系指多個世家大族之長，如小者即獄、衛稱其家族之族人；「無不𩛥魯」之「𩛥」很可能是以夆爲聲符，讀爲逢或龐，有大意。

◎佳瑜按：

　　「邁年」之「邁」，《說文》：「遠行也，從辵，萬聲。」〔註37〕「邁年」即是「萬年」，爲金文習語。又「俗茲百生」陳全方、陳馨及李學勤等先生釋爲「欲

〔註36〕劉源：〈朱鳳瀚教授發表《衛簋與伯獄諸器》〉，「先秦史」網站，2009 年 1 月 23 日，http://www.xianqin.org/blog/archives/871.html。

〔註37〕清·段玉裁：《說文解字注》（台北：漢京文化事業有限公司，1980 年），頁 70（二下二）。

茲百姓」，吳鎮烽先生認爲「俗」，讀爲裕，豐裕、優裕之義，用作動詞，「裕茲百姓」就是使這些百姓豐裕，朱鳳瀚、劉源從之。裘錫圭先生則認爲「欲茲百生」之「茲百姓」應指獄的族人。有關於「俗」之釋讀結合上下文考量，吳鎮烽之說可從，此處的百生（姓）所指應非大範圍的涵蓋所有族人、這些百姓等，而是指獄的家人、子子孫孫這類親人。

銘文「⬛」字，學者或有隸爲「㝱」或隸爲「㝱」，首先隸爲「㝱」是將下文「⬛」端視爲一字，然細看字形「⬛」與「⬛」應爲二字，二者僅是寫得貼近一些，李學勤先生認爲此字爲「鬱」，是調酒的香料鬱金，然而比照「⬛」與「鬱」相關字形有作「⬛」（叔趯父卣）或「⬛」（叔卣）似乎頗有距離，又此「⬛」字細看應爲「厒（厥）」字，並非象人形俯地之狀，是故兩者非同系列之字，釋「鬱」說法稍微欠妥，此外「⬛」下接「臨」字，「臨」有「視」之義，若是解爲香料鬱金之類恐怕無法與文義妥善聯繫。

裘錫圭先生認爲「㝱」應是「㐭」（廩）的形聲異體，從「宀」與「廩」從「广」同義，「林」用作「廩」的聲旁也十分合適，並說簋銘「㝱」（廩）字當讀爲「稟（稟）受」之「稟」。《左傳·昭公二十六年》「先王所稟于天地以爲其民也」，杜預注：「稟，受也。」據此看來裘先生所言甚是，筆者認爲此處的「亡（無）不㝱」應可與上文「亡不正」語句對照參看，兩句分別下接「芬芳馨香」與「厒（厥）臨降魯」，從語境推斷都是在強調一種相應的因果關係，「亡（無）不㝱臨……」應是說明無不隨時受到關注、臨視之意，能如此備受關注之因在於銘文前句所言「用匄百福，萬年裕茲百生」，換言之祈求眾多的福祉，萬年永久不變的來豐厚子子孫孫，使得隨時受到福祉的視護。

其下接「降魯」，「降」字右旁部件「⬛」或有學者認爲是「淵」字古文，《說文》：「回水也，從水象形，左右岸也，中象水皃，⬛，古文從口水。」[註38] 金文「淵」有作 ⬛（中山王𧕡鼎）、⬛（沈子它簋）又楚簡文字作 ⬛（《郭店·性自命出》簡 62），對比之下明顯可知中間所象水形皆包覆於一區域範圍之內，按照字形來看，「⬛」字是否近似象左右反書之匝字而中間豎畫則爲

〔註38〕 清·段玉裁：《說文解字注》（台北：漢京文化事業有限公司，1980 年），頁 555～556（十一上二十）。

共筆，所象四點非水滴形，然「臣」字不多見《金文編》（頁773）所收僅見三例（鑄子匜）、（㠱伯匜）、（㠱伯盤），據此推斷「」部件爲「臣」的可能性應有，「」字應可隸作「𡠪」，從「夆」聲，可讀爲「逢」，逢與夆同爲並母東部〔註39〕，《尙書·洪範》：「身其康強，子孫其逢，吉。」《釋文》引馬融云：「逢，大也。」〔註40〕又「魯」，「用爲嘏，福也」〔註41〕，「𡠪魯」應是視爲嘏辭一類。綜合銘文「亡（無）不瘝（稟）厥臨𡠪（逢）魯」所說明的應是指無時無刻沒有受到盛大的福祉所視護著，換言之即是隨時受到庇佑。

下文「孫孫子子其（邁）萬年永寶用茲彝。」所表達的意旨再次說明因爲備受百神的視護以及祈祈得眾多的福祇，因此使得子子孫孫永遠享有福氣，永遠寶有享用。文末「」字隸爲「詍」，即「世」字，「其世毋忘」含有再次叮嚀謹惕之意，告誡語，奉勸後代子孫思源之重要。

（三）二式獄簋器銘〔註42〕

1.唯十又一月既望丁亥，王各于康大室。獄曰：朕光尹周師右告獄于王。王或賜獄㐱、市𥾨亢。曰：「用事。」獄頯頁首，對王休。

◎陳全方、陳馨〔註43〕：

> 釋文：唯十又（有）一月既望丁亥，王各（格）于康大室獄曰：朕光尹周師右告獄于王。王或賜（賜）獄佩市（戴）、𥾨（朱）亢。曰：用事。獄拜頁首。對揚王休。

該器紋飾與上二器有別，在蓋面口沿上部飾一周夔紋。夔回首，一角，尾上翹，身作兩歧。此類花紋通行于商代和西周初年。

簋在商周禮器中一般是與鼎配合使用的，用於祭祀和宴饗賓客等場合。少

〔註39〕郭錫良：《漢字古音手冊（增訂本）》（北京：商務書局，2010年），頁431。

〔註40〕顧頡剛、劉起釪著：《尚書校釋譯論（第三冊）》（北京：中華書局，2005年），頁1185。

〔註41〕張世超等著：《金文形義通解》（京都：中文出版社，1996年3月），頁657。

〔註42〕蓋、器同銘，恕不贅舉。

〔註43〕陳全方、陳馨：〈新見商周青銅器瑰寶〉，《收藏》2006年第4期，頁92。

則 2 簋，多則 8 簋，甚至 12 簋。依貴族身份等級而定。

◎吳鎮烽〔註44〕：

二式獄簋，共 2 件，另 1 件現存台灣。形制、紋飾、銘文以及大小基本相同。通高 19、口徑 19.5 釐米。侈口束頸，鼓腹圈足，一對獸首耳，耳下有方形垂珥，蓋面隆起，圈形捉手上有一對穿孔，蓋沿和器頸均飾垂冠回首分尾的長鳥紋，以云雷紋塡地，頸部前後增飾高浮雕虎頭，圈足飾兩道弦紋。蓋內和器內底鑄有銘文，內容相同，蓋銘 89 字，其中重文 3 字；器銘 88 字，重文也是3 字。

器銘與蓋銘基本相同，但漏鑄「香」字。

「獄曰：朕光（？）尹周師右，告獄于王。」第四字暫釋爲「光」，待考。「尹」，官名。《尙書·益稷》：「庶尹允諧」，傳：「尹，正也，眾正官之長也。」「右」讀爲佑，儐相。「告」，《廣韻》：「告，報也，告上曰告，發下曰誥。」

從下述有「用事」一詞看，銘文記述的是一次冊命。這裡的「佑」和「告」是兩件事。「佑」是周師擔任獄接受冊命；「告」是周師把擬任命官職和應賞賜的器用報告給王，由王來宣告。二式獄簋以及下面的獄盤和獄盉銘文，是一些較早的冊命程序爲我們研究西周冊命制度的演變，提供了新的資料。

「仲」即佩，《說文·人部》：「佩，大帶佩也。從人從凡從巾。佩必有巾。巾謂之飾。」高鴻縉說：「佩本爲大帶之名」【周法高主編：《金文詁林》（香港中文大學 1975 年版）4989 頁引周鴻縉《頌器考釋》語。】。按：此佩字僅從人從巾，是會意字，從「凡」乃是後加的聲符。「易佩」就是賜給大帶。「弎市赦亢」讀爲緇韍朱衡，《說文》：「緇，帛黑色。」《詩·鄭風》：「緇衣之宜兮」，傳云：「緇，黑色。」韍即蔽膝，「衡」是蔽膝上的橫帶。「緇韍朱衡」就是黑色的蔽膝朱紅的橫帶。「用事」，就是履行職責。

「頛」字金文中首次出現，從頁奉聲，即捧，也就是拜字的古文，拜爲後起字。

◎李學勤〔註45〕：

〔註44〕吳鎮烽：〈獄器銘文考釋〉，《考古與文物》2006 年第 6 期，頁 61。

〔註45〕李學勤：《古文字與古代史·伯獄青銅器與西周典祀》（台北：中央研究院歷史語言研究所，2007 年 9 月），頁 183。

　　高 19 釐米，蓋設有鏤孔的捉手，蓋緣及器口沿下飾體尾斷開的顧首鳥紋，耳上有獸首，下有垂珥，圈足飾弦紋。流散到台灣的簋，據聞與此成對。蓋器對銘，均八行十八字。釋文：唯十又一月既望丁亥，王夊（各、格）于康大室，獄曰：朕光（皇）尹周師右，告獄于王，王或（又）賜（錫）獄仲（佩），弋市殺（朱）亢，曰：「用事。」獄拜稽首，對揚王休。

　　「夊」是「各」的省脫，與〈伯獄簋〉「示」為「祀」的省脫同例。「獄曰」以下也是冊命，同於〈獄盤〉、〈獄盉〉。

◎朱鳳瀚〔註46〕：

　　釋文：唯十又一月既望丁亥，王各（格）于康大室，獄曰：朕光尹周師右，
　　　　　告獄于王。王或賜（賜）獄仲（佩）、弋（緇）市、殺（穀）亢，曰：
　　　　　用事。獄頪（拜）頴（稽）首，對揚王休。

　　十又一月獄簋銘文中，特別提到「王或賜獄」各種器服，「或」當如上引吳鎮烽先生文章所言，可訓作「又」或「再」。如陝西岐山董家村出土的㝬匜，其銘文有「迺或使牧牛誓曰」、「自今余敢擾乃小大事，乃師或以汝告」之辭，其中的兩處「或」，均表示「又」、「再」之義【參見李學勤：《岐山董家村㝬匜考釋》，《古文字研究》第 1 輯，北京：中華書局，1979 年。】。顯然，獄簋「王或賜」之語，當是承獄盤、獄盉中所記王在此前（或如前述即上一年）已予賞賜之故。

◎張光裕〔註47〕：

　　衛簋：「惟八月既生霸庚寅，各于康太室。」「唯十又一月既望丁亥，王各于康太室。」兩器無記作器年份，然從器形、花紋及銘文風格判斷，既有同時代特色，鑄器年代應該相距不遠，且銘文皆記月、日及月相，熟習曆法學者或可據此推算出合理答案。

◎日月（謝明文）〔註48〕：

〔註46〕朱鳳瀚：〈衛簋與伯獄諸器〉，《南開學報》2008 年第 6 期，頁 5。

〔註47〕張光裕：〈樂從堂獄簋及新見衛簋三器銘文小記〉，《中山大學學報》，2009 年第 5 期，頁 12。

〔註48〕日月（謝明文）：〈金文箚記四則〉，復旦大學「出土文獻與古文字學研究中心」網站，2009 年 4 月 18 日，http://www.gwz.fudan.edu.cn/SrcShow.asp?Src_ID=752。

　　獄器和衛簋「」字，獄器的「」，吳鎮烽先生隸定作光，後面加了問號【吳鎮烽：〈獄器銘文考釋〉，《考古與文物》2006 年第 6 期。】李學勤先生釋作光，讀爲皇。【李學勤：〈伯獄青銅器與西周典祀〉，《古文字與古代史》第一輯第 179～190 頁，中央研究院歷史語言研究所，2007 年。】衛簋「」，朱鳳瀚先生釋作光。（朱鳳瀚：〈衛簋和伯獄諸器〉，《南開學報》（哲學社會科學版），2008 年第 6 期。）和金文常見的光相比，只是少了上部的火形左右兩點，這種變化在「光」字的異體上也有體現。如「（光）」（乙卯尊，《集成》11.6000），比較「（光）」（宰甫卣，《集成》10.5395），也是省去上面火形左右兩點。可證吳先生、李先生和朱先生釋作光可從。但吳、朱兩位先生皆以本字讀之，似有可商。獄器的字，應從李先生讀光爲皇。同樣衛簋「」也應該讀爲「皇」。光見母陽部，中古屬合口一等；皇，匣母陽部，中古屬合口一等。見母和匣母關係非常密切，如古文字中從　得聲的字往往可以讀爲從完得聲的字。【參李家浩：〈信陽楚簡「澮」字及從「　」之字〉，《著名中年語言學家自選集‧李家浩卷》第 194～211 頁，安徽教育出版社，2002 年 12 月。】典籍中黃字聲系既與光字聲系通，又與皇字聲系通，【參高亨、董治安：《古字通假會典》第 285～287 頁，齊魯書社，1997 年 7 月。】說明光、皇音近可通。金文又見皇尹（史獸鼎，《集成》5.2778）、（聞尊，張光裕、黃德寬主編：《古文字學論稿》，第 10 頁，安徽大學出版社，2008 年 4 月。），天尹（公臣簋，《集成》8.4184），皇天尹（作冊大方鼎，《集成》5.2759）。皇是一種美稱。獄器和衛簋中的光尹也應讀爲皇尹。二式獄簋、獄盤「光（皇）尹」，獄盉「光（皇）君」，其例如同公臣簋天尹（《集成》8.4186）又作天君（《集成》4186），番伯者君「君」（《集成》10268）又作「尹」（《集成》10269）。

　　衛簋「」字，摹本或作「」【此爲劉源先生所摹，見先秦史網站，2009 年 1 月 15 日，http://xianqin.org/blog/archives/890.html 該字摹得稍微有些失眞。】，或作「」【此爲網友漁父所摹，見先秦史網站，2009 年 2 月 23 日，http://xianqin.org/blog/archives/1243.html。】，仔細辨認，可知兩個摹本對該字的摹寫是大致是可信的。以下立論皆以後一個摹本形代之。衛簋「」字，朱鳳瀚先生釋爲「㱿（穀）」【朱鳳瀚：〈衛簋和伯獄諸器〉，《南開學報》（哲學社會科學版），2008 年第 6 期。】，二式獄簋「」字，朱先生也釋爲「㱿（穀）」，

吳鎮烽先生、李學勤先生釋獄簋「⬚」字為「殼（朱）」【吳鎮烽：〈獄器銘文考釋〉，《考古與文物》2006 年第 6 期。李學勤：〈伯獄青銅器與西周典祀〉，《古文字與古代史》第一輯第 179～190 頁，中央研究院歷史語言研究所，2007 年。】。吳、李兩先生之說可從。朱鳳瀚先生關於衛簋「⬚」字、獄簋「⬚」字的釋法皆不可從。獄盤和獄盉「仲（佩）戈市⬚（絲）亢」、衛簋「仲（佩）戈市⬚亢」，二式獄簋「仲（佩）戈市⬚亢」，三者義各有當。雖然束與朱語音相近，但⬚與⬚（朱）形體相差甚遠，兩者不會是同一個字，⬚也不會殼字。金文中「束」字作「⬚」（不其簋，《集成》8.4328）、「⬚」（大簋蓋，《集成》8.4299）、「⬚」（五年召伯虎簋，《集成》8.4292）「⬚」（萬簋，《集成》8.4195.1）。這些束字中豎皆穿透圈形。與「⬚」所從明顯不類。這些均可證「⬚」左邊所從並非「束」，所以我們不能把它釋為「殼」，也就不能把它和二式獄簋「⬚（殼）」相連繫起來。古文字中素、索兩字形音皆近，應為一字之分化。金文跟素、索【參看施謝捷先生：〈釋「索」〉，《古文字研究》第 20 輯，第 201～211 頁，中華書局，2000 年 3 月。】有關的字形有：

索：

A1　⬚（輔師𡢁簋，《集成》8.4286）　　　⬚（索諆爵，《集成》14.9091）

A2　⬚（師克盨，《集成》9.4467.1）

B1　⬚（師𩵦鼎，《集成》5.2830）

B2　⬚（秦公鎛，《集成》269）　　　⬚（𣄰簋，《集成》8.4317）　　　⬚（秦公鎛，《集成》269）　　　⬚〔註49〕（師克盨，《集成》9.4467.2）

A2、B2 分別是在 A1、B1 的基礎上增加了飾筆「⊢」，其例如同伊簋（《集成》8.4287）「⬚」字，毛公鼎（《集成》5.2841）作「⬚」。這種「⊢」式飾筆，劉釗先生曾舉出多例【劉釗：《古文字構形學》第 26 頁，福建人民出版社，2006 年 1 月。】，讀者可以參看。把「⬚」和上述字形相比較，可知「⬚」的左邊是未加「⊢」式飾筆的「素」字，則「⬚」當釋為「殼（素）」。衛簋「仲（佩）戈市⬚亢」即「仲（佩）戈市殼（素）亢」，輔師𡢁簋（《集成》8.4286）「載市索（素）黃」，正可與之類比，師克盨（《集成》9.4467.1）「索（素）戈

〔註49〕金文中從素之字亦多見，如牆盤中還有「⬚」、「⬚」，因與本文論證關係不大，故均未引用。

（鍼）」之「索（素）」亦是表顏色之詞。如上所述，則釋「🔲」爲「縠（素）」從形體上和用例都是可行的。

◎佳瑜按：

「🔲（各）」：至也，典籍作「格」。〔註 50〕又「康大室」根據學者研究，在西周中期晚段至晚期偏早階段的冊命、賞賜類銘文中「康宮」是出現最多的地點。「康宮」在恭王至歷王時期共出現 13 次，類似者還有「康寢」、「康廟」、「康大室」等。〔註 51〕是故「康大室」是王行冊封、賞賜的地點，銘文「唯十又一月既望丁亥，王格于康大室」說明在十一月中滿月過後的這天，周王至康廟準備行冊封、賞賜之事。

此「🔲」字，吳鎭烽先生釋「光」然於其字後作問號，由金文所見「光」字有作🔲（召尊）、🔲（矢方彝）、🔲（麥盉）等形，與此相較可知是爲一系列之字，「🔲」省簡火形左右兩點筆畫，音讀應據李學勤先生讀爲「皇」，字有稱美義，「朕皇尹」應是對「尹」官職的美稱，而「右」字在冊命金文中表示動作及方位，而非某種身分之稱謂。〔註 52〕按照楊寬先生的分析，關於冊命的儀式，受命者居左，同時有導引者居右，這種導引者，古文獻稱「儐」或「擯」，金文稱「右」，負責導引受命者入中門，例中廷，北向而接受冊命。〔註 53〕銘文「獄曰：朕皇尹周師右告獄于王」即說明待周王即位之後，獄隨即由周師引領至內準備接受冊封之事。根據陳漢平先生研究：「周代禮儀中儐者與來賓及受命者之關係比較明確，約有三種情況，其一、凡王命召，無論何人，必有儐者；其二、儐者與被儐者爵秩高低有相應之關係；其三、李學勤先生指出，在西周冊命金文中，儐者與受命者職務之間有一定統屬關係，儐者往往爲受命者之上級長官，受命者往往爲儐者之下級屬官。分析研究冊命金文，確實存在此種關係。按古代以右爲尊，爲高，爲上，西周王室冊命禮儀中之儐者多爲受命者之上級長官，故于冊命時儐導受命者入門，並立于其右。」〔註 54〕

〔註 50〕張世超等著：《金文形義通解》（京都：中文出版社，1996 年 3 月），頁 167。

〔註 51〕韓巍：〈冊命銘文的變化與西周歷、宣銅器分界〉，《文物》2009 年第 1 期，頁 82。

〔註 52〕陳漢平：《西周冊命制度研究》（上海：學林出版社，1986 年），頁 106。

〔註 53〕楊寬：《西周史》（臺北：商務出版社，1999 年），頁 324。

〔註 54〕陳漢平：《西周冊命制度研究》（上海：學林出版社，1986 年），頁 109～110。

又「⿰亻巾」，此「仲」字從人從巾，《說文》：「大帶佩也。佩必有巾，故從巾。」〔註55〕此爲佩飾之一種，「弋」置於「市」前，爲服飾顏色一種，唐蘭先生認爲「弋從才聲，當通緇。《說文》：『緇，帛黑色也。』古文作紂。」〔註56〕「市」，《說文》：「韠也，上古衣蔽前而已，市以象之。天子朱市，諸侯赤市，大夫葱衡。」〔註57〕可知「弋市」爲衣前的黑色蔽膝。「⿰素亢」字，左旁部件今根據日月（謝明文）先生改釋爲「穀（素）」，「亢」，叚爲黃〔註58〕，從音理來看「亢」與「黃」二字上古分屬見母陽部與匣母陽部，〔註59〕二字音近可通，至於「黃」是爲何賞賜物品，陳夢家先生認爲金文名物之『黃』不是玉器而是衣服的一種，並說如下：

> 西周金文與「市」相隨的「黃」皆不從玉，只有縣妃殷的「弋琱玉黃」和五年琱生殷西周銘文中的「束帛、璜」才是玉器之璜；西周銘文中的賞賜，命服與玉器是分開敘述的，「黃」隨于「市」之後而多與「玄衣黹屯」「玄袞衣」「中絅」「赤舄」等連類並舉，尤其是師酉殷的「朱黃」介于「赤市」與「中絅」之間，舀壺的「赤市幽黃」介于「玄袞衣」與「赤舄」之間，師嫠殷的「金黃」介于「叔市」與「赤舄」之間，可證「黃」是整套命服的一部分；加于「黃」前的朱、赤、恩、幽等都是帛的顏色，而同（絅）、婁（縷）、五（午），則是「黃」所以織成的材料、織法等形容詞，不是用以形容玉色的；康鼎曰「易女幽黃、鋚革」，可知幽黃可以作一種獨立的命服而賞賜。
>
> 〔註60〕

又鄭憲仁先生亦對賞賜物品「黃」做過分析研究並且歸納三種相異看法，分別爲：第一說，以「黃」爲「佩玉」；第二說，以「黃」爲市的繫帶；第三說，以

〔註55〕清・段玉裁：《說文解字注》（台北：漢京文化事業有限公司，1980年）。頁370（八上三）。

〔註56〕參見《唐蘭先生金文論集》（北京：紫禁城出版社，1995年），頁194。

〔註57〕清・段玉裁：《說文解字注》（台北：漢京文化事業有限公司，1980年）。頁366（七下五十五）。

〔註58〕張世超等著：《金文形義通解》（京都：中文出版社，1996年3月），頁1869。

〔註59〕郭錫良：《漢字古音手冊（增訂本）》（北京：商務印書館，2010年），頁398/415。

〔註60〕陳夢家：《西周銅器斷代（上冊）》（北京：中華書局，2004年），頁434～435。

「黃」爲帶，和「亢」不同，並且藉由「銘文文例比對，知其亦可稱爲『亢（鈧）』，又有異體字作『韍』。在賞賜物中『黃』常和『市』一起，與黃構成名詞詞組的詞彙甚多：有『朱黃』，凡十五例，時間分佈在西周中期及晚期，僅有六例于西周中期，多數在西周晚期。」〔註61〕鄭先生並認爲在這三種說法中，「以黃爲帶之說最爲合理，與黃又作韍的異體寫法相合，亢和黃由文例比對來看，應是一物。……黃或亢字前所加的『朱』、『幽』、『悤』、『素』、『金』、『縈』皆爲顏色字，『冋』是指質材（麻），『五』則如唐蘭先生爲數目字，或有可能如郭沫若先生說爲顏色字。」〔註62〕吳紅松先生亦指出「金文賞賜物中的『亢』、『黃』指的是同一物品。」〔註63〕據此「穀（素）亢（黃）」應即爲白色的衡帶。

「用事」其義是指在封賞之後的勉勵語，鼓勵受封者應勤勉致力於政事，張光裕先生曾有過討論並引張振林先生之說對於「用事」一辭提出說明：「多數銘文在賜物之後有『用事』之說，也有一部分銘文在賜物之後無『用事』之說；『用事』的意義爲，在冊命時說明職司和賞賜物品後，勉勵受封受賜者勤於政事……；『用事』內容可分爲祭祀、田獵與征伐和具體職司內的工作三類。」〔註64〕據此可知「用事」一語亦爲冊命銘文慣用語詞，多含有恭敬勤勉之義。

「拜稽首」，《禮記‧郊特牲》：「拜，服也；稽首，服之甚也。」受命儀式一種，表示恭敬至極的禮節儀式。「對揚王休」即受命者當廷面對天子或王而頌揚其冊命。〔註65〕綜合以上，本段銘文是說：在十一月滿月後的丁亥日這天，王至康廟欲冊命獄，由德高望重的周師引領獄至內準備接受冊命封賞之事，王賜給獄仲（佩）、戈市、穀（素）亢等官職命服，獄恭敬愼重的行拜禮以報答與稱揚王的冊命。

〔註61〕鄭憲仁：《西周銅器銘文賞賜物研究——器物與身分的詮釋》（臺北：國立台灣師範大學博士論文，2003年），頁187。

〔註62〕鄭憲仁：《西周銅器銘文賞賜物研究——器物與身分的詮釋》（臺北：國立台灣師範大學博士論文，2003年），頁199。

〔註63〕吳紅松：《西周金文賞賜物品及其相關問題研究》（安徽：安徽大學博士學位論文，2006年），頁59。

〔註64〕張光裕：《雪齋學術論文二集》（台北：藝文印書館，1994年），頁179。

〔註65〕陳漢平：《西周冊命制度研究》（上海：學林出版社，1986年），頁310。

2. 用乍朕文考甲公寶障毁，其日夗夕用乎害香臺祀於乎百神，孫孫子子其邁年永寶用茲王休，其日引勿𢼸。

◎陳全方、陳馨〔註66〕：

　　釋文：用乍（作）朕文考甲公寶障毁，其日夗夕用厥□享祀於厥百神。孫孫子子其邁（萬）年永寶用，茲王休其日引勿替。

　　該器紋飾與上二器有別，在蓋面口沿上部飾一周夔紋。夔回首，一角，尾上翹，身作兩歧。此類花紋通行于商代和西周初年。

　　毁在商周禮器中一般是與鼎配合使用的，用於祭祀和宴饗賓客等場合。少則2毁，多則8毁，甚至12毁。依貴族身份等級而定。

◎吳鎮烽〔註67〕：

　　「𪕠香」，也可隸定爲害香。甲骨文有「醶」【羅振玉：《殷墟書契後編》2.2213。】、「醼」【羅振玉：《殷墟書契前編》6.57.2、《殷墟書契後編》2.8.2 和林泰輔：《龜甲骨文字》2.11.1。】、「醻」【羅振玉：《殷墟書契前編》6.16.2。】，均可隸定作醸，王國維釋爲茜【中國科學院考古研究所編：《甲骨文編》571 頁】，極確。後兩字左邊從「酉」乃盛酒器，右邊爲雙手持束茅以濾酒渣，前一字省雙手。「𪕠」字上從束茅之形與甲骨文同，下邊所從實爲盛酒的器皿，其用義與酉相同，當是茜字的古體。《說文・酉部》：「茜，禮祭束茅加以祼圭而灌鬯酒是爲茜，象神歆之也。」也就是以鬯酒灑于茅束而祭神，後謂釀酒以束過濾爲茜酒。古書多假「縮」爲「茜」。《左傳・僖公四年》：「爾貢包茅不入，王祭不共，無以縮酒。」《說文・酉部》引作茜。魯侯爵有「用障（尊）槀盟」，「槀」字下部所從亦束茅之形，束亦生，兩旁的數點，像酒滴或者散發出來的香氣，上部從「自」，「自」是鼻的象形，以示神歆也。孫詒讓、郭沫若釋爲「祼」義相通而字不類。此字應是茜字的別體。「尊」、「盟」均爲祭名，「槀」也應是一種祭名，上引《說文》就是明證。「用尊槀盟」就是用于尊祭、茜祭和盟祭。「𪕠」即茜香，也就是澆酒于束茅之上所散發的香氣。茜祭是周人祭祀的一種祭儀，或者就是祼祭。

──────────────

〔註66〕陳全方、陳馨：〈新見商周青銅器瑰寶〉，《收藏》2006 年第 4 期，頁 92。

〔註67〕吳鎮烽：〈獄器銘文考釋〉，《考古與文物》2006 年第 6 期，頁 61～62。

「其日引勿炑」，「其」字亦爲發語詞，「炑」即替，中山王鼎有「毋替厥邦」，替字從二「立」，左大右小，左下右上。張政烺先生釋爲「替」【張政烺：《中山王響壺及鼎銘考釋》，《古文字研究》第 1 輯第 21 頁。】，極確。此字從二大，與二立同，亦應是替字。二式獄簋兩個大字左上右下，大小基本相同仿，獄盤、獄盉銘亦爲左小右大，但下部平齊。《說文》：「竝，並也。」又「替，廢，一偏下也，從竝，白聲。」段玉裁注：「相竝而一邊俾下，則其勢必至同下，所謂夷陵也。」《尚書·旅獒》：「無替厥服」，傳：「無廢其職」。替和引都是動詞。替是廢除，引是延續。《詩經·小雅·楚茨》有「子子孫孫，勿替引之。」傳：「替，廢；引，長也。」就是說子子孫孫永遠行之勿廢。「其日引勿替」就是日日延續，不要廢棄。

銘文大意是說，十一月既望丁亥這天，周王來到康宮太室。獄說，獄的顯赫的長官周師陪同獄來見王，並把準備冊命獄的事報告給王。王于是又賜給大帶、連有朱紅色橫帶的黑色蔽膝。王說：「去履行職責吧！」獄行叩拜禮，稱頌周王的美好恩德，因此制作了祭祀高尚的先父甲公的寶簋，每日早晚用茜香來享祀上天的列位神靈，子子孫孫千年萬載都要記住周王的美德，（祭祀神靈）日日延續，不要廢棄。

◎李學勤〔註68〕：

釋文：用作朕文考甲公寶障簋，其日夙夕用𠂤（厥）杏𣌧祀于𠂤（厥）百神，孫孫子子其邁（萬）年永寶用茲王休，其日引勿炑（替）。

「杏」字上所從之「本」，作植物形，而在榦本處加兩圈指事，應爲「本」字早期寫法。「杏」以「本」爲聲，屬幫母文部，在此讀爲滂母文部的「芬」。《荀子·正名》注：「芬，花草之香氣也」，這裡泛指香氣。〈魯侯爵〉銘云：「魯侯作厥，用障鼎鬯亯（臨）盟」，第七字下所從也是「本」，衹是由於義指香氣而從「自」作，字亦讀爲「芬」。

上述〈伯獄〉所作各器，製造有先後之別。〈獄鼎〉、〈獄盤〉和〈獄簋〉較晚，後者鳥紋形狀已變，估計在恭王之間；但盤、盉和簋曆不能排在一年，簋是再一次冊命，是最遲的。

〔註68〕李學勤：《古文字與古代史·伯獄青銅器與西周典祀》（台北：中央研究院歷史語言研究所，2007 年 9 月），頁 183。

◎吳振武〔註69〕：

銘中需要討論的疑難字只有一個，即「其日夙夕用乎（厥）■彝（敦）祀于乎（厥）百神」一句中的■字。而此句在筆者曾見過的丁器銘文中，則作「其日夙夕用乎（厥）■香彝（敦）祀于乎（厥）百神」，除■作■，稍有小異外，■後還多一「香」字，構成「■香」一詞。可知丙器此句或有脫漏。

要知道■是什麼字，需從甲、乙兩器講起。獄簋甲、乙兩器蓋銘開首云：「獄肇乍（作）朕文考甲公寶■彝，其日夙夕用乎（厥）■香彝（敦）祀于乎（厥）百神……」其中出現「■香」一詞的那句話，與校正後的丙器「其日夙夕用乎（厥）■【香】彝（敦）祀于乎（厥）百神」一句文例全同。由此可知，■很可能即等於■。然■字在古文字資料中亦屬首見，陳文釋作「鼉」，顯與字形不合。

我們認為，據字形及其構詞，■字可分析為從「鬯」，「聖」省聲，當即馨香之「馨」的異體。《說文》曰：「馨，香之遠聞者。從香，殸聲。殸，籀文磬。」「鬯」是祭祀用的香酒，故「馨」字可用「鬯」作義符。「聖」的古音與「殸」相近。《說文》說「殸」是「磬」的籀文，浙川下寺所出春秋�鍾銘文中的「磬」字作「■」，即是在「声（殸）」上又加注聲符「聖」【參見吳振武《釋雙劍侈舊藏燕「外司聖鋁」》，《于省吾教授百年誕辰紀念文集》，第 162～165 頁，吉林大學出版社，1996 年，長春。】。因此，「馨」字也可用「聖」作聲符。先秦古書中凡提到「馨」、「香」或「馨香」者，多與祭祀有關，如《尚書·酒誥》、《左傳》僖公五年文及《詩經·大雅》中的《生民》、《鳧鷖》等篇。後世亦有「馨香禱祝」一語。

再回過頭來看丙器銘文中的■字。

據文例和字形，完全有理由假設■是「馨」字的另一種寫法。我們認為，從《說文》「磬」字的古文作「硁」（從「石」，「坙」聲）來看，可以推斷此字上部所從的「■」或「■」就是「莖」字的初文。其寫法是先畫一植物若「■」或「■」，然後再其上畫出「○」，用以指示其莖部之所在。這兩個圓圈，也即文字學上所說的指事符號。這跟「本」、「末」等字的構造方法，正是相類的。

〔註69〕吳振武：〈釋西周獄簋丙銘中的■字〉，此文收錄於饒宗頤主編：《華學第九、十輯》
　　　　（上海：上海古籍出版社，2008 年），頁 131～132。

而其所以不作標準的「木」形和畫一個「○」，當是爲了防止與「朱」字相混淆（或許還包括「束」字）。🔯字當分析爲從「口」，「🔯（莖）」聲。其從「口」作，則與銘中「香」（🔯）字從「口」同意。

◎張光裕〔註70〕：

「勿替」于文獻見《詩・小雅・楚茨》「子子孫孫勿替引之」，「勿替」一詞，于稍晚之載記則轉引作「無替」或「毋替」，如《書・旅獒》「毋替乓服」，中山王𨮯鼎「毋替乓邦」。余于〈出土古文字材料與經典詮釋〉引述中山王𨮯鼎「毋替乓邦」一語，對「替」及「勿替」有所闡述【張光裕：〈出土古文字材料與經典詮釋〉，原載《文獻及語言知識與經典詮釋的關係》（東亞文明研究叢書，台北：台灣大學出版中心，2004年），該文已收入《雪齋學術論文二集》（台北：藝文印書館，2004年），第1～22。】又于《新見金文詞匯兩則》乙文【張光裕：〈新見金文詞匯兩則〉，《古文字研究》第26輯，北京：中華書局，2006年，第179～180頁。】對「日引勿替」曾作申說。近見魯侯乙器【魯侯卣銘，有待著錄。】，有書作「勿替乃工日引」者，「勿替乃工日引」句型及語序，與《楚茨》之「勿替引之」可以彼此互作參證。要之，金文「日引勿替」及「勿替日引」之稱引，對青銅器銘文斷代宜有指標作用。

◎佳瑜按：

「🔯」字從吳振武先生分析釋爲「馨」字另一異體寫法，「用作朕文考甲公寶障𣪘（簋），其日夙夕用乓（厥）🔯（馨）【香】𣪘（敦）祀于乓（厥）百神」句接於賞賜儀式之後，說明作器的目的以此銘記，藉以頌揚先祖的美德，且不分早晚享祀眾多百神，某一層面也是突顯作器者本身的賢德，其義應近同《禮記・祭統》所云：「夫鼎有銘，銘者，自名也，自名以稱揚其先祖之美，而明著之後世者也。爲先祖者，莫不有美焉，莫不有惡焉，銘之義，稱美而不稱惡。此孝子孝孫之心也，唯賢者能之。銘者，論譔其先祖之有德善、功烈、勳勞、慶賞、聲名，列於天下，而酌之祭器，自成其名焉，以祀其先祖者也。顯揚先祖，所以崇孝也。」〔註71〕而銘文最末言「孫孫子子其萬年永寶

〔註70〕張光裕：〈樂從堂獄簋及新見衛簋三器銘文小記〉，《中山大學學報》，2009年第5期，頁13。

〔註71〕孫希旦撰：《禮記集解（下）》（台北：文史哲出版社，1990年），頁1250。

用茲王休，其曰引勿替。」中的「曰引勿替」，「替」，《說文》：「廢也，一偏下也。從竝白聲。」〔註72〕從銘文文意研判應是囑咐勿忘恩澤之義，張光裕先生指出「曰引勿替，蓋言如日月運行之久長，永無廢止。」〔註73〕說明獄雖受王之封賞得官爵祿位，更應保持一顆謙遜恭敬之心，並且隨時謹記感謝王的恩澤美德，唯有如此子子孫孫永遠享有福澤一事方能延續不斷，意同一式獄簋銘所言「其世毋忘」。

綜合以上本段銘文所說明的是，獄在接受完冊命賞賜之後，為了感念王的恩澤而製作這珍貴的寶簋，銘文同時紀念先祖的德行，並且不分晝夜早晚虔誠的以馨香來祭祀諸多的百神以祈福，期許子子孫孫能夠永遠享用福澤，也勉勵子孫勿忘恩德。

（四）獄盤、獄盉銘

唯四月初吉丁亥，王各于師禺父宮，獄曰：朕光尹周師右，告獄于王。王賜獄帥、戈巿絲亢、金車、金籚。曰：「用夙夕事。」獄頮頭首，對揚王休。用乍朕文曼戊公般盉，孫孫子子其邁年永寶用茲王休，其曰引勿扶。

◎陳全方、陳馨〔註74〕：

獄盉：22 釐米，分檔柱，足上部飾兩道三角形紋。有銘文 78 字，曰：「唯四月初吉丁亥，王各（格）于師角父宮獄曰：朕光尹周師右告獄于王，王賜（賜）佩戈巿絲亢，金車，金□。曰：用夙夕事。獄拜頣首，對揚王休，用乍（作）朕文祖戊公般（盤）盉，孫孫子子其邁（萬）年永寶用茲王休。其曰引勿替。」

盉流行於商代至戰國。《說文》：「盉，調味也。」王國維在《說盉》中說盉是酒水調和之器。有節制酒濃淡的作用，同時又兼溫酒用。盉有三足，四足的，有鋬，有流，亦有蓋。

獄盤：通高 15.5 釐米，口徑 38.7 釐米。雙耳，圈足。有銘文 78 字，與盉

〔註72〕清・段玉裁：《說文解字注》（台北：漢京文化事業有限公司，1980 年）。頁 505（十下二十二）。

〔註73〕張光裕：〈新見金文詞彙兩則〉一文收入中國古文字研究會、華南師範大學文學院編：《古文字研究第二十六輯》（北京：中華書局，2006 年），頁 180。

〔註74〕陳全方、陳馨：〈新見商周青銅器瑰寶〉，《收藏》2006 年第 4 期，頁 92～93。

銘全同。《說文》:「槃,承槃也。」古人用匜澆水洗手,以盤承之,亦叫承盤。《禮記‧內則》:「進盤,少者奉槃,長者奉水,請沃盥,盥卒,授巾。」鄭玄注:「槃,承盥水者。」商代的盤多圈足,無耳。周代多圈足。三足並附耳。

◎吳鎮烽〔註75〕:

「㦸巿(緇韍)絲亢(衡)」,就是帶有絲織橫帶的黑色蔽膝。「金車」,用銅零件裝飾的車子。「金𪊤」,𪊤字夃鹿聲,見于《集韻》,同𪊤。《說文》:「𪊤,驚奇飄揚也。」在此銘中「𪊤」用金字裝飾,肯定是名詞,當是一種裝有銅飾的一種旗幟。「用夙夕事」即夙夕用事,是說早晚都要盡職盡責。

盤、盉的銘文記載的應是初次受命,時間是在四月初吉丁亥,比二式簋要早,賞賜的物品有佩飾、㦸巿絲亢(黃),另外還有裝飾有銅零件的車子,以及代表身分的旗幟。二式簋銘文稱「王或賜」,即王又賜,則爲再一次賞賜。盤盉是爲祭祀其祖父戊公而作,二式簋是爲祭祀其父親甲公所作,先祖父而後父親。因此,此次冊命應在二式簋之前。

獄器的時代與器主:

獄器共8件(其中包括南姞甗),其造型頗具西周中期前段的時代特徵,鼎的形制與穆恭時期的標準器茲鼎、五祀衛鼎接近,雖飾有早期流行的勾連雷紋,但腹已變淺,下腹向外傾垂較甚,三柱足較細,底部極似十五年趞曹鼎;3件獄簋的形制與穆王時期的長甶簋、裘衛簋、彔簋相同。一式簋的斜方格乳丁紋,已與西周早期的此類花紋大不相同,枚作圓泡形,略比器表隆起,方格內四周僅用雷紋勾起;二式簋所飾的鳥紋已經分尾,是西周中期前段,特別是穆王時期最流行的裝飾花紋。獄盤、獄盉也與長甶簋、衛盉、墻盤的形制相同或者相似。南姞甗的腹已變淺,內部已出現銅箅,所飾鳥紋已經分尾,都與西周早期的風格有所區別。再從銘文字體分析,亦呈現出中期所流行的「玉箸體」的特徵,但「其」、「寶」、「公」、「文」等字還保留早期的特徵,有個別體字還使用肥筆和破磔。綜合上述形制、花紋和銘文字體的特徵,我認爲這組器的時代應斷在穆王前期爲宜。

這組青銅器除南姞甗以外,作器者均爲獄。傳世有魯侯獄鬲,有人認爲此獄即魯侯獄,也就是文獻記載的魯煬公熙,非也。原因有三,其一,時代不符。

〔註75〕吳鎮烽:〈獄器銘文考釋〉,《考古與文物》2006年第6期,頁62~65。

魯侯熙爲西周早期人，此組銅器已進入西周中期。據史載魯國的建立是在周公東征，成王踐奄之後。成王即位後周公東征，「三年靜東國」，據禽簋記載周公東征，成王踐奄時，伯禽在軍中主持祭祀。東夷平定之後，伯禽受封魯侯。也就是說伯禽被封爲魯侯是在成王三年或者三年之後不久。《史記·魯周公世家》載：「魯公伯禽卒，子考公四年卒，立弟熙，是爲煬公，煬公築茅闕門，六年卒，子幽公宰立。」據《魯世家》裴駰集解伯禽在位 46 年，考公在位 4 年。按成王在位 20 年，康王在位 46 年，考公在位 4 年。按成王在位 20 年，康王在位 38 年計算，伯禽享國的 46 年跨成王 17 年，康王 29 年，那麼考公酋在位則爲康王 30 到 33 年，魯侯獄也就是魯煬公在位 6 年，昭王元年便離開了人世。這批獄器無論從其形制、花紋和銘文字體看，是西周穆王時期之物，說早一點也只能是西周昭穆之際的作品，上限不能早到康王之世，所以該獄與魯侯獄不會是一個人。其二，該獄亦稱伯獄，「伯」者長子也，《史記·魯周公世家》明確記載魯侯獄系考公酋之弟，顯非長子、其三，既爲魯侯，銘文中自應冠以魯侯的稱謂，以顯示自己的身分地位，此組銘文中無一稱魯侯獄者。另外，獄盤、獄盉以及二式獄簋銘文中都有「光尹周師右，告獄于王」之句，可見獄是周師的屬吏。周師其人曾見守宮盤和免簋，也是守宮和免的上司。由此可見，此獄與守宮和免的地位相同，不可能高到列侯的地位。守宮盤是典型的西周中期前段之物，免簋的時代可能還要晚一些。所以獄不可能是魯侯獄，當爲與魯侯獄同名的另一個人。

獄簋銘文的重要價值：

一式獄簋和二式獄簋銘文，爲我們提供了周人以馨香和苣香享祀百神、祈求福祉的眞實資料，一式獄簋還記錄了周人歲時祭的簡略過程，非常珍貴，對於研究周人祭祀禮儀有著非常重要的意義。

據文獻記載，周人在日常祭祀禮儀中，最常見的祭儀有三種。一種是燔柴，就是積柴而燒，並放置牲體或玉帛，讓升騰的煙氣使神靈感知。這種祭儀主要用于祭祀天神。《周禮·春官·大宗伯》記載的「禋祀」「實柴」和「槱燎」指的就是此法。《大宗伯》：「以禋祀昊天上帝。」鄭玄注：「禋之言煙，周人尚臭，煙氣之臭聞者，槱積也。《詩》曰：『芃芃棫樸，薪之槱之』，三祀皆積柴實牲體焉，或有玉帛，燔燎而生煙，所以報陽也。」小盂鼎的「入燎周廟」、臺伯取簋的「至燎于宗周」、保員簋的「唯王既燎，厥伐東夷」。大盂鼎的「有髭贅（柴

烝）祀無敢醻」、史墻盤的「義（宜）其禋（禋）祀」、哀成叔鼎的「哀成叔之鼎，永用禋（禋）祀」、鬶史爲壺的「用禋（禋）祀于茲宗室」等都是燔柴燎祭的紀錄。

第二種是祼鬯。祼即灌，就是酌酒澆灌于地。鬯是用一種叫做秬的穀物，也就是黑黍釀造的酒，再和以郁金草汁，便具有濃郁的香味。灌鬯于地是讓鬯酒的香氣通達天地之間，以招迎祖先神靈。在金文中，士上卣記載周王賞賜成周百姓以豚、鬯卣和貝；叔簋（又稱叔卣）記載太保賞賜給叔以郁鬯、白金和牪（犉）牛；作冊夨令方尊記載明公分別賜給亢師和令以鬯、金和小牛，並說「用禱」。另外，最近中國國家博家館入藏的任鼎，記載了周王賞賜給任「脡牲大牢、又鬱束、大齊（劑）、郁苯（貫）」等；上等博物館入藏的亢鼎，記載了公太保贈送給美亞「郁苯（貫）、鬯觶（觶）、牛一」【此採用董珊說，見《任鼎新探——兼說亢鼎》，《黃盛璋先生八秩華誕紀念文集》，中國教育文化出版社，2005 年。】。這些物品都是犧牲和鬯酒的組合，是用于宗廟祭祀的祭品。亢鼎的「鬯觶（觶）」就是鬯酒一觶，是成品鬯酒；而任鼎的「鬱束」和「大齊（劑）」是釀酒所用的穀物和酒曲。「郁苯」則是郁金草一貫，是調和鬯酒香味的原料。《說文·鬯部》:「郁，一曰郁鬯，百草之華，遠方郁人所貢，芳草合釀之以降神。郁，今郁林郡也。」上述資料說明，在周代不僅王室經常使用祼祭祭祀祖宗神靈，就是在一般貴族中祼祭也十分流行。

第三種是焚香，周人在宗廟祭祀中用艾蒿與黍稷一起燃燒，讓香氣瀰漫于空間，使神靈嗅聞之，並饗受黍稷。這就是《詩·大雅·生民》「取蕭祭脂」孔穎達疏所說的「以香蒿黍稷，欲使臭氣遍達于墻屋……奠之而後燒此香蒿，以合其馨香之氣，使神歆饗之。」這或許就是後世敬神焚燒炷香的濫觴。

一式獄簋紀錄周人歲時祭的簡略過程，可以在文獻中找到許多類似的記載，相互進行印證。如銘文中的「亡不鼎鼒奉」，實際上就是《詩·大雅·生民》中所咏的「其香始升」，就是把「或舂或揄，或簸或蹂，釋之叟叟，烝之浮浮」制作出來的黍稷食品再加上艾蒿進行焚燒，芬芳氣味紛紜升騰；「馨香則登于上下」是馨香氣味充滿天地，接下來則是《生民》中所說「上帝居歆」，神靈歆聞到馨香，人神之間得到了溝通；「用匄百福，萬年俗（裕）茲百生（姓），亡（無）不夆臨鉾魯」，就是祭祀者向神祇發出自己的祈願。這就叫做「祝辭」或者「祝文」。《詩·大雅·生民》的「以興嗣歲」，《周頌》的「綏我眉壽，介以繁祉」，

《商頌》中的「綏我眉壽，黃耇無疆」,「自天降康，豐年穰穰」、「壽考且寧，以保我後生」等等，都是這類祭祀時向神靈所發出的祈願之辭。

不論是郁鬯灌地降神，或是以黍稷、牲脅與艾蒿焚燒所產生的馨香、膻薌感神，都是周人尚嗅的充分表現。

◎李學勤 [註76] ：

兩器相配同銘，盤徑 38.7 釐米，附耳，腹飾弦紋。盉高 22 釐米，蓋與頸飾弦紋，款足飾人字弦紋，鋬上有獸首。銘文盤作九行，盉作十行，俱七十八字，依盤的行款寫定：

> 唯三（四）月初吉丁亥，王各（格）于
>
> 師𠭯父宮，獄曰：朕光
>
> 尹周師右，告獄于王，王
>
> 睗（錫）獄仲（佩），弌市絲亢，金
>
> 車金䡆，曰：「用夙夕事。」
>
> 獄拜稽首，對揚王休，
>
> 用作朕文祖（祖）戊公般（盤）
>
> 盉，孫孫子子其邁（萬）年永寶
>
> 用茲王休，其日引勿𣂪（替）。

「獄」所從的「犬」變形特甚，盤銘作「 犬 」已開戰國文字先河，令人驚異。「光尹」的「光」，讀爲「皇」。自「獄曰：朕光尹周師右」以下是冊命禮，但和規範的冊命銘文格式有差別。

「弌市」自即器銘屢見的「載市」，孫詒讓讀「載」爲「纔」。【孫詒讓，《古籀餘論》（北京：中華書局，1989），頁 22。】「金䡆」的「䡆」以「爾」爲聲，讀「抳」，「金抳」一詞，見《易·姤》，置車輪下止動之物。

「日引勿替」,「替」字從張政烺先生釋〈中山王譻鼎〉說。【張政烺，《張

〔註76〕李學勤：《古文字與古代史·伯獄青銅器與西周典祀》（台北：中央研究院歷史語言研究所，2007 年 9 月），頁 182。

政烺文史論集》（北京：中華書局，2004），頁 491。】《詩・楚茨》：「子子孫孫，勿替引之。」

◎朱鳳瀚〔註77〕：

　　獄盤、獄盉所記獄第一次受王賞賜物與衛簋所記衛受王賞賜物基本相同，分別爲「佩、緇市、絲亢、金車、金𩏑」（獄盤、獄盉）、「佩、緇市、縠亢、金車、金𩏑」（衛簋），這可能是由于二人出于同一宗族、官職也大致相等的緣故，王這樣做，無非是以示公平。如獄簋所記，至次年「十又一月」，獄第二次受王賞賜，而賞賜物中少了「金車」與「金𩏑」，當是首次已賜之故。

　　「金𩏑」之「𩏑」不能確認。「㫃」下所從與殷墟甲骨文或讀作「燕」字的「𠀵」有相近之處，尤其是尾部均作雙叉之形【即燕尾之形，這大概也是舊讀「𠀵」爲「燕」字的主要根據。】殷墟甲骨文還有「𠀵」字，《殷墟甲骨刻辭類纂》附于「燕」下，但未作字釋，也與本銘「㫃」下所從鳥形相近。爲本銘鳥形特大其目，與甲骨文「燕」字首部有異。若「㫃」下字形可讀作「燕」則此字當從「燕」得聲，或即「㫃」字之形聲字。「㫃」、「燕」上古音同，聲母均爲影母，韻皆在元部。「㫃」，《說文》釋爲旌旗之游，但凡與旗有關字皆從「㫃」，是「㫃」應可代表旗。《說文解字》「族」字下云：「族，矢鋒也，束之族旌也。從㫃從矢，㫃所以表眾，眾矢之所集。」段玉裁注曰：「此說從㫃之意，㫃所以標眾者，亦謂旌旗所以屬人耳目。」也說明「㫃」亦可指示旗子。以「㫃」爲旗的例子，亦見于西周金文，如休盤銘文記王呼作冊尹賜休「綠㫃」，害簋銘文記王賜害以「㫃」。在本銘中，「金𩏑」或即是指有銅作旗竿及飾件（如竿首、鈴）的旗。上引吳鎮鋒先生文亦曾認爲，此從「㫃」之字當是一種裝飾有銅飾的一種旗幟，爲字釋與本文不同。

◎張光裕〔註78〕：

　　「勿替」于文獻見《詩・小雅・楚茨》「子子孫孫勿替引之」，「勿替」一詞，于稍晚之載記則轉引作「無替」或「毋替」，如《書・旅獒》「毋替乒服」，

〔註77〕朱鳳瀚：〈衛簋與伯獄諸器〉，《南開學報》2008 年第 6 期，頁 5。

〔註78〕張光裕：〈樂從堂獄簋及新見衛簋三器銘文小記〉，《中山大學學報》，2009 年第 5 期，頁 13。

中山王𦥑鼎「毋替乒邦」。余于〈出土古文字材料與經典詮釋〉引述中山王𦥑鼎「毋替乒邦」一語，對「替」及「勿替」有所闡述【張光裕：〈出土古文字材料與經典詮釋〉，原載《文獻及語言知識與經典詮釋的關係》（東亞文明研究叢書，台北：台灣大學出版中心，2004年），該文已收入《雪齋學術論文二集》（台北：藝文印書館，2004年），第1～22。】又于《新見金文詞匯兩則》乙文【張光裕：〈新見金文詞匯兩則〉，《古文字研究》第 26 輯，北京：中華書局，2006年，第179～180頁。】對「日引勿替」曾作申說。近見魯侯乙器【魯侯卣銘，有待著錄。】，有書作「勿替乃工日引」者，「勿替乃工日引」句型及語序，與《楚茨》之「勿替引之」可以彼此互作參證。要之，金文「日引勿替」及「勿替日引」之稱引，對青銅器銘文斷代宜有指標作用。

◎日月（謝明文）〔註79〕：

　　召簋「鍳」下的「」字，據現有的金文材料看，已經出現了好幾次，但已有的釋法就字形而言，皆不可信。《首陽吉金》亦缺釋。張文發表的拓片作「」，張先生認為該字從「攸」，似為地名之屬。張先生因為釋「（鍳）」形的下部為「于」，所以誤認為其後的「」似為地名之屬。我們既已經釋出「鍳」字，又可根據召簋賞賜物的順序，「鍳」前乃「載市冋黃」，屬於「賜服」之類。則「」應該和「鍳」一樣屬「賜輿」之類，又因其從「攸」，可能是指車上的某種旂。輔師嫠簋（《集成》8.4286）有「」字，第一次賞賜先是「載市索（素）黃」，然後是「鑾」，其賞賜物的類屬和順序與召簋是相同的。而且「」所從「攸」下還依稀可見「目」形，字形亦與「」相近，根據詞例和字形我們可以肯定它們是一個字。「獄盤」和「獄盉」銘文先言賜獄「仲（佩），戈市絲亢」，後言「金車金」（獄盉作）新出衛鼎與獄器銘文內容大體相同。朱鳳瀚先生認為「獄」與「衛」乃兄弟關係【朱鳳瀚：〈衛簋和伯獄諸器〉，《南開學報》（哲學社會科學版），2008年第 6 期。】衛簋言衛所賜之物，先言「仲（佩），戈市亢」，然後言「金車金」。吳鎮烽先生認為獄器之「」

〔註79〕日月（謝明文）：〈金文箚記四則〉，復旦大學「出土文獻與古文字學研究中心」網站，2009 年 4 月 18 日，http://www.gwz.fudan.edu.cn/SrcShow.asp?Src_ID=752。

從狄鹿聲，即旘字，見於《集韻》，同旟。【吳鎮烽：〈𤝡器銘文考釋〉，《考古與文物》2006 年第 6 期。】李學勤先生認爲「⬛」以爾爲聲，讀爲「栜」，「金栜」見《易‧姤》，置車輪下止動之物。【李學勤：〈伯𤝡青銅器與西周典祀〉，《古文字與古代史》第一輯第 179～190 頁，中央研究院歷史語言研究所，2007 年 9 月。】朱鳳瀚先生認爲衛簋「⬛」從狄從燕得聲，或即「狄」之形聲字。【朱鳳瀚：〈衛簋和伯𤝡諸器〉，《南開學報》（哲學社會科學版），2008 年第 6 期。】輔師嫠簋（《集成》8.4286）有「⬛」字，《殷周金文集成引得》認爲是從「狄」從「目」從「又」，《殷周金文集成釋文》釋爲「𤟭」字。對比一下它們的字形和文例，可以肯定智簋「⬛」、輔師嫠簋「⬛」、𤝡器「⬛」、衛鼎「⬛」，應該是同一個字。綜合以上幾個字形看，以上諸說兼不可從。或認爲此字與甲骨文「⬛」有關，存疑待考。

◎郭永秉〔註80〕：

隨著新材料的不斷發表和古文字學者不斷深入研究，我認爲，通過學者們逐步梳理出來的下列古文字字形，很可能是以前沒有完全認識清楚的一系「要」字及從「要」之字〔註81〕：

〔註80〕郭永秉：〈談古文字中的「要」字和從「要」之字〉，《古文字研究》第 28 輯（北京：中華書局，2010 年），頁 108～112。

〔註81〕西周金文的字形，參看日月（謝明文）：《金文箚記四則》，復旦大學出土文獻與古文字研究中心網站 2009 年 4 月 18 日。此文注 7 已疑這些字形與甲骨文一系列字形有關。此文之後的網友〕評論中，「水土」、「一上示三王」、「日月」對甲骨金文字形的釋讀續有討論；「一上示三王」的評論引鄔可晶的意見，指出甲骨金文字形與上博《昭王與龔之脽》（原帖誤作《昭王毀室》、《采風曲目》字形有關，並與「水土」續有討論 2009 年 4 月 19 日）。陳劍《釋〈忠信之道〉的「配」字》（原刊《中國哲學》編委會、煙台大學國際簡帛研究中心主辦：《國際簡帛研究通訊》第 2 卷第 6 期，2002 年）2008 年 2 月 20 日在復旦大學出土文獻與古文字研究中心網站發表之後，網友對「⬛」字有討論，「鄭公渡」在評論中指出此字所從與《采風曲目》字形有關，「東山鐸」對此有討論；此後「東山鐸」又引蘇建州《楚文字考釋四則》（簡帛研究網 2005 年 3 月 14 日）的意見，聯繫了《昭王與龔之脽》、包山簡 182（蘇文實已聯繫《璽匯》1250 之字，此帖未提）諸字，並續有討論（2008 年 2 月 25 日、3 月 11 日。不過他們似皆未注意下文即將引到的劉信芳先生的意見）。

殷墟甲骨文：《懷特》1315、《合》28236、《合》28233、《合》28203

西周金文：智簋〔註82〕衛簋〔註83〕輔師嫠簋（《集成》4286）獄盤〔註84〕獄盉〔註85〕

戰國文字：郭店《忠信之道》簡5、上博《采風曲目》簡2、上博《昭王與龔之脽》簡7、包山簡182、《璽彙》1250

在這些字形中，郭店簡《忠信之道》字的上部，裘錫圭先生疑爲「要」字變體，在簡文中讀爲「要」。【荊門市博物館：《郭店楚墓竹簡》，文物出版社1998年，第164頁注10。】劉信芳先生在裘說基礎上，釋包山簡182之字爲「遷」【劉信芳：《包山楚簡解詁》，藝文印書館2003年，第185、190頁。】劉說一直未受注意，或與此字用爲人名有關。裘說雖有不少學者同意，但也有很多學者不信，並提出新的釋讀意見。〔註86〕

《忠信之道》字所在上下簡文是：

不兌（說）而足養者，地也；不期而可～者，天也。

「期」謂期日，「要」可依裘說訓「約」。《荀子·王霸》：「德雖未至也，義雖未

這些學者的討論非常有意義，在此基礎上我們才可能將這些字形全部聯繫起來並作考察，僅向他們致謝。

〔註82〕首陽齋、上海博物館、香港中文大學文物館編：《首陽吉金——胡盈瑩、范季融藏中國古代青銅器》，上海古籍出版社2008年，第98頁。

〔註83〕朱鳳瀚：《衛簋與伯獄諸器》，南開學報（哲學社會科學版）2008年第6期，附圖1、2；先秦史網站劉源先生此字摹本。

〔註84〕吳鎮烽：〈獄器銘文考釋〉，《考古與文物》2006年第6期，61頁圖六。

〔註85〕《考古與文物》2006年第6期，63頁圖八。

〔註86〕李零先生《郭店楚簡校讀記》（增訂本）釋讀爲「週」，北京大學出版社2002年，第101、102頁；陳劍先生《釋〈忠信之道〉的「配」字》釋「𡏋」讀「迂」；東山鐸（侯乃峰）先生《〈忠信之道〉「禺」字補釋》釋「堣」讀「遇」，復旦大學出土文獻與古文字研究中心網站2008年3月7日。禤健聰先生釋「螾（下從土）」，讀「演」（《楚簡釋讀瑣記（五則）》，《古文字研究》第27輯，中華書局2008年，第370～371頁）。據禤文引，陳斯鵬先生釋「蠅」讀「繩」（陳文未見）。他們的說法在字形和辭例上似都存在問題，限於篇幅不一一評析。

濟也。然而天下之理路奏矣，刑賞已諾信乎天下矣，臣下曉然皆知其可要也。」楊倞注：「要，約也。皆知其可與要約不欺也。」簡文意思是說：不用期以時日而可與約結不欺的，是天。「要」字古也有「求」、「取」、「得」一類意思（如《呂氏春秋·貴生》：「所用重，所要輕也。」高注：「要，得也。」古書多有「要譽」、「要利」、「要爵」的說法），放在簡文中似亦可通，意思是不用與之期約而可向其求取（如四時寒暑等）的，是天；「足養」、「可要」文義正相類。所以我認爲裘先生的意見並無可疑之處。

我們知道，《忠信之道》是有齊系文字特徵的抄本。字頭部的，已有學者指出應該看作具有這種抄本典型特徵的「目」旁，這種寫法尤其多見于《唐虞之道》、《忠信之道》兩篇〔註87〕。此字除去土旁的部分作，當依裘先生說看作一個整體，而不應分析爲從「蟲」。其與楚簡類字形除了人體軀幹部分以雙鈎和單線表現的不同之外，主要不同之處實在於雙腿下部多出一豎筆（因爲要避讓下部「土」旁的筆畫，故此豎寫得有些斜）。這些變化，當與「異」字的如下變化平行〔註88〕：

（郭店《語叢二》簡 52）

（郭店《語叢三》簡 53）

（郭店《語叢三》簡 3）

《語叢二》、《語叢三》也是有齊系特徵的抄本，它們有相類的變化是合理的。因此，我認爲學者將字所從與楚簡類字形聯繫起來，是完全正確的。

楚簡與西周金文和殷墟甲骨文字所從視爲一字，同樣是可信的。獄器寫法較爲特殊，李學勤先生認爲此字從「爾」聲〔註89〕，大概是把字所從與《合》

〔註87〕　禤健聰：《楚簡釋讀瑣記（五則）》，第 370 頁（禤文亦已指出字與《采風曲目》、《昭王與龔之脽》字形的關係。但其文據商周金文「寅」字或體釋爲「寅」，則不可信。金文「寅」字上部並非從「目」，與此字無關）；馮勝君：《郭店簡與上博簡對比研究》，線裝書局 2007 年，第 261～262、329 頁。

〔註88〕　參看朱德熙：《中山王器的祀字》，《朱德熙文集》第 5 卷，第 172 頁。

〔註89〕　李學勤：《伯獄青銅器與西周典祀》，《古文字與古代史》第 1 輯，臺北中研院史語

11023 作○形的「爾」字和《屯南》4310 一般釋作「𤔲」的 ![字]、![字]相聯繫。按所謂「𤔲」應如何解釋，目前不好說。金文此字字形演變實可比照「黿」（或從「黿」）字的演變〔註90〕：

![字]（黿鼎，《近出》272）　　![字]（杞伯每亡鼎，《集成》2642）

![字]（杞伯每亡鼎，《集成》3898）　　![字]（![字]季作父癸方鼎，《集成》2325）

![字]（黿方尊，《集成》6005）

所以沒有問題 ![字]、![字] 二字就是 ![字] 字的變體。

西周金文的這個字，學者多已指出是車上的某種旒〔註91〕。所以將此字釋為見于《說文·㫃部》訓為「旗屬」的「旟」，是很直接自然的（《說文》「旟」字所從的「要」旁寫作 ![字]）。輔師嫠簋的賞賜物「鑾旟」，指有鑾鈴的旟，與金文多見的「鑾旂」相類；衛簋、獄盤和獄盉皆記賜「金車、金旟」，「金旟」應指「有銅作旗竿及飾件（如竿首、鈴）」〔註92〕的旟；智簋「鋚旟」之「鋚」，當與「鋚勒」之「鋚」無關；金文中當金屬講的「鐈鋚」〔註93〕，與此大概也沒有關係，因此未見單獨以「鋚」指「鐈鋚」的例子。頗疑「鋚」應讀為《說文·㫃部》訓為「旌旗之流」的「旒」（《說文》「旒」、「旟」兩字前後相次），「旒旟」就是沒有飄斿的旌旗。這個「鋚」字到底如何解釋還可以進一步探討。「旟」字在文獻中沒有具體用例，其形制特徵也有待深入研究。

◎佳瑜按：

本篇銘文疑難字不多，大致可辨，以下針對幾處略作說明，首先銘文記載「唯四月初吉丁亥，王各（格）于師稱宮。」時間上顯然早於獄簋銘文「唯十

所 2007 年，第 182 頁。

〔註90〕「黿」字考釋參看劉釗：《古文字考釋叢稿》，嶽麓書社 2005 年，第 13～17。

〔註91〕吳鎮烽：《獄器銘文考釋》，第 62 頁；朱鳳瀚：《衛簋和伯獄諸器》，第 5 頁；日月（謝明文）：《金文箚記四則》注 7，參看此文之後「水土」的評論。

〔註92〕朱鳳瀚：《衛簋和伯獄諸器》，第 5 頁。

〔註93〕李學勤：《論多友鼎的時代及意義》，《新出青銅器研究》，文物出版社 1990 年，第 129 頁。日月（謝明文）：《金文箚記四則》釋出智簋的「鋚」字，據「水土」在《金文箚記四則》之後的跟帖說，陳佩芬先生也已釋出此字。

又一月既望丁亥」，由此可知獄盤、獄盉銘所記應爲獄首次受封賞賜之事，此外由銅器銘文常見的記時現象判斷，時人應當非常重視「愼選吉日」這項概念與習慣，按照學者分析此種習慣可稱爲「諏日」，諏日之風，由來甚古，商代甲骨卜辭恒貞卜某日行某事吉或不吉，有災或無災，有害或無害，有憂或無憂。此類卜辭甚爲多見，俱爲諏日之實錄。〔註94〕

賞賜物品部分，王賜獄「金車」、「金🖾」，銘文「🖾」字陳全方、陳馨等先生缺釋作「金□」，吳鎮烽先生釋爲「鑢」認爲下從「鹿」聲同《集韻》「鑢」字，李學勤先生釋爲「鑪」以「爾」爲聲，讀「柅」，「金柅」一詞，見《易·姤》，置車輪下止動之物。朱鳳瀚先生則認爲「尒」下所從與殷墟甲骨文或讀作「燕」字的「🖾」有相近之處，日月（謝明文）先生也指出與甲骨文「🖾」有關，存疑待考，此字現在看來應據郭永秉先生釋爲「䐗」，「尒」下所從之字應爲「要」，《說文》：「身中也，象人要自臼之形」，又解釋「臼」字說：「叉手也」，這即是說「要」字象人叉腰之形。茲就對「尒」之了解，本象旗幟之形，是由旗杆與旗游組成，故「金䐗」應與旗竿上等配件有關例如竿首、鈴，故與圖騰燕鳥一類並無相關。

然於賞賜之後所言「用夙夕事」一詞其義同二式獄簋銘「用事」，指恭敬勤勉於政事上。銘文「🖾」字寫法特別，左下部件從「又」，近似寫法亦見於🖾（白觶）、🖾（牆盤）等，按照字形嚴格隸定應作「叟」即是「祖」字。綜合以上銘文說明：在四月初吉丁亥這一天，王至師稱宮欲冊命獄，由德高望重的周師引領獄至內準備接受冊命封賞之事，王賜給獄帢（佩）、弋巿、絲六、金車、金䐗等命服與車馬及裝飾有鈴的旗竿，獄恭敬愼重的行拜禮以報答與稱揚王的冊命。獄在接受完冊命賞賜之後，爲了感念王的恩澤以及紀念先祖戊公的德行因而製作這珍貴的盤盉，期許子子孫孫能夠永遠保有王的福澤，也勉勵子孫勿忘恩德。

最後，有關獄其人與史傳魯煬公熙是否爲一人，筆者認爲若按照陳全方、陳馨等先生的看法指出銘文中的「獄」即史載的魯煬公熙，仍有可商之處，首先從其形制來看，據朱鳳瀚《中國青銅器綜論》〔註95〕對於青銅鼎的器形依腹

〔註94〕陳漢平：《西周冊命制度研究》（上海：學林出版社，1986年），頁47。

〔註95〕朱鳳瀚：《中國青銅器綜論》（上海：上海古籍出版社，2009年12月），頁89～91。

部形制不同可大致分爲六類：即盆鼎、罐鼎、鬲鼎、盤鼎、束腰平底鼎、方鼎。獄鼎應屬盆鼎一類，形制近似 1954 年長安普渡村西周墓 003 號鼎（西周中期），

兩者共同特徵皆是垂腹、底近平。（按：獄鼎； 西周墓 003

號鼎）此外學者曾經針對青銅器銘文中的常見用語「對揚」作過研究分析「對揚的使用是西周時期隆盛的一種外化形式。利用金文語料對有關『對揚』的句子進行查驗，得到的結果……有明確年代記載的西周早期使用 44 次，西周中期使用 111 次，西周晚期使用 65 次。由此可見西周中期以後禮儀的系統化與制度化。」〔註96〕上述研究所顯示的數據式成果，擬應有助於判斷銅器年代，從獄簋、獄盤、獄盉中「對揚」所出現用語判斷，這組新見獄器屬於西周中期的可能性確實極大。

按照《魯周公世家》記載有云：「魯公伯禽卒，子考公酋立，考公四年卒，立弟熙，是謂煬公。」〔註97〕然由器銘「伯獄乍（作）甲公寶尊彝。」研判可知「獄」之身分應爲長子，《禮記・王制》有記載「王者之制爵祿，公侯伯子男凡五等。諸侯之上大夫卿，下大夫，上士中士下士，凡五等。天子之田方千里，公侯田方百里，伯七十里，子男五十里。」「伯獄」之「伯」可能具備兩層意義，分別是手足排行之「伯」與「職稱名」，其官階次於「師」，「師原爲高級軍官，亦稱「師氏」，師氏在軍隊中是指揮作戰的軍官，同時又爲軍事訓練的教官，師氏在宮廷內是守衛宮門以及保護君王的警衛隊長，同時又是教導子弟的教官。」〔註98〕藉由以上的相關分析可以肯定上述《魯周公世家》所載之魯煬公熙與「獄」並非爲同一人，獄僅是周王朝中有功而受賞的官職之人，其身份地位應與貴族可相比擬。

〔註96〕王晶：〈對揚再釋〉，《北方論叢》2007 年第 3 期，頁 4～5。

〔註97〕瀧川龜太郎著：《史記會注考證》〈臺北：大安出版社，1998 年〉，頁 556。

〔註98〕楊寬：《西周史》（臺北：商務印書館，1999 年），頁 298。

第六章 結 論

　　本論文透過廣泛的蒐集作冊般銅黿、𢆶公盨、逑盤、獄器等青銅器銘文資料，並擬以集釋爲研究的主要方式，茲就整體的架構而言基本上已經完成階段性的預期成果，對於銅器銘文也取得了初步的了解與認識。

　　分述如下：

一、作冊般銅黿

　　字形釋義方面，首句「丙申，王█于洹，隻（獲）。王射，█射三，█亡█（廢）矢。」當中的「█」字應釋爲「泌」，義同「至、來到」。「█」字存疑待考，有待更多相關證據的提出以進行深入的探討，權衡文義「佐助王射」可備一說。「█」字應釋爲「率」，說明射箭的幾次過程。「█」應隸爲「𤮷」，通讀爲「廢」，「無廢矢」是說沒有一箭不射中目標。末句「王令（命）宰（寢）邍█（既）于乍（作）冊般，曰：「奏于庸。」乍（作）█寶。」當中「█」字應是「既」的表意初文，同時是「兄」字的異體，義爲賞賜、贈與。「奏」應視爲「奏樂」、「演奏」之義，而「庸」則是王室所用樂器的一種。「█」字應釋爲「女」讀爲「汝」，當爲代詞「你」或「你的」來使用。

　　整體而言，作冊般銅黿的發現無疑說明射禮之習由時已久，有助於我們瞭解晚商至西周的射禮制度，銘文所載王泌于洹水舉行射禮之事與後代相關射禮制度具有一脈相承的關係。

二、豳公盨

字形釋義方面，在「天令禹專（敷）土、陸山、濬川，迺■（捊）方、埶（設）征。」句中「專」字孳乳爲「敷」，鋪放之意。「■」字應隸爲「陸（陸）」，義即「墮高堙庳」，所謂的「墮高堙庳」是說將石塊泥土等這一類的物質使其崩落並逐層疊高，用來湮沒低窪之處，形成一層防護的治水方法。「■」字應隸爲「叡（濬）」，「濬川」即是挖鑿溝渠得以疏通洪水防患。「■」字應釋爲「莽」，讀爲「禱」爲「馴化」、「安撫」之意。

「降民監德，迺自作配卿（享）。民成父女（母），生我王，作臣。」句中「降」字即謂上帝察看著下界，銘文「降民」指「上天降下人民百姓」。「德」字指自身的德性而言。「自」字訓「初、始」之義，「配」即「匹配」之義。「民成父母」句於此理解爲「成爲人民百姓的父母」，「作臣」應釋爲「懿美之德的藩屛大臣」。「辠■唯德，民好明德，■在天下。」句中「■」字應隸爲「顡」，即《說文》水部「沬，洒面也，從水未聲。」的「沬」字，通讀爲「貴」聲。「民好明德」句說明「人民所喜愛的是擁有光明德性的王者」。「■」字應隸爲從頁、從食的「餇」，讀爲「憂」，釋爲「祥和」。

「用辠邵好，益□懿德，康亡（娛）不（丕）槑（懋），老（孝）友■（忎）明，巠（經）齊好祀，無■心。」句中「辠」爲人稱代詞使用，指「天」而言。「邵」從裘錫圭先生釋，即「高、美」之義。「■」字釋爲「美」，然有待更多證據進行研究待考。「康」字有和諧、安樂之義，「槑」字訓「勉也，典籍作懋。」「■」字從心、盂聲應釋爲「愠」字，或可釋「忎」，關懷之義。「經齊」即是說明「經正莊誠」。「■」字應隸爲從頁從凶的「顐」，勸誡之語，說明勿懷藏惡心。

「好德，婚媾亦唯協，天釐用考，申（神）復用髮（祓）录（祿），永孚於■（寧）。」句中「龤」（協）字，和諧之義。「釐」（釐）字，即指「福」義。「考」字從李零先生訓「壽考」。「神」字於此句銘文中應指先人、先祖，異於上文「天釐用考」之「天」。「復」陳英傑先生訓「安」義，可備一說，「■」字從犬從首，應隸爲「猶」，爲「髮」之古文，於此讀爲「祓」，「祓祿」意謂「既除災厄又有祿位」。「■」字舊釋「御」不可信，應釋爲「孚」，訓解爲「信」。「■」字從心從皿釋爲「盇」（寧），即「安也」之意。「■公曰」句中「■」字從燚從火，應釋爲「燹」讀爲「豳」。

　　總體來看，▨公盨銘文的發現應是目前現存最早記載關於大禹治水的相關
文物例證，具有非常重要的意義價值，在銘文體例內容方面，相較其他出土銅
器銘文實屬特異前所未見，誠如陳英傑先生所言「盨銘與《尚書》『誥』體相同，
可名之曰『▨誥』。」確實如是，在德治的課題上，分別提出如：「監德」、「明
德」、「懿德」、「好德」等，所彰顯的益處體現在「孝友惷明」、「經齊好祀」、「婚
媾協和」、「復用祓祿」等面向，此等可以看出唯「德」方可廣泛的應用於各個
層面，誠慎謹惕意味濃厚，同時也形成了一種濃厚的社會向心力，肯定了「克
用其德」的可行性與基礎性。

三、逑　盤

　　字形釋義方面，在「▨曰：丕顯朕皇高且（祖）單公，趩趩克明恝（哲）
厥德，夾▨（詔）文王、武王，達殷，膺受天魯令（命），匐有四方，並宅，厥
菫（勤）疆土，用配上帝。」句中，「▨」字應隸爲「逨」，讀爲「逑」，人名。
「趩趩」，典籍作「桓桓」有「威武」之義。「▨」字應隸爲「愿」讀爲「慎」。
「▨（召）」，即輔相、佐助之義。「達殷」訓「撻殷」。「匐有四方」即是說明能
安定統率四方諸侯。「並宅」即指安定、居住之義。「厥菫（勤）疆土」義同「克
勤於邦」。「用配上帝」說明「匹配於天」。

　　在「雩朕皇高且（祖）公叔，克逨匹成王，成受大命，方狄不亯，用奠四
或（域）萬邦。雩朕皇高且（祖）新室仲，克幽明厥心，▨（柔）遠能▨（邇），
會▨康王。方襄（鬼）不廷。」句中，「逨匹」可訓「仇匹」，指匹配之義。「方」
字可訓解爲「範圍副詞」來解釋。「狄」字，李學勤先生讀爲「逖」之說可從。
「不亯」即是說明不來享獻的諸國。「▨」字隸爲「顈」訓爲「柔」有「懷柔，
安撫」之義。「▨」字是一個從「犬」從「埶」的寫法，應隸爲「犾」，而「埶」
與「爾」古音相近，假借爲「柔遠能邇」的「邇」字。

　　在「雩朕皇高且（祖）惠仲盠父，▨▨於政，又成於猷，用會邵（昭）王、
穆王，▨政四方，▨（撲）伐楚荊。雩朕皇高且（祖）零伯，彝（疃）明厥心，
不▨（象）□服，用辟龔王、懿王。」句中，「▨」字應釋爲「戾」。「▨」字
應釋爲「龢」，讀與和同。「▨」字應釋爲「盜」，訓爲「連續或施行」之意。「政」
字應訓解爲「征伐」之義。「▨」字應釋爲從「糞」得聲的「夐」字。「▨」字，

陳劍先生釋爲「豫」讀爲「惰」之說可從。

在「雩朕皇亞且（祖）懿仲🔲🔲，克𥝢保厥辟考（孝）王、㣔（夷）王，又成于周邦。雩朕皇龔叔，穆穆趩趩，龢（和）🔲於政，明🔲於德，宧佐剌（歷）王。」句中，「🔲」字應隸爲「㞢」，讀爲「往」，當爲時間副詞使用，訓爲「過去」、「往昔」之意。「🔲」字，於「言」字下作合文符號，故應爲「諫言」，指勸諫的言語。「趩趩」，即言恭敬貌。「🔲」字訓讀爲「詢」，指謀畫意。「🔲」字從「阜」從「齊」從「女」應隸爲「隮」，可從李學勤先生所釋，音讀爲「濟」，指「完成」、「達到」之義。

在「逨肇🔲（屖）朕皇且（祖）考服，虔夙夕敬朕死事，肆天子多易逨休，天子其萬年無疆🔲黃耇保奠周邦，諫辟四方。」句中，「🔲」字應隸爲「屖」，可從裘錫圭先生讀爲訓「繼」的「纂」。「虔夙夕敬朕死事」爲金文常見習語，即指勤於政事不懈怠。「🔲」字從老從者，李零先生釋爲「耆」之說可從，形容老態的一個詞。

在「王若曰：逨，丕顯文武，膺受大令（命），匍有四方，則🔲唯乃先聖且（祖）考，夾𧻚先王，爵董大令（命）。今餘唯𢧵厥乃先聖且（祖）考，龥橐乃令，令汝疋（胥）榮兌🔲司四方吳（虞）、🔲（廩），用宮御。易汝赤芾幽黃、攸勒。」句中，「🔲」字應隸爲「繇」，表示用來加強語氣的虛詞，用法與「則」相當。「𧻚」字通「經」，訓爲常。「龥橐」（申就）一詞即指先前曾經冊命過，而今重新再命之記錄之義。「🔲」字，胡長春先生釋「𪎶」爲「攀」之說可從，可讀爲「班」，「班司」有「分別司事」之義，相當於今天所言「分管領導」。「🔲」字應釋爲「替」，典籍多作林，「吳（虞）替（林）」即「虞林」，相當於現在的林業部長。「用宮御」指供給朝廷用材及山林野物。

在「逨敢對天子丕顯魯休揚，用作朕皇且（祖）考寶尊盤，用追言孝于前文人，前文人嚴在上，廙（翼）在【下】，豐豐彙彙降逨魯多福眉壽🔲綰，受余康🔲（盧）屯又（佑）通彔（祿）永令（命），霝（靈）冬（終）。遟畯臣天子子孫孫永寶用言。」句中，「嚴」字訓爲「敬」；「廙」字訓爲「敬」；「在」字應訓解爲「表引進處所之詞」，所謂「在上」是指仙逝的祖先被引領至帝廷。「豐豐彙彙」訓讀爲「蓬蓬勃勃」。「🔲」字應釋爲從「系」作的「綽」，「綽綰」即是保持少好之相貌之義。「🔲」字應隸爲從「虍」、從「網」、從「又」

的「虞」，原從二手舉網捕魚，魚亦聲，通假為「娛」有康樂、安樂之義。「霝（靈）冬（終）」一詞，是指善終之義。「晙臣天子」意指長臣于天子，也就是說冀求長保官爵祿位。

　　整體而言，述盤銘文在世系與其歷史意義方面，對研究單氏家族與中國家譜發展史與西周的世族制度提供了許多珍貴的資料，其次對夏商周斷代的研究增添了許多新的啟發性，再者為西周中晚期的銅器斷代提供了一個標準器可資參考，同時印證了《史記・周本紀》所載的周朝歷王之可確信度，相對而言映證了史籍所載「單為成王幼子臻所封是不正確的」，總而言之，述盤銘文的歷史與學術價值之高是無庸置疑的，尤其銘文本身即是最珍貴的文物例證，可補足許多傳世文獻所記載之不足與疏漏，其高度的價值性由此可見。

四、獄器

（一）獄鼎

　　字形釋義方面，在「🔲🔲乍朕文考甲公寶🔲彝，其日朝夕用🔲祀於乒百申，孫孫子子其永寶用。」句中，「🔲」字應隸為「獄」，音思，為作器者。「🔲」字應隸為「𦘔」（肇）。「🔲」字可從李學勤先生作「鷬」，「鷬祀」即「享祀」，是為金文常見習語表示祭祀之義。「其日朝夕用享祀于厥百神」句即是說明不論早晚時時刻刻的以恭敬之心祭祀百神。

（二）一式獄簋

　　字形釋義方面，在「獄肇乍朕文考甲公寶🔲彝，其日夙用乒🔲香尊示于乒百神，亡不🔲𪗗夆，饔香則夆於上下，用匄百福。」句中，「🔲」字從「爿」從「肉」下從「鼎」，字應隸為「鼎」，音讀為「肆」，「鼎（肆）彝」意同獄鼎「尊彝」，祭祀之義。「🔲」字可從吳鎮烽先生分析為「馨香」之「馨」字，當中字形部件𠰻與香可相互替代，聖、聲古音相同，可通，馨為後起之字。「亡」字應釋為「無」，指「沒有」之義；「不」字應理解為「不好的、負面的」之義；「🔲」字應訓為「正」，指恰當、適切之義。「𪗗夆」二字音讀，裘錫圭先生讀為「芬芳」之說可從。

　　在「邁年俗茲百生，亡不🔲臨🔲魯，孫孫子其邁年㽙寶茲彝，其🔲母塱。」句中，「邁年」即「萬年」，為金文習語。「俗」字可從吳鎮烽先生讀為裕，有豐

裕、優裕之義。「」字應分為「」與「」二字,「」字,應隸為「㝬」,裘錫圭先生分析是「𠁁」(廩)的形聲異體,之說可從;「」字應為「𡉈(厥)」。「」字應隸為「逢」,從「夆」聲,通讀為「逢」。「逢魯」應視為嘏辭一類。「」字隸為「𧩙」,即「世」字,「其世毋忘」為告誡語,含有叮嚀謹惕之意。

(三)二式獄簋器銘

字形釋義方面,在「唯十又一月既望丁亥,王于康大室。獄曰:朕尹周師右告獄于王。王或賜獄帀、戈市亢。曰:「用事。」獄頪頜首,對𩰬王休。」句中,「」字即「各」,至也,典籍作「格」。「康大室」是王行冊封、賞賜的地點。「」字應釋「光」,讀為「皇」,稱美之義。「右」字在冊命金文中表示動作及方位,這種導引者,古文獻稱「儐」或「擯」,金文稱「右」,負責導引受命者入中門。「」字據日月(謝明文)先生改釋為「縠(素)」。「亢」即為「黃」屬於金文賞賜物品命服「帶」之一種,「縠(素)亢(黃)」即為白色的衡帶。「用事」其義是指在封賞之後的勉勵語。「拜稽首」受命儀式一種,表示恭敬至極的禮節儀式。「對揚王休」即受命者當廷面對天子或王而頌揚其冊命。

在「用乍朕文考甲公寶障𣪘,其日夙夕用乓香章祀於乓百神,孫孫子子其邁年永寶用茲王休,其日引勿㚤。」句中,「」字可從吳振武先生分析為「馨」字另一異體寫法。「日引勿替」意同一式獄簋銘所言「其世毋忘」,囑咐勿忘恩澤之義。

(四)獄盤、獄盉銘

字形釋義方面,在「唯四月初吉丁亥,王各于師再父宮,獄曰:朕光尹周師右,告獄于王。王賜獄帀、戈市絲亢、金車、金。曰:「用夙夕事。」獄頪頜首,對𩰬王休。用乍朕文戊公般盉,孫孫子子其邁年永寶用茲王休,其日引勿㚤。」句中,「」字,應據郭永秉先生釋為「𤩐」,「夂」下所從之字為「要」,「金𤩐」與旗竿上等配件有關如如竿首、鈴。「用夙夕事」,指恭敬勤勉於政事上。「」字應隸作「叟」,即是「祖」字。

整體而言,透過獄鼎、I式獄簋、II式獄簋、獄盉、獄盤等青銅銘文的考察可知,這組獄器提供了周人尚臭在文物中的例證,與《禮記・郊特牲》所載符合其史料價值甚是彌足珍貴的,同時也是探討西周祭儀的重要實物資料,再者也提供了西周早期至中期的青銅標準器,對於研究周公家族史與魯世家而

言，也是非常重要的文物瑰寶，銘文揭示了周人慎終追遠敬祖祭祀之莊重精神，在冊命儀節方面，提供了完整的禮節儀式流程，使我們得以清楚了解每個環節所代表的背後深意，同時也突顯了周王權的威權性。

參考文獻

一、古　籍

（依照四庫全書分類編排）

〔清〕阮元：《十三經注疏・詩經》，臺北：藝文印書館，1985 年。

〔清〕阮元：《十三經注疏・尚書》，臺北：藝文印書館，1985 年。

〔清〕阮元：《十三經注疏・禮記》，臺北：藝文印書館，1985 年。

〔清〕阮元：《十三經注疏・爾雅》，臺北：藝文印書館，1985 年。

〔清〕孫希旦：《禮記集解》，臺北：文史哲出版，1990 年。

成文出版社編纂：《仁壽本二十六史・漢書（一）》，臺北：成文出版社，1971 年。

〔清〕段玉裁：《說文解字注》，臺北：漢京文化事業有限公司，1980 年。

〔晉〕郭璞：《山海經》，北京：中華書局，1985 年。

二、專書

（依姓氏筆劃編排）

〔三劃〕

于省吾：《甲骨文字釋林》，北京：中華書局，1979 年。

于省吾：《雙劍誃吉金文選》，北京：中華書局，2009 年。

〔四劃〕

中國古文字研究會編：《古文字研究（第六輯）》，北京：中華書局，1979 年。

中國古文字研究會編：《古文字研究（第二十五輯）》，北京：中華書局，2004 年。

中國古文字研究會編：《古文字研究（第二十六輯）》，北京：中華書局，2006 年。

王國維：《古史新證》，北京：清華大學出版，1994 年。

王純一：《中國上古出土樂器綜論》，北京：文物出版社，1996 年。

王世民、陳公柔、張長壽等著：《西周銅器分期斷代研究》，北京：文物出版社，1999 年 11 月。

〔五劃〕

白於藍：《簡牘帛書通假字字典》，福建：福建人民出版社，2008 年。

〔六劃〕

朱鳳瀚：《中國青銅器綜論》，上海：上海古籍出版社，2009 年 12 月。

〔七劃〕

李朝遠：《青銅器學步集》，北京：文物出版社，2007 年。

李學勤：〈伯𫊧青銅器與西周典祀〉收錄於《古文字與古代史》，臺北：中央研究院歷史語言研究所，2007 年 9 月。

〔八劃〕

周法高：《金文詁林補》，臺北：中央研究院歷史語言研究所，1982 年。

季旭昇：《說文新證（上冊）》，臺北：藝文印書館，2004 年。

武漢大學簡帛研究中心編：《簡帛（第二輯）》，上海：古籍出版社，2007 年。

〔九劃〕

俞偉超：《中國古代公社組織的考察》，北京：文物出版社，1988 年。

故宮博物院編：《唐蘭先生金文論集》，北京：紫禁城出版社，1995 年。

胡厚宣等編著：《出土文獻研究（第三輯）》，北京：中華書局，1998 年。

胡長春：《新出殷周金文隸定與考釋（上篇）》，北京：線裝書局，2008 年。

〔十劃〕

容庚：《商周彝器通考》，台灣：大通書局，1973 年。

容庚：《金文編》，北京：中華書局，1985 年。

袁珂：《中國神話通論》，成都：巴蜀書社，1993 年。

陝西省考古研究院、寶雞市考古研究所、眉縣文化館編著：《吉金鑄華章》，北京：文物出版社，2008 年。

〔十一劃〕

許倬雲：《西周史》，臺北：聯經出版社，1984 年 10 月。

陳漢平：《西周冊命制度研究》，上海：學林出版社，1986 年。

陳漢平：《金文編訂補》，北京：中國科學出版社，1993 年。

陳夢家：《西周銅器斷代（上冊）》，北京：中華書局，2004 年。

陳佩芬：《夏商周青銅器研究》，上海：上海古籍出版，2004 年 12 月。

陳劍：《甲骨金文考釋論集》北京：線裝書局，2007 年。

陳英傑：《西周金文作器用途銘辭研究（上、下）》，北京：線裝書局，2008 年 10 月。

張光裕：《雪齋學術論文集》，臺北：藝文印書館，1989 年 9 月。

張光裕：《雪齋學術論文二集》，臺北：藝文印書館，1994 年。

張光裕、黃德寬主編：《古文字學論稿》，合肥：安徽大學出版社，2008 年。

張世超等著：《金文形義通解》，京都：中文出版社，1996 年 3 月。

張懋鎔：〈「魯侯熙銅器」獻疑〉收錄於《古文字與青銅器論集》，北京：科學出版社，2006 年。

郭錫良：《漢字古音手冊（增訂本）》，北京：商務書局，2010 年。

郭永秉：〈談古文字中的「要」字和從「要」之字〉，《古文字研究》第 28 輯，北京：中華書局，2010 年。

〔十二劃〕

曾憲通：《古文字與漢語史論集》，廣州：中山大學出版社，2002 年。

〔十三劃〕

楊寬：《古史新探》，北京：中華書局，1965 年。

楊寬：《西周史》，臺北：商務出版社，1999 年。

裘錫圭：《古文字論集》，北京：中華書局，1992 年。

〔十四劃〕

趙伯雄：《周代國家形態研究》，長沙：湖南教育出版，1990 年。

〔十五劃〕

劉釗：《古文字考釋叢考》，長沙：嶽麓書社，2004 年。

劉雨：《金文論集》，北京：紫禁城出版社，2008 年。

〔十九劃〕

瀧川龜太郎著：《史記會注考證》，臺北：大安出版社，1998 年。

〔二十一劃〕

顧頡剛、劉起釪著：《尚書校釋譯論（一～四冊）》，北京：中華書局，2005 年。

三、期刊、學位論文

（依姓氏筆劃編排）

（一）期刊論文

〔四劃〕

王輝：〈逨盤銘文箋釋〉，《考古與文物》2003 年第 3 期。

王傑：〈神權政治向倫理政治的轉向——西周時期的敬德保民思想〉，《理論前沿》，2005 年第 23 期。

王晶：〈對揚再釋〉，《北方論叢》2007 年第 3 期。

王小剛：〈「虤」之地望考〉，《九江學院學報》，2009 年第 5 期。

王定璋：〈「明德慎罰」——《尚書》的「以德治國」思想探析〉，《中華文化論壇》2003 年 4 月。

王世民：〈陝西眉縣出土窖藏青銅器筆談〉，《文物》2003 年第 6 期。

王冠英：〈再說金文套語「嚴在上異在下」〉，《中國歷史文物》2003 年第 2 期。

王冠英：〈作冊般銅黿三考〉，《中國歷史文物》，2005 年第 1 期。

〔六劃〕

朱鳳瀚：〈虤公盨銘文初釋〉，《中國歷史文物》2002 年第 6 期。

江林昌：〈虤公盨銘文的學術價值綜論〉，《華學（六輯）》2003 年 6 月。

考古與文物編輯部：〈寶雞眉縣楊家村窖藏單氏家族青銅器群座談紀要〉，《考古與文物》2003 年第 3 期。

〔七劃〕

李學勤：〈論虤公盨及其重要意義〉，《中國歷史文物》2002 年第 6 期。

李學勤：：〈陝西眉縣出土窖藏青銅器筆談〉，《文物》2003 年第 6 期。

李學勤：〈眉縣楊家村新出青銅器研究〉，《文物》2003 年第 6 期。

李學勤：〈作冊般銅黿考釋〉，《中國歷史文物》2005 年第 1 期。

李零：〈論虤公盨發現的意義〉，《中國歷史文物》2002 年第 6 期。

李零：〈讀楊家村出土的虞逨諸器〉，《中國歷史文物》2003 年第 3 期。

李凱：〈試論作冊般黿與晚商射禮〉，《中原文物》2007 年第 3 期。

李凱：〈虤公盨與益啓傳說的再認識〉，《東南文化》2007 年第 1 期總第 195 期。

沈建華：〈讀虤公盨銘文小箚〉，《華學（六輯）》2003 年 6 月。

何琳儀：〈逨盤古辭探微〉，《安徽大學學報》2003 年 7 月第 4 期。

朱鳳瀚：〈作冊般黿探析〉，《中國歷史文物》2005 年第 1 期。

朱鳳瀚：〈衛簋與伯獄諸器〉，《南開學報》2008 年第 6 期。

吳鎮烽：〈獄器銘文考釋〉，《考古與文物》2006 年第 6 期。

吳振武：〈試釋西周獄簋銘文中的「馨」字〉，《文物》2006 年第 11 期。

吳振武：〈釋西周獄簋丙銘中的𤔲字〉，《華學第九、十輯》2008 年。

吳振武：〈范解楚簡「蒿（祭）之」與李解獄簋「燹夆馨香」〉，「中國簡帛國際論壇」論文，2007 年 11 月 10 日～11 日。

宋鎮豪：〈從新出甲骨金文考述晚商射禮〉，《中國歷史文物》2006 年第 1 期。

何飛燕：〈從周代金文看祖先崇拜的二重性特點〉，《人文雜誌》2008 年第 4 期。

吳凡明：〈西周孝之爲孝禮的規定性〉，《井岡山大學學報》，2010 年第 3 期。

余世誠：〈國寶「遂公盨」的發現及其史學價值〉，《中國石油大學學報》2008 年 2 月第 24 卷第 1 期。

〔八劃〕

季旭昇：〈《雨無正》解題〉，《古籍整理研究集刊》2002 年第 3 期。

周鳳五：〈遂公盨銘初探〉，《華學（六輯）》2003 年 6 月。

周曉陸：〈徠盤讀箋〉，《北京師範大學學報》2003 年第 5 期。

岳紅琴：〈豳公盨與《禹貢》成書時代〉，《中原文物》2009 年第 3 期。

〔九劃〕

胡新生：〈西周時期三類不同性質的射禮及其演變〉，《文史哲》2003 年第 1 期。

胡長春：〈金文考釋四則〉，《學術界》2005 年第 6 期。

柯昊：〈西周祭祀中所見「三緣」倫理社會結構探緣〉，《寶雞文理學院學報》2010 年 12 月第 6 期。

〔十劃〕

徐難于：〈再論西周孝道〉，《中國歷史博物館集刊》2000 年第 2 期。

徐難于：〈豳公盨銘「乃自作配鄉民」淺釋——兼論西周「天配觀」〉，《中華文化論壇》2006 年 2 月。

徐明波：〈從卜辭看殷商時期上帝的性質〉，《重慶師範大學學報》2007 年第 3 期。

師玉梅：〈「隨山濬川」之隨〉，《語言研究》第 25 卷第 2 期，2005 年 6 月。

晁福林：〈從上博簡《詩論》看文王「受命」及孔子的天道觀〉，《北京師範大學學報》2006 年第 2 期。

晁福林：〈作冊般黿與商代厭勝〉，《中國歷史文物》2007 年第 6 期。

袁俊傑：〈作冊般銅黿所記史事的性質〉，《華夏考古》2006 年第 4 期。

袁俊傑：〈作冊般銅黿銘文新釋〉，《中原文物》2011 年第 1 期。

〔十一劃〕

陳昭容：〈自淅川下寺春秋楚墓的青銅水器自名說起〉，《中央研究院歷史語言研究所集刊》2000 年 12 月第 71 本第 4 分。

陳英傑：〈兩周金文的「追」、「享」、「鉻」、「孝」正義〉，《北方論叢》2006 年第 1 期。

陳英傑，《豳公盨銘文再考》，《語言科學》2008 年 1 月第 7 卷第 1 期（總第 32 期）。

陳全方、陳馨：〈新見商周青銅器瑰寶〉，《收藏》2006 年第 4 期。

陳致：〈「萬（萬）」舞與「庸奏」：殷人祭祀樂舞與《詩》中三頌〉，《中華文史論叢》2008 年第 4 期。

連劭名：〈《豳公盨》銘文考述〉，《中國歷史文物》2003 年第 6 期。

連劭名：〈眉縣楊家村窖藏青銅器銘文考述〉，《中原文物》2004 年第 6 期。

張永山：〈豳公盨銘「陸山叡川」考〉，《華學（六輯）》2003 年 6 月。

張光裕：〈樂從堂獄簋及新見衛簋三器銘文小記〉，《中山大學學報》，2009 年第 5 期。

梁剛：〈西周「德治」思想再探討〉，《鄭州航空工業管理學院學報》，2005 年 8 月第 24 卷第 4 期。

〔十二劃〕

馮時：〈燹公盨銘文考釋〉，《考古》2003 年第 5 期。

彭曦：〈逨盤銘文的注釋及解析〉，《寶雞文理學院學報》2003 年 10 月第 5 期。

黃盛璋：〈眉縣楊家村逨家窖藏銅器解要〉，《中國歷史文物》2004 年第 3 期。

〔十三劃〕

裘錫圭：〈燹公盨銘文考釋〉，《中國歷史文物》2002 年第 6 期。

裘錫圭：〈讀逨器銘文箚記三則〉，《文物》2003 年第 6 期。

裘錫圭：〈商銅黿銘補釋〉，《中國歷史文物》2005 年第 6 期。

裘錫圭：〈獄簋銘文補釋〉，《安徽大學學報》2008 年第 4 期。

董珊：〈略論西周單氏家族窖藏青銅器銘文〉，《中國歷史文物》2003 年第 4 期。

楊善群：〈論遂公盨與大禹之「德」〉，《中華文化論壇》2008 年第 1 期。

〔十四劃〕

趙紅紅：〈試論先秦射禮的產生和形成〉，《江南大學學報》2010 年 4 月第 9 卷第 2 期。

〔十五劃〕

劉釗：〈卜辭「雨不正」考釋〉，《殷都學刊》2001 年第 4 期。

劉軍社：〈陝西眉縣出土窖藏青銅器筆談〉，《文物》2003 年第 6 期。

魯潔：〈原狀與重塑膨脹土增濕變形特性研究〉，《陝西建築學報》2008 年 8 月第 158 期。

〔十六劃〕

冀小軍：〈說甲骨金文中表祈求義的㞷字──兼談㞷字在金文車飾名稱中的用法〉，《湖北大學學報》1991 年第 1 期。

〔十七劃〕

韓巍：〈單逨諸器銘文習語的時代特點和斷代意義〉，《南開學報》2008 年第 6 期。

韓巍：〈冊命銘文的變化與西周歷、宣銅器分界〉，《文物》2009 年第 1 期。

韓江蘇：〈從殷墟花東 H3 蔔辭排譜看商代學射禮〉，《中國歷史文物》2009 年第 6 期。

〔十九劃〕

羅琨：〈燹公盨銘與大禹治水的文獻記載〉，《華學（六輯）》2003 年 6 月。

〔二十劃〕

饒宗頤：〈燹公盨與夏書佚篇《禹之總德》〉，《華學（六輯）》2003 年 6 月。

（二）學位論文

（依姓氏筆劃編排）

〔七劃〕

吳紅松：《西周金文賞賜物品及其相關問題研究》，安徽：安徽大學博士論文，2006年。

〔十劃〕

高玉平：《2003 年眉縣楊家村出土窖藏出土青銅器銘文考述》，安徽：安徽大學碩士論文，2007 年。

〔十五劃〕

鄭憲仁：《西周銅器銘文賞賜物研究——器物與身分的詮釋》，臺北：國立台灣師範大學博士論文，2003 年。

〔十七劃〕

謝明文：《〈大雅〉〈頌〉之毛傳鄭箋與金文》，北京：首都師範大學碩士論文，2008年。

四、網路資料

（依姓氏筆劃編排）

〔十劃〕

班圖：〈《齲公盨》銘文研究二題〉，《復旦大學出土文獻與古文字研究中心網站》，2008/3/10，http://www.gwz.fudan.edu.cn/SrcShow.asp?Src_ID=372。

〔十一劃〕

陳劍：〈甲骨金文舊釋『鼄』之字及相關諸字新釋〉，復旦大學「出土文獻與古文字研究中心」網站，2007 年 12 月 29 日，
http://www.gwz.fudan.edu.cn/SrcShow.asp?Src_ID=282。

陳英傑：〈爨公盨銘文再考（上）〉，《復旦大學出土文獻與古文字研究中心網站》，2008/4/28，http://www.gwz.fudan.edu.cn/SrcShow.asp?Src_ID=417。

〔十三劃〕

楊坤：〈作冊般銅黿補說〉，「復旦大學出土文獻與古文字研究中心」網站，2008/01/31，
http://www.gwz.fudan.edu.cn/SrcShow.asp?Src_ID=330。

裘錫圭：〈獄簋銘文補釋〉，復旦大學「出土文獻與古文字研究中心」網站，2008 年 4 月 24，http://www.gwz.fudan.edu.cn/SrcShow.asp?Src_ID=411。

〔十五劃〕

劉源：〈朱鳳瀚教授發表《衛簋與伯獄諸器》〉，「先秦史」網站，2009 年 1 月 23 日，
http://www.xianqin.org/blog/archives/871.html。

劉釗：〈安陽殷墟大墓出土骨片文字考釋〉，復旦大學「出土文獻與古文字研究中心」網站，2009 年 1 月 26，http://www.gwz.fudan.edu.cn/SrcShow.asp?Src_ID=679。

〔十七劃〕

日月（謝明文）：〈金文箚記四則〉，復旦大學「出土文獻與古文字學研究中心」網站，2009 年 4 月 18 日，http://www.gwz.fudan.edu.cn/SrcShow.asp?Src_ID=752。